D·I·O
디오

박건 게임 판타지 소설
GAME FANTASY STORY

D.I.O 6

박건 게임 판타지 소설

초판 1쇄 찍은 날 § 2011년 7월 19일
초판 1쇄 펴낸 날 § 2011년 7월 26일

지은이 § 박건
펴낸이 § 서경석

편집부장 § 권태완
편집책임 § 주소영

펴낸곳 § 도서출판 청어람
등록번호 § 제1081-1-89호
등록일자 § 1999. 5. 31
어람번호 § 제1-1256호

주소 § 경기도 부천시 원미구 심곡2동 163-2 서경B/D 3F (우) 420-822
전화 § 032-656-4452 팩스 § 032-656-4453
http://www.chungeoram.com
E-mail § chungeoram@chungeoram.com

ⓒ 박건, 2010

ISBN 978-89-251-2567-1 04810
ISBN 978-89-251-2108-6 (세트)

Contents

Chapter 28
라스트 미션과 기갑병

쏴아아아……!

사방 어디를 봐도 섬 하나 보이지 않는 바다 위에 한 명의 인영이 앉아 있다. 전체적으로 건장한 체격에 붉은색의 큰 챙 모자와 로브를 입고 있는 청년, 멀린이다.

"후우우……."

가볍게 호흡을 고르며 명상에 빠져 있다. 분명 파도가 넘실거리는 바다임에도 그의 주변으로는 물결 한 점 일지 않는 거울 같은 수면이 보인다.

촤악.

그리고 그때 이변이 일어났다. 바다 속에서 멀린의 모습을 발견하고 커다란 덩치의 상어가 덤벼들었기 때문이다. 한입에 멀린을 삼켜 버리기라도 할 듯 입을 커다랗게 벌리고 날아드는 상어!

퐁.

그러나 상어의 이빨이 멀린의 몸에 닿기 전 바다에서 대여섯 개의 물방울이 떠오르더니 삽시간에 얼어붙어 화살이 된다.

그리고 가속.

얼음으로 만들어졌다고는 믿을 수 없을 정도로 날카로운 화살은 상어의 몸에 열두 개의 구멍을 뚫어버렸다.

풍덩!

상어의 시체가 바다에 떨어지고 물이 튀었지만 멀린의 주위로는 한 방울도 튀지 않았다. 마치 시멘트 바닥에 앉은 것처럼 흔들림없이 해수면 위에 앉아 있는 그는 자신에게 덤벼들었던 상어의 존재 자체를 모른다는 듯 차분한 표정이다.

쩌적.

얼음에 금이 가는 것 같은 소리와 함께 멀린의 오른 손등 위에 박혀 있던 사파이어가 갈라졌다. 그러나 부서지는 것은 아니었다. 그 균열 끝에서부터 색이 변하기 시작했다.

웅―!

푸른색의 보석이 붉은색의 보석으로 바뀌어간다. 그 과정은 순식간이다. 멀린의 마력 설계는 시작도 하기 전에 완성되어 있어 거기에 마력을 채워 넣기만 하면 된다.

사파이어(Sapphire)가 스타 루비(Star Ruby)로 진화하였습니다!

그리고 최종적으로 멀린의 보석은 붉은색의 루비로 바뀌었다. 그러나 보통의 루비는 아니다. 밑면에 가동(可動)하는 흰색의 6 사채(射彩)가 있어 별의 형태를 취하는 스타 루비였다.

"이거 또 팔면 비쌀 녀석이 나오는군."

투명할 정도의 순도를 가지고 있음에도 불구하고 그린 듯 뚜렷한 여섯 개의 무늬는 현실 세계에서는 보기 힘든 종류의 것이다. 만약 현실로 가져간다면 문자 그대로 부르는 게 값일 정도의 보물. 하지만 당연하게도 멀린의 손등에 박힌 보석의 가치는 장식품으로서의 그것이 아닌 막대하고 정순한 마력을 저장할 수 있는 저장고의 역할에 있다.

"하지만 마력이 172포인트에서 늘지 않아. 제한이 걸린 건가."

어느새 멀린의 내공은 78년에 도달해 있다. 포인트로 치자면 128포인트. 그리고 그의 레벨은 6으로 레벨에 따른 능력치 제한이 300포인트라 마력이 늘어나지 않는 것이다.

"순수 마력으로 할 것이지. 아니, 그걸 떠나서 여태 레벨도 안 올리고 뭐한 거야?"

멀린은 으르렁거렸지만 이미 늦은 상황이다. 마력과 내공을 함께 다루는 이상 어느 정도 페널티는 감수할 수밖에 없으니까. 마나의 성분을 본능적으로 파악해 자유롭게 변환시킬 수 있는 컨버터(Converter)로서의 힘을 가지고 있다면 그런 제약에서 자유로울 수 있겠지만 그것은 매우 희귀한 재능이라 이런저런 재능으로 꽉 차 있는 멀린조차 가지고 있지 못했다.

딩동~!

그때 묘한 소리와 함께 알림창이 떠오른다. 귓속말이 왔다는 표시. 멀린은 품속에 손을 넣어 인벤토리를 오픈, 비홀더를 꺼내 들었다.

"무슨 일입니까?"

[라스트 미션(Last Mission) 때문에. 내가 파티장으로 설정된 건지 메시지가 왔거든.]

귓속말을 날린 건 아더였다. 미션을 하면서 어느 정도 친해졌기에 말은 놓은 상태다. 다만 아더가 두 살 위였기 때문에 멀린은 존대를 한다.

"확실히 그런 게 있었지요. 언제까지 모이면 됩니까?"

[이제 연락 시작한 거니 여유 시간이 있는 게 좋겠지. 두 시간 후에 대기실에서 만나자.]

"그러죠."

귓속말은 거기에서 끝났다. 아무래도 다른 유저들에게도 귓속말을 보내려는 것 같다고 생각하며 멀린은 시간을 확인했다.

"저기 주인… 괜찮은 건가?"

그리고 그런 멀린의 모습을 숨죽이고 바라보고 있던 정천이 조심스럽게 물었다. 표정이랄 게 없는 독수리기는 하지만 불안해 보이는 모습이다.

"물론 괜찮지. 뭐가 그렇게 불안한지 모르겠군."

"아, 아니, 갑자기 말투랑 태도가 너무 달라져서. 그리고 전의 그 이상한 마법도……."

수천이 넘는 대병력, 그러니까 난쟁이족의 강철십자단과 요정족의 검은 나무단. 그리고 인간족의 성기사단 전부가 괴멸하는 모습을 눈앞에서 본 그다. 먼저 보였던 하울링 스펠도 물론 강력한 주문이었지만 그건 문자 그대로 상식을 벗어나는 광경이었다. 이해 불가능한 영역에 도달해 있는 광범위 파괴 주문.

굵은 소나기가 10여 분 동안 대지를 휩쓴 후 생존자는 아무도 없었다. 7클래스의 고위 마법사인 테인 중장조차 스스로를 지키지 못한 것이다. 물론 테인이 죽은 것은 빗속에서 멀린이 몇 가지 조치를 더 취했기 때문이지만 그렇다고 해도 초 광범위 공격 주제에 그만한 강자를 죽일 수 있는 마법이라니? 실로 무시무시한 위력이다.

"단지 늦게 알았을 뿐 원래부터 할 수 있는 기술이었어. 그리고 태도라면 좀 다른 게 당연하지. 지금의 나는 일종의 2인격이니까."

"다, 다른 인격?"

"그래, 다른 인격. 나 정도의 지능을 가진 이한테는 특이할 것도 없는 일이지."

"……."

아니다. 특이한 일이다. 게다가 이렇게 순순히 밝히는 것도 비정상적인 일. 이런 건 보통 비밀로 안고 가는 일이 아닌가? 그러나 멀린은 아무렇지도 않다는 듯 차분한 표정으로 말했다.

"불안해할 필요 없어. 나도 오랫동안 깨어 있을 생각은 없으니까. 게다가 2인격이라고 해도 본인인 건 마찬가지고."

"그, 그렇다면 내가 끼어들 일은 아니겠지만."

너무나 태연한 말에 정천은 뭐라 더 캐묻지 못하고 수긍할 수밖에 없었다. 애초에 정천이 멀린에 대해 알고 있는 것이라고는 지구 출신이라는 것과 범상치 않은 재능을 가지고 있다는 것뿐이기 때문에 이렇게 나와 버리면 그로서는 별로 할 말이 없다.

"어디 보자. 라스트 미션을 하러 갈 때… 분명 스타팅의 경비병들이 대기실에 보내줬었지."

그렇게 중얼거리며 몸을 일으켜 한 발짝 걷는다.

팟!

순식간에 배경이 변한다. 도착한 곳은 스타팅이었다.

"이게 무슨……."

정천은 그야말로 숨 쉬듯 간단한 공간이동에 황당해하며 자신의 주인을 바라보았지만 멀린은 태연히 수많은 유저들 사이를 걸었다. 허공에서 멀린이 나타났지만 주변에 있는 유저 중 누구도 당황하지 않는다. 수백, 수천만 명의 능력자들이 오가는 스타팅에서 공간이동 하는 마법사를 어디 처음 보겠는가? 하루에도 수천 명의 마법사가 공간을 넘고 있는 게 스타팅인 것이다.

물론 멀린이 1,000킬로미터는 떨어진 공간을 단숨에 넘어섰다는 사실을 알면 마법에 익숙한 유저들도, 아니, 오히려 마법에 익숙한 유저들이기에 더욱 경악하겠지만 그걸 알아볼 수 있는 이가 있을 리 없다. 일단 멀린은 극히 평이한—마법사 복장의—유저 중 하나인 것이다.

"정천, 네가 전투에 참여하게 하려면 어떻게 해야 하지?"

"으… 응? 그야 환전소에서 경험치로 쿨 타임을 줄이거나 공격 횟수를 늘리면 되지. 다만 뭔가 강화하는 게 아니라 제한을 푸는 거라서 최대치라고 해봐야 내 본신 능력 정도야."

"그럼 그것부터 풀어야겠군. 제약을 풀어놓지 않고서야 내 전투를 구경만 해야 하니. 상관없지?"

"응? 아, 으응. 사, 상관없지."

반박할 수 없는 정론에 얼떨떨한 표정으로 고개를 끄덕이는 정천을 보며 멀린은 시간을 확인했다.

"두 시간 후에 만나자고 했으니 시간은 충분하군. 일단 네 제한부터 다 풀고……."

거기까지 말하고 그는 피식 웃었다.

"레벨을 올리자."

*　　　*　　　*

타다닥, 탁.

디오가 사회 전반에 스며들기 시작한 후에도 여전히 인류가 사용하는 핵심 정보 단말은 PC다. 디오 속에 데이터를 전송하는 게 가능해지면서 그 활용도가 무궁무진해진 건 사실이지만 이 전혀 새로운 방식의 가상현실은 그 기본 원리조차 공개되지 않은, 여러 가지 의미로 신용 불가능한 기술이다. 대기업은 물론 중소기업조차 정보 유출을 꺼려해 디오 진출에 난색을 표하는데 국가 기관처럼 기밀 유지를 생명으로 여기는 집단들이 중요 정보를 가상의 세계에 담을 리 없다.

"오 양, 자료는 다 정리했나요?"

"예, 팀장님. 오류 사항은 메시지 파일에 체크해 놓았으니 확인 부탁드립니다."

어깨까지 기른 흑발을 깔끔하게 다듬은 은혜는 몸에 꼭 맞는 양복을 입고 있는 상태다. 평소 용노가 본 적 없는 도시적인 스타일. 그리고 그 모습에 플레트 켈리(Paulett Kelly)는 만족스럽게 고개를 끄덕였다.

"빠르군요. 입사한 지 오래되지 않았는데 이 정도라니 훌륭해요."

"감사합니다."

단아한 외모에 국가대표 급 운동 능력, 거기에 그렇게나 까다롭다는 미합중국의 비밀 단체, 통칭 기관[Machine]의 휘하 산업 기업에 뽑힐 정도의 지적 능력을 가진 은혜에게 단 하나 부족한 것이 있다면 바로 사교성이다. 기본적으로 표정의 변화라는 게 거의 없는데다가 절대 사적인 이야기를 하지 않는 그녀는 베테랑 연구원들조차 어려워할 정도의 철벽으로 몸을 감싸고 있었다.

"죄송합니다만 팀장님, 폐가 안 된다면 질문을 좀 해도 되겠습니까?"

"어머나, 우리 공주님께서 질문이라니 흔치 않은 일이군요."

플레트는 환하게 웃으며 한쪽에 위치한 휴게실을 바라보았다.

"마침 점심때이고 하니 좀 쉴까요?"

"…알겠습니다."

결국 은혜는 자리를 정리하고 커피를 탔다. 플레트는 커피를 받아 들고 자리에 앉아 다리를 꼬았다. 완벽한 각선미를 자랑하는 그녀의 늘씬한 다리가 눈부시게 빛난다.

은혜는 여유롭게 커피를 마시는 플레트에게 천천히 질문을 늘어놓았다. 그녀는 자신의 앞에 있는 이 금발의 미녀가 화려한 것만 밝힐 것 같은 외모와 다르게 전문적인 훈련을 받은 정보요원이라는 걸 알고 있었다.

가급적 정보를 캐내는 건 조금 더 빈틈이 많은 상대가 편하지만 그럼에도 그녀는 플레트를 마주했다. 앞으로 일을 편하게 하기 위해서는 그녀의 도움이 필요하다. 이리저리 숨기다가 다른 뜻이 있다고 오해라도 받으면 곤란한 것이다.

"흐음, 오 양은 이상한 데에 관심이 있군요. 물론 일을 하다 보면 이런저런 일로 얽히게 되겠지만 사회에서부터 '그쪽'에 대해 아는 경우는 드문데."

"사정이 있습니다."

"사정이라……. 궁금하다면 불쾌한가요?"

"프라이버시입니다."

차분한 은혜의 대답에 플레트가 도발적으로 웃었다. 그녀의 외모와 탄탄한 몸매, 거기에 섹시한 포즈까지 더해져 남성들이라면 정신을 못 차릴 광경이었으나 당연히 거기에 관심없는 은혜는 흔들리지 않는다.

"후후후, 뭐, 좋아요. 제가 아는 것도 그리 특별한 정보는 아니니까."

플레트는 마시고 있던 커피를 내려놓고 말했다.

"오 양이 말한 단체는 아마도 [연구소]일 거예요. 저희 [기관]과 마찬가지로 국가에서 운영하는 정부 단체인데, 무리한 짓을 꽤 많이 하는 곳이라 우리 쪽에서도 몇 번 경고한 적이 있을 정도죠."

그 이름만 봐도 알 수 있지만 무언가를 집행하기보다 실험과 연구를 주된 목적으로 하는 곳이다. 그리고 음지에 있는 단체들이 으레 그러하듯 그들이 하는 연구와 실험에는 상당히 지저분한 주제가 많았다.

"혹시… 이곳에서 관련 정보를 얻을 수 있겠습니까?"

"그쪽도 비밀 기관인만큼 많지는 않겠지만, 하지만 있다 하더라도 오 양에게 열람할 자격이 없을 텐데."

그것은 은혜 역시 익히 알고 있는 사실이다. 일개 회사라고는 하나 그녀가 들어온 곳은 미합중국에서 직접 운영하는 [기관]과 연관된 곳. 입사한 지 한 달밖에 안 되는 그녀에게 별다른 자격이 주어질 리 없는 것이다.

"괜찮습니다. 폐가 된다면……."

"혹시 그쪽 관련 정보가 알고 싶어서 저희 회사에 입사했나요?"

화사한 미소다. 아무런 악의도 보이지 않는 선량한 눈동자. 그러나 은혜는 그 시선에서 자신을 탐색하는 기운을 느꼈다. 그리고 이런 훈련받은 이들에게 거짓말은 허튼짓에 불과하다.

"네. 죄송합니다."

"…후후. 너무 솔직하니 되레 할 말이 없군요."

여기가 승부다. 사실 지금 은혜의 태도는 퇴사는 물론 상당 기간을 감시당하며 살아도 이상할 게 없을 정도. 하지만 은혜 역시 생각없이 플레트에게 물은 것이 아니다. 지난 한 달 동안 그녀의 성격과 행동양식을 신중히 살핀 후 정보 제공자를 그녀로 결정한 것이다.

"회사에 누를 끼치는 일은 없을 것입니다. 어디까지나 개인적인 문제이니까요."

"물론 그러니까 이렇게 당당히 묻는 거겠죠. 저를 이용하려 하시다니 조금 괘씸하기는 하지만… 뭐, 별로 그쪽에 지켜야 할 의리 같은 것도 없으니."

플레트는 자리에서 일어나 은혜의 자리에 앉더니 자신의 품속에서 꺼낸 USB에 있던 파일 중 일부를 옮겼다.

"팀장님?"

"앞으로 일 열심히 하셔야 해요? 이건 들키면 저도 큰일이
니까 암기한 후 삭제하시고요."

화사하게 웃는 그녀의 모습에 은혜는 이를 악물었다. 당연
한 일이지만 그녀는 자선사업가가 아니다. 절대 선의로 자신
을 돕는 것도 아닐 것이다. 그녀의 사람 좋아 보이는 미소에
속아 고마워했다간 그 대가를 톡톡히 치르게 될 것이다.

그러나 그녀의 도움이 아닌 이상 연구소에 대해 알 방법이
없는 것도 사실이다. 어쨌든 연구소에 대한 정보는 완벽한 보
안을 받고 있는 것이다.

"감사합니다. 신세는 반드시 갚죠."

"뭘요. 삭제나 확실히 해주세요."

망설임없이 돌아서 멀어져 가는 플레트의 모습을 보며 은혜
는 컴퓨터 앞에 앉았다.

'드디어 실마리를 잡았어.'

*   *   *

우어— 우우우—

오오……

덜그럭덜그럭 하는 소리와 함께 언데드들이 한 점을 향해
몰려든다. 그것도 일반적인 언데드가 아니다. 흑광이 번뜩이
는 검을 양손에 들고 검은색 영기로 가득 찬 육체를 움직이고

있는 종족 레벨 5, 데스 워리어(Death Warrior)다.

슉.

그러나 그 순간 데스 워리어의 정면으로 별다른 장식도 없는 투박한 철창이 내밀어진다. 그야말로 한순간이다. 마치 싸구려 합성 영상처럼 아무것도 없던 허공에 창이 나타난 것만 같은 광경. 그리고 죽음의 전사가 막 거기에 반응하려는 순간,

푸확!

마치 공간을 씹어 삼키는 것 같은 바람 소리와 함께 데스 워리어의 상체가 통째로 날아갔다. 삽시간에 벌어진 일이었다.

끼에에엑!!

우어—!

그리고 거기에 반응해 주변에 있던 스켈레톤 전사들이 괴성을 지르며 덤벼들기 시작했다. 하지만 포위는 불가능하다. 창을 든 사내, 랜슬롯은 애초부터 이런 상황을 예측하고 그리 넓지 않은 복도를 전장으로 삼은 것이다.

푸확!

공기가 터져 나가고 정면의 스켈레톤들이 거대한 망치에 얻어맞기라도 한 것처럼 박살이 난다. 집중되었던 병력이 단숨에 무너지자 한순간 주변에 넓은 공간이 생긴다.

"후우… 후우… 은근히 오오라 소모가 심하군. 싸우는 도중 의식을 잃지 않으려면 절제할 필요가 있겠어."

원래의 랜슬롯은 어디에서나 볼 수 있는 그저 그런 수준의 능력자였다. 물론 그의 레벨은 무려 7레벨로 결코 흔치 않은

수준이었지만, 사실 그건 그가 수없이 승급 시험에 도전해 자신의 특이한 전투 방식, 그러니까 공격 일변도의 스타일에 맞춘 도박성의 전투로 일궈낸 성과이지 사실상 그의 전투력은 6레벨에도 못 미치는 수준이다. 과장이 아니라 5레벨 정도의 유저와 대결을 한다 해도 두어 번 만에 그 패턴을 간파당하고 패배할 정도로 그의 전투 방식은 구멍투성이인 것이다.

최소한도의 오오라로 몸을 보호하고 오직 찌르기만을 반복하는 그의 전투방식은 단 한 번만 그의 공격을 피해내 근접하면 그대로 패배할 수밖에 없을 정도로 허술하다. 그야말로 사상누각(砂上樓閣)이었던 것이다.

일반적으로 이런 상황이라면 오오라의 유동과 방어 기술을 수련하는 것이 정석이자 이상적인 수련법이지만 랜슬롯은 미련없이 그 방식을 포기하고 찌르기만을 수련했다.

왜냐하면 알았기 때문이다. 그의 기감(氣感)과 오오라 통제 능력은 너무나도 떨어져 공격을 하면 방어를, 방어를 하면 공격을 할 수 없다는 것을.

때문에 그는 억지로라도 레벨을 늘려 보너스 포인트로 오오라를 더함으로써 약한 공격 정도는 그냥 맞아도 버틸 수 있는 방벽을 세운 후 자신의 레벨보다 한참 떨어지는 적을 상대로 사냥과 동시에 수련했다.

그것이 유일한 방법이었다.

콰득! 콰득!

그러나 100일간의 전투 끝에 찌르기[衝]의 의미를 깨달았을 때 상황은 전혀 달라졌다. 그가 할 수 있는 것은 여전히 찌르기뿐이지만 그 찌르기의 위력이 놀라울 정도로 강맹해진 것이다. 덕택에 그는 10레벨 몬스터와도 싸울 수 있을 정도로 강력하게 변했다. 근원(根源)의 무리(武理)를 손에 넣음으로써 필중필살의 일격을 손에 넣은 것이다.

쾌득.

근원의 무리는 딱히 엄청난 힘을 필요로 하지는 않는다. 이는 많은 오오라나 내공이 뭉쳐 발현되는 기술이 아니라 깨달음의 무학이기 때문에 발현되는 파괴력에 비하면 아주 적은 양의 힘을 소모하는 것이다.

그러나 딱히 능력치를 찍지 않아도 내공과 마력이 쭉쭉 늘어나던 멀린과 다르게 그는 일반적인 수련으로는 오오라가 잘 늘지 않았다. 그는 강철처럼 단단한 정신으로 오오라를 단련시킬 수 있었지만 그 크기를 불리는 건 전혀 별개의 문제였기 때문이다.

"7레벨까지 올랐던 것도 기적이지."

사실 그의 능력만으로는 불가능했던 일이다. 그것이 가능했던 건 어디까지나 반복되는 죽음을 경험함으로써 정신을 가다듬고 보너스 스탯으로 원래대로라면 커지지 않아야 할 오오라를 키웠기 때문이다. 디오의 능력 시스템을 완전하게 파악한 후 거기에 '기생'했기에 지금의 그가 있다고 말해도 좋을 정도로 원래의 그에게는 성장 가능성이 없었다.

[대단하군, 대단해. 그런 기형적인 전투 방식으로 여기까지

버티다니……. 이러다간 언데드 군단이 다 죽겠어.]

그리고 그때 복도 너머에서 암흑의 영기가 피어오른다. 검은색의 플레이트를 빈틈없이 걸친 죽음의 기사, 데스 나이트였다.

"결국 나왔군."

당연한 말이지만 종족 레벨이 10이나 되는 데스 나이트는 그의 능력으로 감당하기 힘들다. 이벤트 미션에서 12레벨 몬스터까지 쓰러뜨릴 수 있었던 건 어디까지나 만전의 상태로 이런저런 마법 장비를 동원했던 결과. 때문에 랜슬롯은 망설임없이 끼고 있던 반지를 뺐다.

"안녕."

[뭣?! 너 이 녀…….]

파앗!

던졌던 반지, 게이트 링이 순식간에 그 크기를 키우더니 랜슬롯의 몸을 집어삼켰다. 그 순간은 그야말로 찰나에 가까워서 강력한 데스 나이트도 끼어들 수 없을 정도다. 바로 코앞이면 또 어떻게 막았겠지만 그는 랜슬롯의 강력한 찌르기를 우려해 거리를 유지하고 있었다.

파앗.

공간을 뛰어넘어 스타팅으로 돌아온다. 그리고 그대로 랜슬롯의 몸이 쓰러진다.

"후우… 후우… 정말 죽겠군."

온몸이 부들부들 떨리고 오오라는 고갈된 지 오래다. 사실 여기까지 싸우는 건 불가능하다. 그전에 육체가 기능을 멈추기 때문이다. 하지만 육체를 초월한 랜슬롯의 정신은 언제나 그 몸을 한계 이상으로 혹사한다. 현실의 몸이었다면 엉망진창으로 망가졌으리라.

삐빅!

그야말로 말 한마디 할 힘이 없던 랜슬롯은 미리 준비했던 파티창을 띄웠다. 그의 머리 위로 글자가 쓰인 판이 떠오른다.

[5레벨 이상 신관 분 구합니다. 완전 회복에 1실버.]

1실버라면 현금으로 5천 원 정도. 어차피 도시에 있는 동안 신성력이 남아도는 유저들에게 나쁘지 않은 장사다.

"저기, 치료에 1실버 맞나요?"

"네, 여기……."

뭐라 더 말할 힘도 없어 은화를 넘긴다. 물론 이 돈을 받고 상대방이 도망치면 끝이지만 현실의 얼굴을 가지고 플레이하는, 심지어 전 세계인이 플레이하는 제2의 현실인 디오에서 그런 막장 플레이어는 별로 없다. 게다가 5레벨만 해도 어느 정도 경지에 이른 이들이기 때문에 게임 평판에 신경 쓸 수밖에 없으니 도망치지는 않으리라.

그리고 무엇보다 그는 돈에 제법 여유가 있었다. 오크가 주는 보상이라고 해봐야 얼마 되지도 않지만 그걸 몇십 시간이고 계속 잡아서 1만 마리 이상 잡는 동안 쌓이고 쌓인 재화는 엄청난 수준. 1실버 정도는 그리 큰돈도 아닌 것이다.

"평온함을 주관하시는 루나 여신의 힘이여, 지금 지쳐 주저앉은 자에게 안식의 힘을……."

새하얀 법의를 입은 전형적인 사제 유저의 기도와 함께 은은한 빛이 랜슬롯의 몸을 감싼다. 파괴된 체세포와 상처를 회복시키고 바닥까지 떨어졌던 기력을 쌓아올린다.

"감사합니다."

"뭘요. 즐겜하세요~!"

사제 유저와 헤어진 후 랜슬롯은 환전소로 향했다. 그가 정통적인 수련법을 따르지 않고 굳이 무리하게 레벨을 올려 수많은 몬스터를 사냥한 이유를 위해서이다.

장소	설명	가격
수련의 방	누구에게도 방해받기 싫은 분은 여기로! 최소 24배(현실 시간 기준)에서 최고 100배까지 시간이 빠르게 흐릅니다. 다만 폐쇄된 공간이라 능력치도 천천히 오르기 때문에 절대적 영력을 가지고 귀환하는 것은 불가능! 오직 스킬 레벨만을 올릴 수 있습니다!	1000魂 ~ 10만魂
파니티리스 〈불가〉	판타지세계! 용과 마법, 중세풍의 낭만을 느끼고 싶다면 여기로! 다만 평균적인 레벨이 낮아서 마법을 배우러 가기에는 적당치 않습니다.	10만魂
진	무림인들을 만나고 싶다면! 강호를 경험	

〈불가〉	하고 싶다면 여기로! 다만 여기도 평균적인 레벨이 떨어져서 무공을 배우러 가기에는 적당치 않습니다.	10만魂
마계 〈불가〉	위험천만! 언제 죽을지 도저히 알 수 없는 Dangerous! 마을도 NPC도 없습니다. 존재하는 건 그야말로 무한전투!	50만魂
노아 〈불가〉	그곳은 미래세계. 외계 괴수와 치열하게 싸우는 인간들! 첨단 무기를 얻고 싶은 분들에게 추천!	100만魂

"수련의 방에 들어갈게요, 컬린. 배율은 100배로 하죠."

환전소에 들어가 말하자 게이트 담당인 컬린의 고개가 끄덕여진다.

"아무도 없는 방에서 100일이나 버티기 힘들 텐데, 괜찮습니까?"

"네. 바로 부탁드립니다."

당연한 말이지만 최고 배율이었던 만큼 들어가는 경험치의 양은 10만 혼이다. 상당한 수준의 경험치지만 게임 속 시간으로 1일, 현실 시간으로 치면 고작 두 시간에 100일이는 시간을 벌 수 있다. 현실과 비교하면 무려 1,200배에 가까운 효율이 나오는 것이다.

"그럼… 10만 혼 받았습니다. 준비 완료되었습니까?"

"네."

"문 열겠습니다."

말과 동시에 허공에서 쿵, 하고 바위로 만들어진 문이 내려선다. 문은 한 개가 아니다. 넓은 환전소 내부 여기저기에는 그와 똑같은 문이 수십, 수백 개 이상 있다. 수련의 방은 남들보다 앞서고 싶은 유저들이 흔히 사용하는 방식이기 때문이다. 다만 100배의 시간을 경험하는 유저는 거의 없다. 경험치도 경험치지만 아무도 만나지 않고 100일 동안 수련만 한다는 건 결코 쉬운 일이 아니기 때문이다.

"…여기도 오랜만이군."

랜슬롯이 들어선 공간은 어지간한 운동장만 한 크기의 연무장이다. 여기저기 인간을 닮은 허수아비들이 자리하고 있고, 가로세로 2미터쯤 되는 나무판과 석판, 그리고 철판, 미스릴판, 심지어 아다만타이트 판까지 있다. 파괴적인 기술을 수련하기 위한 장소인 것이다.

벽 한쪽에는 잠을 잘 수 있는 침대가 있고, 반대쪽에는 물을 구할 수 있는 연못과 무한히 과일이 열리는 나무가 존재한다. 마법이나 신성력, 순영력을 수련할 수 있는 수정구에다 달리기 좋은 트랙도 존재한다. 그야말로 수련을 위한 모든 것이 다 있는 공간이었다.

"내가 지금 가지고 있는 경험치가… 대충 240만 혼이군."

초고렙 괴수였던 독각화망을 잡아도 1만 혼밖에 나오지 않는다는 걸 생각하면 실로 어마어마한 경험치다. 그러나 예전 멀린이 느꼈듯 경험치를 많이 얻으려 한다면 초고렙 몬스터를 잡는 것보다 어중간한 몬스터를 많이 잡는 게 더 이득이다. 실제로 오크가 주는 경험치는 100혼에 가깝고, 랜슬롯은 그런 오크를 1만 마리나 잡았다. 뿐인가? 그 중간 중간 300혼 이상의 경험치를 주는 오크 전사가 상당수 있었고, 망자의 대지에 와서는 오크전사와 비슷한 경험치를 주는 데스 워리어를 수백 마리 이상 잡았다.

그는 일단 사냥을 하면 그 자리에서 수백, 수천 마리를 꼬박 잡는다. 사실 찌르기 수련을 하기 위해서라면 레벨을 높이지 않은 채 저렙의 몬스터를 잡아도 되지만 굳이 오오라를 높여서 오크들을 잡은 건 경험치를 모으기 위해서였다. 사실상 디오에서 랜슬롯보다 많은 경험치를 가지고 있는 건 고 레벨 몬스터를 학살하고 다니는 아더 정도일 것이다.

"내가 100일 동안 수련한 걸 녀석들은 하루 만에 따라잡았어. 솔직히 이것도 스스로를 과대평가하는 것일지도 모르지만… 일단 내가 전력을 다해 수련한다는 가정하에 수련 속도는 100배라고 보는 게 낫겠지."

때문에 그는 생각했다. 똑같은 시간을 수련해서는 그들을 뛰어넘을 수 없다. 거북이가 치타보다 빠르게 움직이겠다는, 아니, 치타 정도가 아니라 독수리를 속도로 추월하겠다는 것과 마찬가지의 소리다.

결국 답은 시간이다.

물론 그는 느리다. 하지만 그들이 하루를 수련할 때 100일을 수련하면 어떨까? 나아가 그들이 한 달을 수련할 때 십 년을 수련할 수 있다면? 그게 백 년이라면? 천 년이라면? 그리고 그래도 안 된다면…….

"만 년이라도……."

그는 고아였다. 어머니도 아버지도 모른다. 기억의 최초는 고아원에 있을 때였다. 수녀들에 의해 운영되던 크지도 작지도 않은 고아원.

거기에서 그는 나름대로 칭찬받는 아이였다. 그는 태생적으로 성실한 성격으로 수녀들의 말을 잘 따랐고 언제나 노력했다. 그는 꼼꼼했으며 아이 같지 않은 마인드의 소유자였다. 떼 쓰고 울거나 누구를 보채지도 않았다.

그리고 그 모습이 눈에 든 것일까? 근처에 있던 부잣집 부부가 그를 양자로 받아들였다. 그의 나이 여섯 살 때의 일.

랜슬롯은, 아니, 동수는 행복했다. 새로 만난 아버지와 어머니는 친절하고 배려심이 있었다. 또한 그들은 부유한 집에서 뭐 하나 아쉬울 것 없는 삶을 그에게 주었다.

다만 특이한 게 있다면 교육에 대한 열의다. 그들은 동수를 데려온 후 일주일 후부터 온갖 교육을 시작했다. 운동에서부터 기본적인 공부, 음악에 글쓰기까지 온갖 영재 교육을 시켰다. 가르치는 이들은 하나같이 뛰어난 개인교사들이었다.

동수는 그들의 가르침 아래에서 열심히 배웠다. 원래부터 성실한 성격인 그는 잠시도 꾀부리는 경우가 없었다. 언제나 최선을 다해 배우고 노력했다.

그러나 그렇게 1년을 배운 후에도 그는 딱히 대단해지거나 하지 않았다.

그가 문제가 있는 것은 아니었다. 그가 배우는 속도는 그렇게 빠르지 않았지만 느린 것도 아니다. 그는 영재도 수재도 아니었지만 그렇다고 바보도 아니었기 때문이다.

그는 단지, 그냥 단지 보통의 아이였을 뿐.

그리고 바로 그것이 문제였다.

"죄송해요. 똑똑해 보였는데 그냥 그런 아이였네요."

1년 만에 고아원으로 돌아온 그는 태어나서 처음으로 울며 저항했다. 새로운 아버지와 어머니는 그에게 큰 정을 보이거나 하지 않았지만 그는 그들이 좋았다. 이것저것 배운 1년은 나름대로 충실한 시간이었다. 하지만 그럼에도 그는 그들이 바라는 조건에 못 미쳤던 것이다.

그는 조금도 특별하지 않았다.

단지 그것뿐이었다.

"후후, 정말 오랜만에 떠올린 건데도 거지같네."

언제나 노력했다. 고아원에 돌아온 다음에도 마찬가지였다. 뭘 얼마나 못했기에 다시 돌아왔냐는 비웃음을 참아내며 그는 만사에 최선을 다했고, 검정고시로 고등학교까지 졸업한 후 열심히 알바를 하며 돈을 모으고 수능까지 쳤다.

성적은 괜찮았다. 잘 나온 편이었다. 보통의 아이라 하더라도 죽을 각오로 노력한다면 명문대에 들어가는 것도 불가능한 일은 아니다. 다만 문제는 그게 한계라는 것. 점수는 '나쁘지 않은' 수준이지 '엄청나게 높은' 수준이 아니다. 명문대에 갈 수는 있지만 장학금을 받을 정도까지는 아닌 그 정도 수준. 그리고 고아인 그는 등록금을 낼 여유가 없다. 학자금을 융자받으면 될 문제지만 단지 빚쟁이가 될 뿐이다.

"시간이 필요해."

노력했다. 언제나 노력했다. 그러나 마치 모래를 움켜쥔 것처럼 그가 바라는 것들은 언제나 그의 손아귀에서 빠져나갔다.

그는 특별하지 않았다. 뭐 하나 뛰어난 것도 없었다. 하지만 주제넘게도 그의 정신은 항상 더욱더 위의 것을 바랐다. 그저 그렇게 살다가 가는 삶을 그는 참을 수가 없었다.

"백 년이 안 된다면 천 년을, 천 년이 안 된다면 만 년이라도……."

그는 창을 들었다. 그의 몸에서 오오라가 뿜어지기 시작한다.

"나는. 절대 안 멈춰."

수련의 시작이었다.

*　　　　　*　　　　　*

공간이 열리고 붉은색의 로브를 걸친 사내가 모습을 드러낸다. 그의 이름은 멀린. 하지만 평소와 다르게 그의 손에는 기다란 지팡이가 들려 있었다. 묘한 영기가 풍기는 검은색의 목재 지팡이였는데 그 끝에는 녹색의 보석이 달려 있다.

"늦어, 멀린! 왜 이제야 온 거야?"

"아, 미안, 누나. 이런저런 일이 있어서."

이제는 제법 친해진 이리야의 말에 꾸벅 고개를 숙이는 멀린. 하지만 그 모습에 이리야의 시선이 기묘해진다.

"어라, 뭐야? 너, 분위기가 좀 바뀌었는데?"

"안경을 써서 그렇겠지. 좀 마법사답게 싸울 겸 지팡이도 들었고."

"그런가?"

묘하게 차분해진 멀린의 모습에 고개를 갸웃거리는 이리야 였지만 애초에 오래 알고 지낸 사이도 아닌 만큼 별다른 간섭은 없었다. 확실히 좀 활발해 보이던 멀린이 안경을 쓰면서 지적인 분위기라는 게 생겼다. 표정도 차분해지면서 그런 느낌이 더 강해진 것 같기도 했다.

"그 랜슬롯이라는 녀석은 어떻게 된 거야? 안 와?"

"따로 할 일이 있다고 하더라고. 하지만 곤란하네. 그러면 한 자리가 비게 되는데……."

그들은 6단계 클리어 대기실에 자리하고 있는 상태다. 6단계 대기실은 12레벨 몬스터를 잡은 유저들이 들어올 수 있는 곳으로 당연히 들어설 수 있는 유저의 수가 극히 적었다. 승급 시험과 다르게 아이템과 고급 장비를 사용할 수 있다고 해도 아직 세상에는 10레벨 유저조차 거의 없는 상황이다.

"그냥 이대로 해볼까? 솔직히 그 녀석 빠졌다고 전력이 깎인 것도 아닌데."

크루제는 혹시나 하는 마음으로 최종 미션을 신청해 보았다. 말이야 바른 말이지, 랜슬롯이 제법 강하다고는 해도 사실상 전투력의 80% 이상은 아더와 크루제라고 할 수 있다. 랜슬롯이 빠졌다고 해도 충분히 싸울 수 있는 것이다.

> 미션 수행 인원이 충족되지 않았습니다. 미션을 시작할 수 없습니다.

그러나 당연하다는 듯 실패한다. 미션 수행 인원이 다섯 명이었기에 숫자가 모자라는 것이다. 사실 한 명 빠져서 세 명으로 만들어도 숫자가 충족되지만 지금 이 상황에서 한 명을 따돌리면 그 한 명은 어떻게 되는가?

"어쩌지?"

"그러게. 설마 5단계까지 내려가야 하는 거야?"

"여기도 난이도 너무 낮은데……."

7, 8단계까지 도달했던 크루제와 아더에게는 6단계만 해도 너무 쉬운 미션이다. 5단계쯤 가면 유저가 꽤 있을 테지만 등급이 높을수록 보상이 많은 게 당연한 만큼 고민하는 일행. 다행히 그때쯤 공간이 열렸다.

탁.

새로이 모습을 드러낸 건 빛조차 빨아들일 듯 검은색 가죽으로 만들어진 갑옷으로 온몸을 빈틈없이 감싼 유저. 멀린으로서는 구면인 존재였다.

"아크님이군요."

"…오랜만입니다."

"앗, 아크. 마스터 레벨에는 도달한 거야?"

"운이 좋았습니다. 상급 마법사가 되었죠."

아크는 블랙야크 학파(Blackyak Sect)의 마법사이자 무상금
강공(無相金剛功)의 수행자로, 강대한 호신기공으로 몸을 보호
하고 전투 중 주문을 외울 수 있는 전투마법사다. 게다가 학파
의 특성상 시간만 충분하다면 전문 마법사보다도 더 강력한
주문을 만들어낼 수 있기 때문에 혼자서든 단체에서든 매우
강력한 전력이라고 할 수 있으리라.

"여어, 이거 오랜만이군, 짐승."

"뭐야, 새대가리? 한동안 안 나올 줄 알았는데 용케 주인을
구했잖아."

"뭐야?"

멀린의 머리 위에 앉아 있던 정천과 아크의 펫인 엘리가 으
르렁거렸다. 아무래도 첫 만남인 것 같지는 않았다.

"오, 특이해 보이는 펫이네? 새로 산 거야?"

신기한 눈으로 정천을 바라보는 이리야를 향해 멀린이 답했
다.

"아뇨. 있던 거예요. 누나는 안 키우세요?"

"나야 은신 전문인데 펫을 달고 다니기는 좀 귀찮지. 괜히
기척만 흘리고."

"크루제 양은?"

항상 홀몸으로 돌아다니는 모습을 봐온 멀린이 묻자 굵직한 목소리가 대신 대답한다.

"이런, 누가 나 찾나?"

크루제의 가슴 주머니에서 한 손에 쏙 들어갈 만한 크기의 원숭이가 불쑥 튀어나오더니 가볍게 크루제의 어깨로 올라갔다. 생물체라기보다는 SD캐릭터처럼 깜찍한 생김새다.

"오, 이거 귀엽다. 변할 수도 있었구나."

"변하다니, 다른 모습도 있나요?"

이리야의 말에 멀린은 신중한 표정으로 자그마한 크기의 원숭이를 바라보았다. 강화안을 사용하려 한 것이지만 안타깝게도 실패했다. 지금의 그는 상위 마법기인 클로즈(Close)를 끼고 있었기 때문이다.

스륵.

그 때문에 안경을 벗으려 하는 멀린이었으나 그전에 원숭이 오공의 몸이 커진다. 크루제의 주머니에 들어 있던 그지만 변한 다음의 그는 크루제보다 두 배 이상 큰 키의 원숭이다. 몸또한 탄탄한 근육으로 꽉 찬데다 골격이 단단해 만만치 않은 기세가 풍겼다.

"만나서 반갑군. 오공이라고 하네. 돌원숭이 요괴지."

"오공? 제천대성(諸天大星)의 그 손오공 말입니까?"

손오공이라 하면 서유기의 주인공으로 화과산에서 태어났다는 돌원숭이를 가리킨다. 삼장법사와 함께 불경을 운반하러

천축까지 갔다고 하는 전설적인 대요괴. 물론 정천이 그렇듯 그 이름을 지은 것은 크루제겠지만 돌원숭이라는 것까지 같다는 건 신기한 일이다.

"하하! 나를 좋게 봐주니 고맙군. 하지만 나 따위가 위대하신 제천대성님께 비할 수는 없지."

그러나 그렇게 말하면서도 입이 귀까지 찢어진다. 아주 좋아 죽으려는 모습에 멀린은 물을 수밖에 없었다.

"아니, 제천대성이 진짜로 있나요?"

"물론이지! 그분이야말로 원숭이 요괴들의, 아니, 세상에 존재하는 모든 요괴가 존경하는 분이지!"

자부심 넘치는 소리에 이리야가 묻는다.

"몇 레벨인데?"

유저로서 당연한 질문이었지만 오공은 분노했다.

"뭐, 뭐라! 제천대성님보고 몇 레벨이냐니?! 제천대성님은 세상 누구와도 비교할 수 없는 투신(鬪神)이야!"

광분하는 오공의 모습을 보며 멀린의 머리 위에 앉아 있던 정천은 기가 막혀 오공을 노려다보았다.

'아니, 뭘 저렇게 떠벌리는 거야? 저놈은 제약도 없나?'

디오에 완전히 사로잡힌 중, 하위 몬스터들을 '노예'라고 한다면 일종의 '일용직'이라 할 수 있는 펫들은 이런저런 제약이 많았다. 물론 유저들의 수준이 높아지고 다른 차원들과의 관계가 활성화된다면 점점 풀려 나갈 제약도 좀 있었지만 아직은 이른 시간일 텐데 오공은 그런 제약을 신경 쓰지 않는 것이다.

'특이한 주인 때문인가?'

팡!

"웃? 뭐야?"

그렇게 생각하고 있을 때 검은색 연기가 일어나는가 싶더니 순식간에 거대한 비룡의 모습으로 변한다. 그야말로 기척도 없이 등장했기에 주변에 있던 유저들이 움찔했지만 아더는 한숨 지을 뿐이다.

"뭐야, 너? 부르지도 않았는데 왜 나타난 거야?"

"음? 펫 자랑질 중 아니었나? 나는 존재하는 것만으로 네 품격을 높이니 이렇게 가끔 나와줘야지."

당연한 말이지만 이미 아더의 펫 투슬리스를 본 적이 있는 크루제는 투슬리스의 모습에 놀라지 않았지만 그 모습을 처음 본 일행은, 그리고 특히 정천과 엘리는 투슬리스를 처음 본 다른 모든 펫이 그러했듯 비명을 내질렀다.

"용종이 펫?"

"미, 미친. 용종이 뭐가 아쉬워서 이런 놈에 계약을……!"

그러나 그 순간 투슬리스의 눈이 서늘하게 빛나고 주변에 묵직한 기세가 뿜어진다. 그 기세가 얼마나 강하냐면, 멀린이 예전에 만났던 독각화망 정희나 팔미호 천류화와 같은 등급의 기세다. 물론 정천 역시 긴 시간 도를 수련한 몸이고 봉인까지 다 풀린 상태지만 용종, 그중에서도 절대 낮은 수준이라 볼 수 없는 투슬리스가 상대라면 아무래도 격이 떨어진다.

'제정신이 아니군. 엄청나게 세잖아?'

멀린 역시 그 힘을 느끼고 기막혀했다. 물론 막상 싸우면 어찌 될지 모르지만 투슬리스는 자신의 주인인 아더와 맞먹는 힘을 가지고 있다.

'보통 게임에서 저런 건 3초 소환수로나 나올 텐데.'

만약 소환수로 등장해서 소환이 너무 오래 유지되어도 밸런스 붕괴로 버그 아니냐는 소리를 들을 것 같은데 언제든 불러들일 수 있는 펫이 저렇게 강하다니 기가 막힌 일이다. 보통의 유저들이야 그냥 하늘을 나는 용 정도로만 인식하는 모양이지만 이쯤 되면 최상급 소환수에 맞먹을 정도였다.

"와아! 저런 펫이라면 있어도 좋을 것 같은데……."

그리고 그 모습을 이리야가 몽롱한 표정으로 보고 있다. 윤기가 자르르 흐르는 검은색의 비늘에 납작해 보이면서도 전체적으로는 날렵한 유선형의 몸. 날개를 펼치면 30미터가 넘는 덩치에 충만한 오오라가 푸르게 빛나고 있다. 분명 인간이 아닌 몬스터임에도 눈을 뗄 수 없을 정도로 근사한 외양.

확실히 멋진 모습이기는 하다. 정천이나 엘리가 일반 경차라면 투슬리스는 페라리나 람보르기니라고 할 수 있을 정도? 자신이 존재하는 것만으로 주인의 품격이 높아진다고 하던 투슬리스의 말은 결코 허언이 아닌 것이다.

미션 수행 인원이 충족되었습니다! 미션을 시작하시겠습니까?

문득 떠오른 메시지에 아더가 일행을 돌아본다.

"준비 끝났죠?"

"뭐, 크게 준비할 것도 없어요. 가죠."

"좋아요. 시작."

> 접수되었습니다. 필드 추적 시작. 완료. 미션 스타트.

텍스트가 사라짐과 동시에 장소가 변한다. 그들이 도착한 곳은 나무 한 그루 없는 황야다.

"어디지? 중력이 묘하게 강한데."

"세 배쯤 강해. 중력 마법 같은 게 있는 것 같지는 않고…….
어떤 세계지?"

강력한 중력이 일행의 몸을 짓누른다. 세 배의 중력이라는 건 80킬로그램의 몸무게를 지닌 사내에게 160킬로그램의 부하를 추가로 주는 것이니 보통 사람이라면 제대로 서 있을 수도 없을 정도의 부담.

그러나 일행은 대부분 멀쩡하다. 다만 절정의 신법을 지녀 중력의 부담을 전혀 느끼지 못하는 아더와 강대한 오오라로 압력 자체에서 자유로운 크루제, 그리고 중력계 주문을 발현해 부담을 느끼지 않는 멀린까지 변한 상황에 순식간에 적응했기 때문이다.

"아, 제길. 왠지 우리가 모자라 보이잖아."

이리야는 투덜거리며 중력에 저항했다. 아더나 크루제. 그리고 멀린과 다르게 그녀와 아크는 중력의 압박을 그대로 받고 있었기 때문이다. 만일 땅이 단단하지 않았다면 발자국이 깊이 새겨졌을 정도의 무게가 어깨를 짓누르고 있다.

"그러고 보면 식물들도 생소한 종류야. 진도 파니티리스도 아닌 것 같으니……. 이쯤 되면 전혀 새로운 행성이라고밖에 볼 수 없지. 여기가 소문의 노아인가?"

노아라면 우주 괴수와 과학 병기가 등장한다는 SF적인 세계관이다. 지금까지 디오에서는 마법이 존재하는 파니티리스 세계관과 무공이 존재하는 진으로 유저들을 보냈을 뿐 노아에 유저들이 접촉하는 상황은 피하고 있었다.

'과학 기술 때문이겠지.'

그 높은 지능을 눈치로 돌리지 못하는 용노와 다르게 멀린은 상황을 파악했다. 놀랍게도 디오 속에 있는 미래 기술들은 현실에서도 응용이 가능했다. 쉽게 말해, 거기에 존재하는 과학과 문명이 정말 존재하는 종류의 것이라는 뜻이다.

"뭐, 상관없지. 하라는 미션이나 하면 되니까."

이리야의 말에 모두 고개를 끄덕였다. 맞는 말이었던 만큼 모두 퀘스트 창을 띄웠다.

Mission

[구출]

제한시간:00:29:11

목표:인명구조.

아이다 행성에 숨겨진 비밀 연구소 지하 8층에 잡혀 있는 실험체 [루시]를 구하라!

약탈 허용 / 대상 : 연구소 관련 전부.
미니맵 사용 불가.
남은 시간과 상관없이 같은 잼 포인트를 제공합니다.

"행성 언급에 연구소라면 SF 확정이군."

"약탈 허용이라……. 컴퓨터나 탱크 같은 기계류도 있으면 좋겠네. 로딩!"

크루제가 가볍게 손가락을 움직이자 허공에서 바렛이 나타난다. 강력한 위력을 가진 대물 저격총이다.

"아, 권총도 한 쌍 줘. 만약을 대비해 중거리에서 쓸 무기도 필요해."

"바라는 것도 많네. 로딩!"

크루제는 데저트 이글까지 만들어 오공에게 던져 주었다. 오공은 능숙하게 받더니 머리카락을 한 올 뽑아 권총집을 만들어 데저트 이글을 꽂았다.

"중력이 강하니까 사격할 때 감안해."

"뭐, 그 정도야."

피식 웃으며 오공의 모습이 멀어지기 시작한다. 무슨 술법을 쓴 것인지 정도 이상 멀어지자 그 모습이 보이지 않는다.

"정천, 정찰 좀 가줘."

"중력은?"

정천의 물음에 멀린은 별말없이 그의 머리를 쓰다듬었다. 그리고 그와 함께 중력 주문이 펼쳐진다.

펄럭!

정천은 날개를 펼쳐 하늘로 날아올랐다. 미니 맵이 없기 때문에 하늘에서 내려다보며 정찰을 시작한 것이다. 과연 얼마 지나지 않아 정천이 주변 지형에 대한 정보를 3차원으로 전송한다.

"발견했어요. 동남쪽이네요."

"시간이 없으니 서두르자!"

부아앙!

어느새 크루제는 은색의 바이크 토마호크(Tomahawk)를 불러들여 달리기 시작한다. 다른 유저들도 그 뒤를 따라 달리기 시작한다. 그리고 그대로 얼마 지나지 않아 3미터 정도 되는 격자에 도달했다.

"문이다! 어떡하지?"

"어떻게 하긴 이렇게 해야지!"

쾅!

로켓 런쳐를 불러들여 단번에 문을 박살 내고 속도를 더한다. 폭발과 함께 파편이 사방으로 튄다.

"몰래 숨어들어 가야 하는 거 아냐?"

"30분밖에 안 되는데 그럴 틈이 어디 있어. 그냥 달… 응?"

[멈춰라!]

그때 땅이 갈라지더니 5미터 정도 되는 녹색의 거인이 모습을 드러냈다. 두터운 장갑으로 둘러싸인 몸에 이족보행 형태의 기계 병기. 크루제의 눈이 동그래진다. 멀린의 눈도 커졌다.

"로봇이다!!"

"이족보행 병기라고?"

그러나 그들이 놀라든 말든 상관없는 듯 로봇이 양손을 들어 올린다. 양손에 있는 구멍은 누가 봐도 사출구의 그것. 그리고 그 모습을 보던 크루제도 양손에 기관단총을 들었다.

[기갑병 앞에서 대인병기라니 이 무슨 멍청한……]

로봇에 타고 있던 파일럿은 그 광경에 황당해했지만 크루제가 방아쇠를 당기는 순간 그가 전혀 상상치도 못한 상황이 벌어졌다.

쩌저저정!!

[크악?!]

크루제의 총은 그냥 총이 아니다. 가져오는 것은 발사 원리와 탄속뿐 거기에 담기는 위력은 현실의 병기와 전혀 다른 것이다. 마치 무림인들이 던지는 암기나 화살처럼 탄환 자체에 특별한 힘이 실려 감당이 불가능한 파괴력을 만든다.

위잉—!

키키킹!

간신히 혼란 상태에서 벗어난 조종사가 조치를 취하자 로봇의 양어깨가 빛나고 에너지 필드가 펼쳐져 무지막지한 기세로 기갑병을 후려치던 탄환을 막아낸다.

"불타는 영혼, 지금 나의 부름에 따라라……."

아크는 중얼중얼 주문을 외우고 있다. 정신을 차린 기갑병이 고함을 내지른다.

[특이능력자구나!!]

철컹! 하는 소리와 함께 기갑병의 다리 부분에서 라이플 모양의 총기가 모습을 드러낸다. 신속하게 물러서며 쏜다.

피잉!

그러나 허공에 물방울이 떠오르더니 광자가 굴절된다. 쏘아진 레이저는 허무하게 휘어 공중으로 솟구쳤다.

두두두두!!

광자를 제어하는 능력자들과의 전투에 대해서도 훈련받았던 파일럿은 당황하지 않고 반대쪽 다리에 있던 화기를 꺼내 탄환을 발사했다. 철저하게 물리적인 파괴력을 가진 30mm의 열화우라늄탄이었다.

카카캉!!

[말도 안 돼!!]

그러나 경악스럽게도 아더가 몇 번 검을 휘두르는 것만으로 모조리 튕겨 나갔다. 아더는 뭐가 놀랍냐는 표정이다.

"말이 안 될 것까지야."

콰득! 콰자작!

두 번의 검광이 번쩍이고 기갑병의 양팔이 뜯겨 나간다. 크루제가 소리친다.

"조심해! 망가지잖아!"

"네 것도 아닌데 뭘 그렇게까지 걱정해?"

"챙겨가야 한단 말이야!"

와자작!

그러거나 말거나 다리까지 잘라 버렸을 때 다른 기갑병 두 대가 추가로 모습을 드러냈다.

[덴마! 괜찮아?]

"기가 스트라이크(Giga Strike). 파트 원(Part One)."

그러나 모습을 드러낸 기갑병의 앞에는 어느새 아크가 도착해 영기 어린 주먹을 내지른다.

딸깍.

마력이 달린다. 그것은 격발(擊發). 기나긴 영창에 따라 준비된 술식이 기동하고 마력이 정해진 법칙대로 재배열, 이내 폭발을 일으킨다.

"캐논(Cannon)."

쿠악!!

무지막지한 충격음과 함께 기갑병의 몸이 10미터 이상 떠올랐다. 겨우 사람 하나가 손을 휘둘러 생긴 결과라고는 믿을 수 없는 광경. 기갑병은 튼튼해서 그 정도로 전투 불능에 빠지지 않았지만 타격이 적지 않은 듯 비틀거렸다.

"조종석은… 가슴 쪽이군."

멀린은 기갑병의 구조와 작동 원리를 대충 파악한 뒤 오른

손을 들었다. 요는 파일럿을 잡으면 된다. 괜히 튼튼한 로봇을 잡을 필요는 없지 않은가? 멀린은 주먹만 한 크기의 얼음 덩어리를 만들어낸 후 공간이동시켰다.

파직!

그러나 스파크와 함께 박살 난 얼음이 허공으로 튕겨 나간다. 아더가 소리쳤다.

"이 녀석, 로봇 주제에 항마력이 있어! 차라리 침투경이 나을 거야!"

그러나 멀린은 내공을 일으키는 대신 중얼중얼 주문을 외웠다. 항마력이 있는 이상 어지간히 큰 주문이 아닌 이상 직접적인 간섭이 불가능하다. 다른 수단을 써야 하리라.

쩌적! 쩌저적!

얼음의 고리가 떠올라 기갑병의 팔다리를 붙잡는다. 그리고 허공으로 들어 올린다.

[이 괴물들!!]

그러나 기갑병의 내부에서부터 묘한 파장이 퍼져 나가자 단번에 마력이 흩어지며 그 몸이 떨어져 내린다. 마력 저항 능력을 활성화시켜 주변의 마력장을 모조리 흩어버린 것이다.

"침투경을 쓰라니까?"

아더는 이해할 수 없다는 표정을 지으며 검룡 더스틴을 들어 기갑병의 가슴팍을 때렸다.

투학!

별다른 굉음이 울리거나 하지는 않았지만 기갑병의 등으로 대기가 밀려 나가 터졌다. 기갑병 자체에는 별다른 상처가 없었지만 충격파는 확실하게 내부에 전해졌다. 물론 기갑병의 복합장갑과 항마력은 침투경의 에너지도 대부분 흩어버리는 효과를 발휘했지만 한 명의 인간이 죽는 데에는 그리 대단한 타격이 필요하지 않다.

쾅!

멀린의 앞에서 비틀거리던 기갑병은 크루제가 불러낸 로켓런처에 의해 박살이 났다. 그것으로 상황 종료였다.

"뭐야, 너? 왜 무공은 전혀 안 써?"

"마법사로 전직해서 어려워요."

멀린의 말에 크루제의 얼굴이 묘해진다.

"저, 전직? 무공을 쓰던 녀석이 전직해서 마법만 쓰다니… 디오에 그런 시스템도 있었나?"

물론 그런 건 없다. 디오에는 물론 전직이 존재하지만 그건 직업을 바꾼다기보다 직업을 가지게 되는 과정이다. 평민에서 특정한 직업으로 변하는 것이니까.

"영력의 활용법은 무궁무진합니다. 사람마다 다르고요."

"그런가? 하긴 나만 해도 그러니까."

크루제는 순순히 고개를 끄덕였다. 특정한 직업이 아닌 다루는 영력의 종류로 능력이 갈리는 디오의 유저들은 설정 방식에 따라 발휘하는 힘의 종류가 전혀 다르다. 물론 어느 정도의 틀은 있겠지만 같은 학파나 문파가 아닌 이상 이해하기 어려운 능력도 많은 것이다.

삐익ㅡ! 삐익ㅡ!

"아, 비상이다. 더 서둘러야겠군."

"잠깐 나 심문 좀 할게."

"그럼 먼저 가지."

크루제는 잠시의 망설임도 없이 몸을 돌리는 아더의 모습에 좀 미안했던지 로켓 런쳐를 로딩했다.

"문이라도 부숴줄까?"

기기깅ㅡ!

그러나 그 말과 함께 문이 열린다. 그 안에는 그림자에 반쯤 숨기고 있는 이리야가 손으로 V를 그리고 있다. 쉐도우 점프로 공간을 뛰어넘어 안에서부터 문을 연 것이다.

"너무 시간 끌지 마."

말과 함께 경공을 펼친 아더의 모습이 삽시간에 멀어지고 그 뒤를 이리야가 따라간다. 그러나 어쩐 일인지 크루제는 물론 멀린과 아크까지 남았다. 그러나 일행은 신경 쓰지 않았다. 어차피 아더가 갔으니 누가 나타나도 막지 못하리라.

"로봇이라……."

크루제는 오오라를 거대한 손 모양으로 만들어 사지가 잘린 기갑병과 침투경에 당해 쓰러져 있는 기갑병을 한데 모았다. 나머지 한 대는 완전히 박살 나서 부품들만 굴러다니고 있었다.

"이거 멋진데? 디자인은 좀 별로지만."

크루제는 눈을 반짝이며 기갑병의 모습을 살폈다. 로봇 자체는 별다른 상처 없이 멀쩡하지만 그 안에 타고 있는 파일럿이 죽어서 움직이지 않고 있는 상태다. 그리고 반대로 사지가 잘라진 기갑병의 파일럿은 살아 있지만 기기가 완전히 망가져 움직일 수가 없는 상태다.

키잉!

멀린이 안경을 벗자 그의 눈동자가 변한다. 왼쪽 눈동자는 마치 하얀 구슬에 붉은 보석을 박아 넣은 듯 선명한 보석안이고 왼쪽 눈동자는 신령스럽게 빛나는 황금안이다.

"대단하군. 이 정도의 에너지를 사용하는 병기가 전기 에너지로 움직이다니……. 아니, 순수 전기 에너지는 아니야. 게다가 특수한 배터리를 사용하는 것 같은데."

멀린도 흥미로운 눈으로 기갑병을 살폈다. 외부 장갑의 경우 강화안을 가로막아 내부를 보기 힘들었지만 내부에까지 항마력을 갖추지는 못했는지 한 겹 뜯어내자 그 구조를 파악할 수 있었다.

"앗, 제길. 핵 엔진 같은 게 있기를 바랐는데……. 게다가 그냥 봐서는 설계가 힘들잖아?"

크루제는 기갑병의 몸 구석구석을 살피다 투덜거렸다. 높은 수준의 강화안을 가지지 못한 그녀가 일견하는 것으로 기갑병 정도의 첨단 병기의 원리를 파악하기는 어렵다. 분해와 조립을 몇 번 해보거나 설계도를 보지 않으면 그녀가 원하는 정보를 얻어내지 못하리라.

"그러니까 너, 내 질문에 대답 좀 해줘야겠어."

"허억… 허억……! 큭! 이 괴물들이……!"

조종석에서 끌려나온 파일럿이 일그러진 얼굴로 크루제의 얼굴을 쏘아봤다. 그러나 기갑병 상태에서도 순식간에 제압당한 그가 맨몸으로 그녀에게 저항하는 건 불가능하다. 눈앞에서 총을 쏴도 먹히지 않으리라.

"어쨌든 첫 번째, 이 로봇들 이름이 뭐야?"

"이런 멍청한 질문이라니……. 이건 기가스(Gigas)다."

당연히 처음 듣는 이름이었지만 크루제는 쉽게 받아들였다. 셀 수 없이 다양한 몬스터와 상상도 못한 세계로 떨어져 퀘스트를 수행하는 고 레벨 유저들은 적응력이 높은 편이다.

"자, 그럼 설계도는 어디 있지?"

"미쳤군. 설마 말할 거라고 생각하는 건가?"

막강한 중력 때문에 괴로워하면서도 파일럿은 크루제를 비웃었다. 그거야 당연히 기밀 사항이기 때문이었지만 크루제는 당황하지 않았다.

"말 안 한다면 나도 방법이 있지."

오오라가 모여 굳어지더니 서늘하게 빛나는 군용대검이 되었다. 반대쪽 손에는 전기충격기가 생겼다.

파직!

"크악!"

아무 망설임 없는 고문에 자신만만하던 파일럿의 입에서 비명이 흘러나왔다. 하지만 그렇다고 굴복한 건 아니다.

"말해."

"킥킥킥! 홀딱 벗고 제발 말해 달라고 애원하면 생각해 보···
크아악!"

파지지직!!

스파크가 튀고 파일럿이 비명을 내질렀지만 눈동자는 매섭게 크루제를 쏘아봤다. 그는 고문에 버티는 훈련을 받은 정예병. 순진해 보이는 소녀가 이런 일에 익숙하다는 것에 잠깐 당황했을 뿐 쉽게 입을 열 이가 아니었다.

"후후후, 몸이 상하지 않으니 겁이 안 난다 이거지? 좋아."

아담한 체구에 갈색 빛이 약간 감도는 적발, 새파란 눈동자가 인상적인 미소녀의 얼굴에 화사한 미소가 떠오른다.

"새끼손가락부터 시작한다."

콰득!

"크아아아악!!"

비명이 터져 나온다. 그는 고통에 굴할 정도로 나약한 성격의 소유자가 아니었지만 신경 자체를 자극하며 뼈를 으스러뜨리는 고통에 버틸 수 없었던 것이다.

그러나 희번덕거리며 크루제를 노려보는 눈동자에는 오히려 독기가 깃든다. 이 정도는 버틸 만한 정신의 소유자라는 뜻. 그리고 그 모습에 크루제의 미소가 한층 더 화사해진다.

"후후, 역시 이 정도로는 모자라지?"

그녀의 손에 들린 군용대검에서 스파크가 튀기 시작했다.

그녀가 만들어낸 군용대검은 단순한 구조의 냉병기가 아닌 전격을 뿜어내는 기계 장치였던 것이다. 하지만 그녀가 미처 다음 행동을 하기 전 멀린이 그녀의 어깨를 잡았다.

"잠깐만. 너 같은 여자애가 사람 고문한다는 건 좀……. 아무리 현대 사회가 삭막하다지만 이거야, 원."

어느새 말을 놓아버린 그였지만 크루제는 신경 쓰지 않았다. 지금 중요한 건 그가 자신을 방해했다는 것이기 때문이다.

"겁을 상실했네. 설마 지금 나랑 싸우자는……. 음?"

막 살기를 피워 올리다가 말을 멈춘다. 아까와 다르게 멀린이 안경을 벗고 있는 상태이기 때문이다. 물론 그가 안경을 쓰든 말든 상관없는 일이지만 붉은색의 보석안과 금색의 눈동자는 눈에 확 띄는 종류의 것이다.

"오, 너, 눈 뭐야? 완전 예쁘다!"

멀린의 눈동자는 금색과 적색으로 그 색이 서로 다른 일종의 오드아이(Odd-Eye)다.

두 눈의 색이 서로 다른 홍채이색증[Heterochromia Iridum], 그러니까 오드아이는 일반적으로 홍채 세포의 DNA 이상으로 멜라닌 색소 농도 차이 때문에 생기는 현상으로, 과다색소침착과 과소색소침착에서 비롯된다. 이는 대부분 선천적으로 타고나는 경우라 할 수 있는데, 멀린의 경우 보석마안을 완성한 미호의 안구를 이식해 후천적인 오드아이가 되었다.

보석마안을 이식하면서 멀린의 마안술의 경지는 확연하게 높아졌다. 다른 사람들이라면 보석마안을 이식하더라도 적응

기간이 필요하겠지만 그는 단숨에 그녀의 눈에 익숙해진 것이다. 다만 보석마안은 마안에 특화되어 있기 때문에 강화안을 쓰기 힘들었다.

"너도 참 어지간히 집중력없다."

눈을 반짝이는 크루제의 모습에 헛웃음을 짓는다. 오드아이가 물론 신기한 모습이기는 하겠지만 죽일 듯 살기를 뿜다가 바로 이런 반응이라니? 게다가 멀린은 오드아이에 약간 거부감이 있었다. 다른 이유는 없다. 너무 눈에 떠서 싫은 것이다. 겉멋 부리는 중학생이 일부러 꾸며낸 느낌이었기에 일부로 광학 주문을 펼쳐 눈동자 색을 검게 보이게 했었다.

"흠. 예쁜 눈이 마음에 들기는 하지만 정보는 얻어야 해. 난 설계도가 필요하다고."

"뭐, 그 정도야."

멀린의 보석마안이 더욱더 선명하게 빛났다. 그는 파일럿을 바라보았다.

"설계도는 어디에 가면 찾을 수 있지?"

"설계도가 있는 곳은……."

상당한 항마력을 지닌 파일럿이었지만 완성된 보석마안의 매혹에는 이기지 못한 듯 정보를 줄줄 불어대기 시작했다. 뜻밖의 모습에 크루제는 휘파람을 불었다.

"오오, 엄청 편해 보인다. 나도 배울 수 있어?"

"이건 마력이 필요한 거라……."

"맞다. 아깝네."

그렇게 말하며 부품들을 챙긴다. 맨 먼저 크루제는 오오라를 굳혀 커다란 벙커(Bunker)를 생성, 널찍한 그림자를 만든 후 거기에 인벤토리를 크게 열어 기가스를 통째로 삼켰다.

키잉!

"윽! 크기는 충분한데……. 아, 경험치도 많았는데 미리미리 무게나 늘려놓을걸!"

"외부장갑이라도 떼보는 건 어때? 가벼워질 것 같은데."

"아무리 아더가 갔어도 그렇게 시간 끌 수는 없어. 퀘스트 실패하면 얻은 아이템도 다 사라진다고."

고민하는 크루제, 그리고 그 모습에 지금껏 조용히 있던 아크가 말했다.

"옆의 걸 챙기면 될 것 같은데."

"아!"

그녀가 말하는 기체는 사지가 잘려 팔다리가 없는 기체였다. 크루제는 반색하며 다시 벙커 아래 인벤토리를 열었다. 그리고 사지가 잘린 기가스를 챙겼다. 성공이다.

"아싸! 너 천재구나!"

"…별로."

무감동하게 답하며 아크는 인벤토리를 열었다.

그리고 멀쩡한 기가스를 챙겼다.

"어?"

경악하는 크루제를 보며 아크는 어깨를 으쓱인다.

"인벤토리가 충분해서."

"으… 왠지 열 받네."

주먹을 부들부들 떠는 크루제였지만 그러는 순간에도 시간이 가고 있었던 만큼 이내 움직이기 시작했다. 설계도가 들어 있다는 메인 컴퓨터의 위치는 지하 5층의 정비소였다.

"실험체가 있는 게 8층이었지?"

"그리고 남은 시간은 15분 정도."

"너무 시간을 잡아먹었어."

가볍게 달린다. 가볍다고는 하지만 일행의 속도는 시속 50 킬로미터가 넘는다. 이미 문은 다 열리거나 부서져 있었기 때문에 거치적거리는 것도 없었다.

'뭐, 딱히 다 챙길 필요 없지. 배터리랑 전기섬유랑 메인 시스템, 외부장갑도 챙겼고.'

이미 그는 강화안으로 기가스의 내부 구조를 모조리 파악, 암기한 상태였다. 소프트웨어적인 문제와 에너지를 어떻게 충당했는지에 대한 정보는 부족하지만 [제작]을 하기에는 충분하다.

"젠장, 벌써 4층까지 뚫렸어!"

"뭐지? 뭐하는 녀석들이 들어온 거야?"

"강화벽이 박살 나다니, 대체 그것들은 또 뭐야?"

그때 사방에서 강화복을 입은 인간들이 쏟아지기 시작했다. 아더가 모든 방어를 순식간에 뚫고 지나가는 바람에 뒤늦게야 튀어나온 방어 병력들. 미리 전달받은 정보가 있는 것인지 그들은 건물 안으로 들어서려는 대신 멀린 일행을 보고 전투태세를 취했다.

"방심하지 마라! 맨몸으로 기가스를 쓰러뜨리는 괴물들이야!"

"죽여!"

두두두두!

수십 개의 총구가 불을 뿜기 시작한다. 중간 중간 특이한 복장의 병사들은 레이저 라이플을 발사했다. 기가스의 화력만큼은 아니지만 맞아서 절대 좋은 꼴을 보지는 못하리라.

"가라, 방패."

"누가 방패야?"

크루제는 투덜거리면서도 오오라 방벽을 펼쳐 적들의 공격을 모조리 막아냈다. 한 발로 복합장갑을 관통하는 탄환도, 뭐든 녹여 버리는 레이저도 모조리 그 방벽에 막혔다.

"플레임 버스터(Flame Buster). 맥시멈(Maximum)."

그리고 그 방벽을 넘어 쏟아지듯 아크의 몸이 날아들어 갔다. 그의 두 주먹에는 타오르는 폭염이 깃들어 있다.

"익스플로젼(Explosion)."

쿠앙!!

폭발과 함께 무지막지한 충격파가 퍼져 나갔다. 당연하지만 그 폭발의 중심에 있던 아크 역시 충격을 받아야 하는 상태였기에 그는 무상금강공을 운기해 몸을 보호했다. 사실 그의 방어력은 이미 경지에 이른 상태인데다 폭발 마법 역시 스스로 일으킨 주문이기에 충분히 버틸 수 있었던 것이다.

탁.

그러나 미처 그 충격을 견디기도 전에 배경이 변하고 그녀들은 복도 끝에 도착해 있었다. 마치 마술처럼 공간을 이동한 것이다.

"굳이 다 싸울 필요는 없어. 시야 안이라면 이동할 수 있으니까."

"공간이동을… 이렇게 빨리?"

"나라면 가능하지."

"……."

친숙하게 웃는 멀린의 모습에 아크가 움찔했다. 하지만 그러거나 말거나 멀린은 양손에 크루제와 아크를 안은 채 공간을 뛰어넘었다. 마법적인 방비도 해놓은 듯 벽을 관통하는 것조차 불가능한 연구소였지만 아더가 다 부수고 지나간 듯 길이 수직으로 뚫려 있다. 엘리베이터가 봉쇄되었다는 것을 안 아더가 땅에 구멍을 내며 벌써 지하 7층을 넘어선 상태였기 때문이다.

팟!

일단 도착한 곳은 지하 5층. 크루제가 멀린의 품에서 빠져나갔다.

"땡큐! 나는 여기서 찢어질게."

그러나 그런 그녀의 옆에 아크가 선다.

"잠깐. 나도 따라가도 될까?"

"응? 너는 왜?"

"확인할 게 있어서."

그의 말에 멀린은 고개를 끄덕였다. 설계도를 찾으러 가는 크루제를 따라가겠다면 아마도 그의 목표 역시 기가스일 것이다. 사실 미션을 진행하는 중 빠져나가는 건 얌체 같은 행동이라 다른 유저들은 싫어할 만한 행위지만, 멀린은 고개를 끄덕였다.

"뭐, 상관없지. 10분 정도밖에 안 남았으니 서둘러."

그렇게 말하고 다시 공간이동. 순식간에 아더의 옆까지 도착한다.

콰앙!

그리고 도착한 멀린을 반긴 것은 무지막지한 폭음이었다. 마치 은행에 있는 금고같이 거대한 금속 문이 한쪽 벽을 가로막고 있었다.

"뭐하고 계신 거예요?"

"뭐하긴, 뚫으려는 거지. 분위기를 봐서는 저 건너편 같은데…… 튼튼하군. 보통 금속이 아냐."

다른 사람도 아니고 일검 일검에 극강의 위력을 담는 아더가 이런 말을 할 정도라면 정말 보통의 문이 아니라는 소리다. 핵미사일을 떨어뜨려도 흠집하나 안 나리라.

"쉐도우 점프는요?"

이리야는 자신을 바라보는 멀린의 시선에 고개를 흔들었다.

"막히는걸."

"흠."

멀린은 강화안을 가동했다. 그의 오른쪽 눈이 황금색으로 빛나며 주변의 모든 정보를 수집했지만 이내 고개를 흔들었다.

"안 되는군."

뭔가 특수한 조치를 취한 것인지 건너편이 보이지 않는다. 당연한 말이지만 보이지도 않는 곳에 좌표를 잡을 수는 없다. 공간좌표는 지도의 좌표와 달라서 반대쪽의 좌표를 짐작으로 계산하는 게 불가능에 가까우니까. 하물며 반대편에 어떤 물체가 있기라도 하면 어쩔 것인가?

"할 수 없군. 물러서."

결국 결단을 내린 아더가 한 발짝 나선다. 신기를 불러들이려는 것이었는데 멀린이 막았다.

"잠시만."

"흠?"

"이 힘… 마력에 가까워요."

멀린은 금속 문에 손을 올렸다. 문을 따라 흐르고 있는 막대한 힘은 일종의 방어 시스템.

웅!

해석한다. 간섭을 시작한다. 방어를 무너뜨리고 자신이 바라는 바를 실행에 옮긴다.

기기깅!

마치 합리적인 패스워드를 입력받은 듯 자연스레 문이 열린다. 멀린이 시스템에 침투하면서 그가 적합한 이용자라는 착각을 일으킨 것이다.

"오, 신기하네. 마법 쪽인 것 같기는 한데 원래 그리 쉽게 열리나?"

"뭐, 사람에 따라서는."

술법에 대해 전혀 모르는 아더는 그냥 놀라는 정도겠지만 다른 술사가 봤다면 기겁할 정도의 광경이다. 이미 '이치'에 도달한 아더의 공격을 버텨낼 수 있을 정도의 프로그램을 단숨에 해석, 공략해 버린 것은 실로 대단한 일이니까. 더군다나 그 방벽은 멀린이 단 한 번도 접해본 적이 없는 종류가 아닌가?

전혀 생소한 체계의 미래 기술을 단지 사용 에너지가 마력과 비슷하다는 것 하나만으로 무너뜨리는 것도 아닌 통제하에 넣어버릴 수 있다는 건 사실상 그가 어떤 패턴의 마력 장벽을 만나도 뚫어버릴 수 있다는 뜻이기도 하다.

"뭐야?! 문이 왜 열려?!"

들어선 방에는 공중전화 박스 정도 크기의 캡슐 대여섯 개 정도가 자리하고 있었고, 그 앞으로 에너지장이 펼쳐져 있었다. 아무래도 문이 열리면서 최후의 방벽으로 만들어진 것 같다.

"시간은 얼마나 남았지?"

"7분 40초."

"그 루시라는 걸 찾은 다음에 바로 워프해야겠네."

일행은 성큼성큼 앞으로 걸었다. 앞에는 에너지 방벽이 펼쳐져 있었지만 별다른 물리적 장치 없이 에너지로만 만든 방벽으로 이들의 발걸음을 막으려면 그 수준이 매우 높아야 하며, 그 에너지 방벽은 그 수준에 이르지 못한 물건이다.

"어때?"

"순수한 영력이군요. 해석해서 무너뜨리는 건 어려울 거예요."

극히 단순한 체계로 많기만 한 영력을 쌓아놓으면 아무래도 그 틈을 찔러 제어를 뺏어오기가 어렵다. 다만 이렇게 영자 패턴이 단순화되어 버리면……. 다른 방법이 생긴다.

"이번에야말로 내 차례군."

지잉!

아더가 들고 다니는 검룡 더스틴에 검기가 솟아오른다. 그리고 그 모습에 에너지 방벽 뒤에 숨어 있던 연구원이 비웃음을 날렸다.

"개조인간들이 쓴다는 소드 오라인가! 그딴 걸로 7레벨 방벽이……."

그러나 검이 내저어진다. 더스틴에 깃든 검기가 방벽의 에너지를 침식하고 들어가 그 힘을 흡수, 오히려 위력을 더해 내뻗어진다. 그것은 태극혜검(太極慧劍). 무당파의 모든 절기 중 가장 상위에 존재한다는 궁극의 검공이었다.

"이게 무슨……!"

수석연구원은 단번에 부서지는 방벽의 모습에 숨이 막히는 감정을 느꼈다. 그 역시 온갖 능력자들과 말도 안 되는 이능을 가진 우주 괴수들을 봐왔지만 이런 황당한 광경은 상상해 본 적도 없다. 천족이나 마족, 혹은 하위 신도 아니면서 이런 힘을 가지는 건 불가능한 일. 그리고 그렇다는 건…….

"기, 기다려! 노블레스들이 보내서 왔나? 무슨 말을 듣고 왔는지 모르지만 이건 연합법 위반이다!!"

나름대로 필사적인 말이지만 씨알도 먹히지 않는다.

"그게 뭔데?"

카앙!

날카로운 검격이 허공을 베자 캡슐 윗부분이 케이크처럼 부드럽게 잘려 나갔다. 그리고 그 앞으로 다가간 아더가 맨손으로 금속판을 잡았다.

"아, 안 돼!!"

"돼."

우지직!

분명 특수 합금으로 만들어진 금속일 텐데 무슨 종이 박스 찢겨 나가듯 뜯어진다. 수없이 이루어지는 단련과 더불어 무지막지하게 많은 보너스 포인트가 낳은 결과로 그는 경지도 경지지만 능력치 역시 어마어마한 괴물이다.

그리고 그렇게 뜯어낸 캡슐에 있는 것은…….

"어? 이거 용족 아냐?"

"제, 제길!!"

멀린도 그렇지만 아더 역시 눈치 하나는 진짜 빠르다. 그에게 주어진 정보는 거의 없다시피 했지만 수석연구원의 말투와 표정만으로 많은 사실을 유추하는 것이다.

"다시 한 번 말해보시지. 연합법 위반?"

"젠… 장! 어떻게 안 거지? 정보 통제는 완벽했는데! 대체 누구냐? 어디서 왔지? 황금용신의 신전? 아니면 드래고니안?"

전혀 모르는 소리였지만 어쨌든 기억해 둔다. 물론 겉으로는 표시하지 않는다.

"어쨌든 여자애는 우리가 데려갈게. 시간도 얼마 없네."

"흥! 그럴 수 있을까?"

이를 갈며 소리치는 순간 경고음이 울리기 시작했다.

[경고! 경고! 4번 실험체 봉인 해제! 4번 실험체 봉인 해제! 패턴C. 극도의 스트레스로 인한 폭주 상태입니다! 다시 한 번 경고합니다! 4번 실험체의 봉인이 해제되었습니다! 4번 실험체의 봉인이 해제되었습니다! 모든 연구원들은 연구실을 탈출하시길 바랍니다!]

"4번 실험체?"

의문을 표하는 멀린, 그리고 그 순간 캡슐에 누워 있던 흑발의 소녀가 눈을 떴다.

쾅!

순간 무지막지한 폭발이 일어났다. 멀린은 이리야의 몸을 잡고 공간을 이동해 피했고, 가장 가까이에 있던 아더는 검을 휘저어 폭발을 흩어냈다.

"크르르……!"

4번 실험체가 몸에 연결되어 있던 십수 개의 관과 전극을 모조리 끊어버리고 자리에서 일어났다. 몸에 연결되어 있던 관들이 굵고 단단해 온몸이 피투성이가 되었지만 전혀 아랑곳하지 않는 상태다.

"윽! 꽤 강한데? 14레벨은 넘겠어."

물론 그래 봤자 못 이길 상대는 아니다. 13레벨 정도의 힘이라면 일행 전체가 아니라 멀린 혼자 나서도 감당이 가능한 수준. 그러나 그럴 필요까지는 없었다. 소녀가 자유를 되찾자 메시지가 떠오른다.

> 루시 구출에 성공하였습니다! 1,5ㅁㅁ점의 잼 포인트가 정산됩니다!

"아, 끝났다."

"헤에, 안 구해 나가도 되는 모양이네."

"이 정도 힘이면 알아서 나갈 것 같기도 합니다만……. 흠, 이성을 잃은 것 같은데 잘 탈출할 수 있을까요?"

지금까지 구출 퀘스트를 많이 해본 전적이 있는 일행은 고개를 갸웃거렸다. 그도 그럴 것이, 일반적으로 구출은 구출 대상이 안전한 곳으로 이동한 후 클리어되기 때문이다. 물론 적만 해치우고 묶인 것만 풀어도 클리어되는 경우도 있지만 그런 경우는 자기 스스로 안전하게 위험지대를 벗어날 수 있는 경우인 것이다.

"아, 그러고 보면 이런 상황에서 클리어되는 경우도 있었어."

"무슨 경우인데요?"

멀린의 물음에 아더가 답했다.

"누군가 구해주러 올 경우."

쿠우우우—!!

말과 동시에 공간이 비명을 지르기 시작한다. 마치 종이를 손으로 우그러뜨리듯 허공이 일그러지더니 거기에서 한 명의 여인이 모습을 드러냈다.

"이, 이 압박은……."

"미친. 별로 기억하고 싶지 않은 기척인데."

"드래곤……!"

이미 레드 드래곤 이그니스를 본 적이 있는 유저들은 느껴지는 압박의 종류가 어떤 것인지 단박에 눈치챌 수 있었다. 그것도 최소 2000년 이상 살아온 웜급 드래곤이었다.

"뭘 그렇게 긴장해? 아더 녀석이 있는데."

어느새 공간을 넘어온 투슬리스가 잔뜩 질린 일행을 비웃었다. 당연히 싸울 생각 따위는 눈곱만큼도 가지고 있지 않던 이리야는 벌써 어둠에 반쯤 몸을 걸친 채 이를 갈았다.

"무슨 미친 소리를……. 아더가 강한 건 사실이지만 드래곤하고 싸울 정도는 아냐! 이그니스를 잡았던 건 전 유저가 다 힘을 합한 데다 온갖 버프가 있었기 때문이라고!"

당연한 말이었지만 투슬리스는 혀를 찰 뿐이다.

"쯧. 정말 아무것도 모르는군."

"모른다고?"

멀린이 의아해하며 물었을 때 새로이 모습을 드러낸 흑발의
여인이 피 흘리고 있던 소녀 루시에게 다가갔다.

"루시! 괜찮니?!"

"크윽! 크아아!"

"루시……."

흑발의 여인은 슬픈 표정으로 루시를 향해 손을 들었다.

"가족인가 보네."

"블랙 드래곤인 것 같은데도 온화한 모습이군. 아무리 블랙
드래곤이라도 가족이 위협을 당한 상태에서는……."

그러나 그 순간 흑발의 여인이 루시의 머리를 후려쳤다.

"정신 차려, 이 망할 년아!!"

쿠앙―!

폭음과 함께 벽이 움푹 파인다. 거기에는 루시의 머리가 박
혀 있었다.

"……."

"……."

"……."

멀린도 아더도 이리야도 할 말을 잃어버린 채 그 광경을 보
았다. 흑발의 여인은 마치 핸드볼을 하듯 루시의 머리를 한 손

을 잡아채더니 연신 벽에 처박았다.

"자기 멋대로!"

쾅!

"가출을!"

쾅!!

"하더니!"

쾅!!

"아니, 세상에! 인간한테 잡혀서! 실험체가 돼?!"

쿠앙!!

"너 대체 우리 마룡족 망신을 얼마나 시켜야 성이 차겠니?!
응?! 응?!"

쾅! 쾅! 쾅! 쾅! 쾅! 쾅!

무지막지한 힘에 한쪽 벽이 완파가 된다. 그냥 벽도 아니고
합금으로 만들어진 벽이었는데도 그랬다. 만약 그녀의 손에
잡힌 것이 용종이 아닌 다른 생명체였다면 벌써 핏덩이로 변
했으리라.

"와, 이거 완전 공포네. 여기 있다 별 죄도 없이 죽겠다."

"이상하군요. 퀘스트도 끝났는데······."

이리야와 멀린이 질린다는 표정으로 검은 머리의 여인을
바라봤다. 농담이 아니라 피부가 찌릿찌릿 울릴 정도로 강대
한 마력이 느껴진다. 아더를 포함한 일행도 물론 강력하지만
도저히 대항할 수 없을 정도의 강자였다. 보통의 인간으로서
는 상상하기 힘든 세월을 살아 초월지경에 들어선 용종인 것

이다.

"겁먹을 필요 없어. 아더가 있는 이상 귀찮아질 수는 있어도 위험해지는 일은 없을 테니까."

여전히 느긋한 투슬리스의 말에 이리야의 눈살이 찌푸려진다.

"아까부터 무슨 소리를 하고 있는 거야? 아무리 아더라도……."

"아더는."

그러나 투슬리스는 이리야의 말을 가볍게 자르며 자랑스럽다는 듯 말했다.

"천룡인(天龍人)이다."

"천룡인?"

당연한 말이지만 전혀 처음 듣는 단어에 의아해하는 일행에게 투슬리스가 말했다.

"걱정 마라. 저 녀석이 고위 용종인 건 사실이지만 주인 앞에서는……."

"그렇군! 알았어! 역시 저 자식은 인간이 아니었던 거야!"

"히든 종족이었나."

아더와 관련해 워낙 황당한 광경을 많이 봐온 일행으로서는 몇 번쯤 해볼 만한 생각이었지만 투슬리스는 한심하다는 표정이다.

"히든 종족 같은 소리 하네. 너희들 개념이 히든이다."

"그, 그러면 뭔데?"

"어려울 것 없지. 천룡의 기상을 타고난 인간이라는 뜻이야."

투슬리스의 목소리가 신경 쓰인 것일까? 루시를 마구 구타하고 있던 흑발의 여인이 몸을 돌렸다.

"뭐야? 너희 아직도 안 꺼지고 있었냐? 나 오늘 기분 나쁘니까… 응?"

사납게 말을 토해내던 흑발여인의 시선이 아더에서 멈춘다. 불현듯 눈동자가 흔들린다.

"어, 어라? 너 이 녀석……"

흑발의 여인은 아더를 보고 말을 더듬었다. 하지만 그것은 잠시뿐, 그녀는 이내 도발적으로 웃으며 말했다.

"야, 너 이름 뭐야?"

"나? 아더."

여인이 뿌리고 있던 기운이 결코 가볍지 않은 만큼 아더는 기세를 응집시켜 두르고 있다. 그야말로 한 자루의 명도처럼 칼날 같은 기세. 하지만 여인은 다 귀여워 보인다는 표정이었다.

"좋아, 아더. 너, 내 신랑 할래?"

"…뭐라고?"

황당해하는 아더를 보며 멀린이 물었다.

"투슬리스, 설마 천룡인이라는 건."

"후후, 인간들 중에도 눈치 빠른 녀석이 있군. 그래, 내 주인이 가진 것이야말로 우주에서도 보기 힘든 재능. 흔히 천룡인이라고 하지만… 연합에서는 이렇게 부르기도 하지."

　투슬리스는 웃으며 말했다.

　"이 세상 모든 용들의 사랑을 받는 자, 드래곤 러버(Dragon Lover)라고."

Chapter 29

현실 침식

눈을 뜬다. 그리고 깊게 숨을 몰아쉰다.

"미호……."

극도의 허탈감과 슬픔이 밀려온다. 그러나 용노는 알고 있다. 이것은 슬픈 영화나 드라마를 보고 느끼는 심정과 다르지 않다는 것을.

다만 문제가 있다면 가상현실이라는 매체의 특성상 공감의 깊이가 너무나도 깊다는 것이다.

철컥! 띠리리~!

용노는 샤워를 마친 후 무작정 집을 나섰다. 누군가 만나고 싶다. 누구라도 상관없다. 아무나 만나서 이야기하고 싶다. 하소연하고 싶었다.

"하지만 누구를?"

그는 쓰게 웃었다. 그렇다. 누구를 만날 것인가? 모두를 소외시키며 살아온 그는 또한 모두에게 소외받는다. 누구에게나 안식처라고 할 수 있는 가족조차 그에게는 아무런 의미가 없다. 볼 때마다 죄악감으로 괴로워하는 아버지와 어머니, 그리고 뒤틀린 쓴웃음으로 자신을 비웃는 형. 그나마 그를 가족으로 대하는 건 역설적으로 가족으로서 함께한 세월이 가장 짧은 누나뿐이다.

"…나 참."

용노는 자신도 모르게 휴대폰을 꺼내 들었다가 피식 웃었다. 잘 대해주는 게 누나라는 생각이 들자마자 이 지경이다. 이런 주제에 주변 모든 사람들에게 벽을 세우고 그 어떤 접점도 만들지 않는다는 말인가? 귀찮다는 이유로?

"친가가 가깝기라도 했으면 찾아가기라도 했을 기세군. 이 야심한 시각에."

어느새 아파트 단지 밖으로 나와 버린 용노는 불현듯 힘이 빠져 근처 식당의 야외 테이블에 앉아버렸다. 낮에는 제법 많은 사람들이 오가는 골목이지만 어느덧 새벽 두 시. 24시간 운영하는 편의점이나 PC방을 제외하고는 모두 영업을 중지한 상태라 중간 중간 켜 있는 가로등 주변을 제외하고는 어둑어둑하다.

"야 맞지?"

"응, 맞는 것 같아."

"진짜냐? 우와……!"

단단한 나무 의자에 몸을 기대고 앉아 있던 용노는 기묘한 광경에 고개를 돌렸다. 어둑어둑한 골목에 분홍색의 비니 모자를 깊숙이 눌러쓴 소녀가 빠른 걸음으로 걷고 있고, 그런 그녀의 뒤를 열 명 정도의 청년이 우르르 뒤따르고 있었다. 머리를 빳빳이 세우고 염색을 화려하게 했지만 그래 봐야 영락없는 고등학생들이다.

"뭐 이렇게 빨리 걸어. 쫓아가기 힘들게."

"예… 옛? 저, 저요?"

"예… 옛? 저, 저요? 푸하하하! 목소리 진짜 귀엽다!"

피어싱을 한 소년의 말에 소녀는 재빨리 물러서려 했지만 이미 퇴로가 막힌 상황. 소년들은 낄낄거리며 그녀를 포위했다.

"야 너, 리프 맞지?"

"리프? 가수 리프요? 호호. 아뇨. 제가 무슨……. 예, 예쁘게 봐주셔서 감……."

"되도 않는 변장하고 장난하냐?!"

"꺅!"

피어싱이 비니 모자를 거세게 벗겨 버리자 금발의 소녀가 비명과 함께 비틀거린다. 놀라서 한 비명이라기에는 너무 크다. 누군가 듣고 와주기를 기대한 비명 소리. 날라리라고 해도 바보는 아닌 피어싱의 얼굴이 험악해진다.

"누가 잡아먹기라도 해? 아~ 진짜 가슴도 납작한 게 X나게 튕기네."

"뭐?"

순간 소녀 리프의 몸이 움찔거린다. 먼 거리에 있는 용노조
차 알 수 있을 정도로 선명한 혈관 마크가 떠오른다. 당장에라
도 모든 걸 다 부숴 버릴 듯 파괴적인 표정.

"이것 봐라. 뭐, 라고? 뭐가?"

그러나 아무리 화가 나봤자 힘이 없으면 참아야 한다.

"아, 아뇨. 호호호. 저, 저기 바빠서 그러는데 그만 들어가면
안 되나요?"

"안 돼."

"안 돼."

"안 되는데?"

리프를 포위한 고등학생들이 낄낄거리며 웃는다. 개중의 몇
명은 '아, 왜 자꾸 가려고 해. 팬 서비스가 엉망이구만~' 하고
건들거렸다.

"어쩔까……."

평소의 용노였다면 벌써 자리를 피했을 상황이다. 그는 불
의를 보면 참지 못하는 정의로운 성격이 아니고 싸움을 좋아
하지도 않는다. 오히려 그는 겁쟁이에 가까운 인물인 것이다.

인세에 다시 보기 힘든 재능을 가진 그였지만 그럼에도 그
는 유리창이나 다름없는 정신을 가지고 있다. 그에게는 고난
과 역경을 이겨내어 원하던 결과를 쟁취할 수 있는 강인한 의
지가 없다. 사소한 일에도 겁먹고 작은 고난에도 포기한다.

그는 금방 싫증내고 금방 포기하며 위험을 피해 편한 것을 추구하는 마음이 보통 사람보다 몹시 강한 편이었다. 불량배가 여자를 희롱하는 정도가 아니라 강간을 한다고 해도 그에게 그것을 제지할 용기는 없다. 그저 멀리서 안타까워하다가 경찰서에 전화하는 게 그의 한계인 것이다.

"후우……."

그러나 자리에서 일어난다. 왜냐하면 지금의 그는 [평소 상태]가 아니기 때문이다. 미호의 죽음을 경험하고 정신을 놔버림으로써 모든 것에서부터 도망가려 한 그지만, 그럼에도 그의 내면을 차지한 건 게임 속의 아바타뿐. 깨어났을 때의 그는 여전히 미호의 일을 기억하고 있다. 고통과 괴로움 앞에서 언제나 달아나던 그가 마침내 퇴로조차 차단당한 것이다.

말하자면,

그는 지금 제정신이 아니다.

"꺅!"

"이런 X발. 한 번 더 소리를 지르면! 그 입을 찢어버린다!"

"그, 그런……."

리프는 귀여운 디자인의 외투조차 빼앗기고 오들오들 떨고 있었다. 딱히 치안이 나쁜 지역도 아니고 대한민국에서, 그것도 아파트 단지 근처에서 이런 일을 당할 줄은 꿈에도 몰랐다. 심지어 상대는 고등학생으로 보이는, 그녀보다 최소 한 살 이상 어린 아이들이 아닌가? 말하자면 그녀의 팬 층에 속하는 나이대인 것이다.

"휘익~! 몸매는 진짜 좋은데?"

"허리 봐. 세 뼘도 안 되겠다. 소화기관은 다 어디로 간 거야?"

"얼굴 하얀 것 좀 봐. 진짜 인형이네."

리프는 낄낄거리며 온몸을 더듬어오는 손길에 소름이 돋는 것을 느꼈다. 조금씩 물러섰지만 결국 등이 벽에 닿았다. 처음에는 얼굴이나 머리카락을 만지던 손길이 마침내 웃옷과 치마 속으로까지 들어왔다.

"꺄아… 쿨럭!"

"닥치랬지!"

있는 힘껏 비명을 지르려던 리프의 복부에 주먹이 틀어박혔다. 리프가 제법 강단있는 성격이라고 해도 165센티의 키에 40킬로그램에도 채 미치지 못하는 소녀. 일단 한 대 맞자 비틀거리며 숨도 제대로 쉴 수가 없었다.

"그, 그만. 지금 그만두면 아무 소란 없이 그냥 갈 테니까……. 꺅?!"

여기서 멈추면 경찰에 신고하지 않겠다는 소리였지만 씨알도 먹히지 않는다. 물론 그것이야말로 최선의 선택이겠지만. 그렇게 합리적인 사고가 가능한 이들이었다면 상황이 여기까지 오지도 않을 것이다.

'갑자기 예지능력이 생긴 기분이군.'

용노는 쓰게 웃었다. 아마도, 아니, 틀림없이 이들은 리프를 성추행할 것이다. 심하면 성폭행을 할 수도 있다. 물론 그들도 이게 범법 행위라는 건 알고 있겠지만 아무리 요즘 고등학생이 막장이라도 살인 후 매장을 하거나 증거 인멸을 하지는 못할 테니 곧 수사가 시작되게 될 것이다. 물론 이대로 도망치고 별다른 증거가 없었다든지 안 좋은 소문이 퍼지길 원하지 않은 리프가 숨긴다는 경우도 있을 수 있지만, 심지어 그들 중 몇 명은 핸드폰 동영상으로 얻어맞고 벌벌 떨고 있는 리프의 모습을 촬영하고 있다.

정말 미친 짓이지만 그들은 그 영상을 친구끼리 돌려보거나 인터넷에 올릴 수도 있다. 당연하게도 이는 리프의 연예 인생에 씻을 수 없는 오점으로 남을 것이고, 그들의 범죄에 대한 증거가 될 것이다. 동영상이 인터넷에 떠돌게 되면 네티즌들에 의해 그들의 신상명세가 밝혀지는 건 그야말로 한순간이기 때문에 미성년자로서 성폭행에 대해 솜방망이 처분을 받는다 해도 어지간한 배경이 없는 이상 그들의 인생은 막장으로 치달을 것이다.

"어떻게 이렇게까지 생각이 없을 수 있을까."

문득 올라오는 쓴웃음을 느끼며 옷에 달려 있던 후드를 내려뜨려 얼굴을 반 정도 가린 후 몸을 풀기 시작했다. 단순히 팔다리를 휘젓는 게 아니라 무학의 이치와 스포츠 생리학에 따라 근육을 풀어내고 감각을 일깨운다. 한동안 크게 움직인 적이 없는 몸에서 연신 뿌드득 하는 소리가 났다.

"오오, 이것 봐! 팬티가 젖었어! 아닌 척하면서도 흥분했잖아?"

"뭐? 어디 보자. 우웩! 오줌이잖아! 이런 등신! 홍분은 무슨. 동정 티 내냐?"

"아, 씨! 손에 오줌 묻었… 어?"

한참 와자지껄 떠들던 학생들의 시선이 용노에게 향한다. 용노가 무슨 기세를 발하거나 했기 때문은 아니다. 그들이 두려운 게 없는 10대라 해도 지금 이 상황이 범죄라는 걸 모를 리없으니 제삼자가 접근하는 모습에 반응하는 것이다.

"뭘 봐, 찐따야! 뒈지기 싫으면 재미 보는데 방해 말고 꺼져!"

학생 중 한 명이 으르렁거렸지만 용노는 아랑곳하지 않고 한 걸음 나섰다.

"재미있냐?"

"뭐?"

용노는 알 수 없는 소리에 의아해하는 상대의 모습을 보며 사납게 웃었다.

"좋겠다. 이런 걸로 재미있어서."

바짝 접근한 용노의 장저(掌底:손바닥 밑부분)가 학생 중 한명의 턱을 날카롭게 후려쳤다. 일반적으로 장저는 펀치에 비해 자세가 제약되고 주먹이 닿는 범위도 줄어들어 상당한 디메리트를 가지게 되는데도 그 움직임은 너무나 빨라 반응할틈도 없다. 비명조차 지르지 못하고 쓰러지는 학생. 수십 년을 수련한 무술가나 현역 격투기 선수들도 쉽게 흉내 낼 수 없을 정도로 깔끔한 일격이었다.

"어?"

"뭐였지?"

이해할 수 없는 광경에 대응하지 못하고 멍하니 용노의 모습을 보고 있던 학생들은 이어 두 명의 동료가 추가로 쓰러지자 급격한 상황 변화를 받아들이지 못하고 격한 반응을 보이기 시작했다.

"저런 개새가 이 인원한테 혼자서 덤벼?! 액션 영화 너무 보다 미쳤나?"

"죽여!"

가장 가까이에 있던 두 명이 주먹을 휘두르며 덤벼든다. 같이 싸워본 적이라도 있는 것인지 제법 손발이 맞는다. 절묘하다고까지 말할 정도는 아니어도 피하기 쉽지 않은 공격이다.

턱! 턱턱!

그러나 용노의 손이 날아오던 두 명의 팔을 흘리듯 밀어낸다. 몸의 무게를 실어 주먹을 휘둘렀던 그들은 한순간 중심을 잃고 휘청거렸다.

뻑!

그리고 그들 중 한 명의 얼굴에 용노의 무릎이 틀어박혔다. 깜짝 놀란 불량배 중 한 명이 옆에서 덤벼들었지만 용노는 가볍게 피하고 손등으로 그의 얼굴을 후려쳤다. 또한 비틀거리다가 쓰러진 불량배의 복부를 축구공 차듯 걷어찼다.

'느려!'

지금의 그는 불량배들과 전혀 다른 시간 속에 있었다. 사고가 가속하여 모든 사물이 느리게 움직이는 것처럼 보이게 만든다.

빠악! 퍽!

"컥!"

"이런 개… 크악!"

삽시간에 여섯 명이나 쓰러진다. 그중 손등으로 얻어맞은 이는 견딜 만한 듯 코를 부여잡고 일어났지만 그래도 열 명 중 다섯 명이 쓰러졌다. 그들이 말했던 액션 영화에서나 나올 것 같은 광경이다.

"뭐, 뭐, 뭐야? 이게 뭐야?"

"이런 등신들이 한 방 맞고 쭉쭉 뻗어? 너희가 엑스트라냐?"

이를 갈며 남은 다섯 명 모두 움직여 용노를 포위했다. 영화나 드라마, 하다못해 치안이 좋지 않은 다른 나라만 해도 리프를 인질로 삼는 상황이 벌어졌겠지만 이곳은 대한민국이다. 그들은 불량학생일 뿐 조직폭력배이거나 한 것은 아니어서 그 흔한(?) 회칼 하나 없었다.

"덮쳐!"

고성과 함께 다섯 명이 사방에서 달려온다. 그 동작은 빠르지 않다. 아니, 굼벵이처럼 느릿느릿하다. 마음만 먹으면 그보다 수십 배는 빨리 움직일 수 있을 것만 같다.

"칫!"

그러나 생각일 뿐이다. 그들의 속도는 물론 느리게 느껴지지만 느린 건 그 역시 마찬가지로 그는 사고를 가속했을 뿐 시간을 제어한 게 아니었다. 마법이 없는 현실에서 사고의 가속은 단지 상황을 상세하게 파악할 여유 이상의 효과가 없는 것이다.

빠각!

퍽!

정면의 적을 후려차고 등에 일격을 얻어맞는다. 모든 상황을 파악하고 있지만 몸은 하나뿐인데다 상대적으로 더 빠르지도 않으니 어쩔 수 없이 허용해야 하는 공격이 있었다.

쩍!

휘둘러지는 주먹을 어깨로 받아내고 측면에 있던 녀석의 정강이를 걷어찬다.

"악!"

비명 소리와 함께 쓰러지는 불량배였지만 용노의 표정은 밝지 않다. 많이 움직인 것 같지도 않은데 벌써 숨이 턱 끝까지 차오른다. 그의 육체는 하늘이 내렸다 해도 좋을 정도의 무골이지만 그래 봐야 전혀 단련되어 있지 않다. 전력으로 움직이자 금방 지쳐 온다.

"잡았다!"

그리고 그때 남은 세 명의 불량배 중 한 명이 용노의 허리를 붙잡는다. 발을 뒤로 차내려 했지만 쓰러져 신음하고 있던 녀석 중 하나가 발목을 붙잡아 움직임을 막았다.

빡!

"뭐야, 이 꼰대 새……."

빽!

움직이지 못한 틈을 타서 용노의 얼굴을 후려친 피어싱이 뭔가 소리치려던 순간 그의 가슴에 팔꿈치가 빨려 들어간다. 비명도 지르지 못하고 고꾸라질 정도의 강타였다.

"아, 좀 꽉 잡아!"

"이 새끼가 버둥거리기는!"

이제 두 명이 남아야 하는 상황이지만 혼절하지 않았던 두 명이 몸을 일으킨다. 원래 공격 한 번으로 사람 하나를 행동 불능으로 만들기가 쉬운 일이 아니다. 그나마 초반 두세 명은 쉽게 일어나지도 못했지만 체력이 다하자 펀치력이 떨어져 상대하기가 점점 힘들어진다. 몸이 천근만근 무겁고 호흡이 끊긴다. 허리를 잡고 있는 녀석을 떨쳐 내려 해도 힘이 모자란다.

"그대로 있어! 이 새끼!"

그때 불량배 중 한 명이 간판이 날아가지 않게 기대어 있던 철근을 들더니 전력으로 휘둘렀다. 철근은 무거워 휘두르기 좋지 않은 물건이지만 학생들 중에서도 가장 덩치가 커, 185가 넘는 키에 100킬로그램이 가볍게 넘는 체중을 가지고 있는 녀석이 휘두르자 속도가 붙는다. 목표물은 용노의 머리였다.

'위험한데…….'

가속된 사고로 느릿느릿하게 떨어져 내리는 철근을 보며 용노는 잠시 생각에 빠졌다. 그는 알았다. 저 철근을 맞으면 위험하다는 것을. 충분한 무게에 속도가 더해져 머리를 깨기에 모자람이 없는 위력을 가지게 된다. 물론 머리를 움직여 어깨로 받아내면 어깨뼈가 부러질지언정 목숨이 위험하지는 않겠지만…….

'피해야 하나?'

순간 용노는 엄청난 유혹에 휩싸였다. 스스로의 죽음을 바라는 타나토스(Thanatos)적인 감정이 불쑥 고개를 들어 올렸다. 그것은 미호의 죽음이 슬퍼서 생긴 감정이 아니다. 그것은 단지 방아쇠였을 뿐.

삶은 고통이다.

그렇지 않은 때가 있었다. 아직 세상을 잘 알지 못했을 때, 그때의 그는 세상 모든 것을 쉽고 간단하게 보았다. 세상은 쉽기만 한 곳이며 자신이라면 뭐든지 다 할 수 있을 것이라 믿었던 것이다. 하지만 그는 결국 좌절했다. 자신이 믿은 것들이 착각이라는 것을 알았기에.

'정확히 맞으면 죽겠지?'

단순히 맞는 것으로 목숨이 위험하지는 않을 것이다. 철근에 속도가 붙었다고는 하지만 내공이 담긴 것도 아니어서 머리를 박살 낼 수는 없으니까. 그러나 급소를 잘 내어준다면 충분히 생명이 위험한 치명타를 발생시킬 수 있다. 이대로 고개를 돌려 내밀기만 해도 그는 죽을 수 있다.

"아, 안 돼! 용노야! 이거 놔! 용노야!"

"음……!"
신음한다. 하나의 영상이 떠오른다. 그리고 당연하다는 듯
그의 머릿속에 자리한 힘이 그 기억을 억눌렀지만 이번만은 그
러지 못한다. 그의 머리에 천(天) 자가 떠오르고 그의 영성(靈
性)이 깨어나 버렸기 때문이다.

"…미안하다."

항상 궁금했던 일이다. 왜 자신은 가족을 볼 때마다 강한 실
망과 증오심만이 피어오르는 것일까? 왜 그의 아버지는, 어머
니는, 그리고 형은… 그를 마주할 때마다 치부를 들킨 것 같은
표정을 짓는가?

'나, 나는 잘못없어. 네가 이상한 거야. 나는…….'

서서히 기억이 떠오른다. 자신이 살았던 삶, 가족이 자신을
버린 일, 정체를 알 수 없는 남자들에게 납치된 것까지. 하지만
그보다 먼저 떠오른 것은 너무나 애처롭게 눈물 흘리고 있는
소녀의 모습이다.
"……."
용노의 눈이 차분하게 가라앉는다. 철근은 아직도 떨어지고

있다. 그는 천천히 오른손을 들어 올렸고,

그의 오른손에 금빛이 어린다.

따앙!!

"악?!'

휘둘러졌던 철근이 불량배의 손을 벗어나 화살처럼 쏘아진다. 철근은 근처 벽에 30센티미터 이상 박혔고, 불량배의 손은 피투성이가 되었다.

"어?"

"뭐… 억?!'

우득 하는 소리와 함께 용노의 허리를 잡고 있던 녀석과 다리를 붙잡았던 녀석의 팔이 수수깡처럼 부러진다. 자유의 몸이 된 용노는 그대로 한 발짝 나서서 철근을 휘둘렀던 학생의 다리를 로우킥으로 걸어찼다. 믿을 수 없는 괴력이요, 속도였다.

쩍! 퍼벅!

탄환 같은 주먹이 쏘아지고 채찍 같은 발차기가 공간을 가른다. 지금까지의 공격도 결코 가볍지는 않았지만, 지금의 공격이 가진 위력은 그야말로 심상치 않다. 맞으면 하나도 예외 없이 뼈가 부러지고 정신을 놓아버릴 정도. 조금 전과 달리 용노에게 얻어맞은 이들은 쓰러져 신음할 뿐 다시 일어나지 못했다.

"이건……."

신음 소리로 가득한 거리에 멍하니 서 있다. 보고[視], 듣고[聽]. 냄새 맡고[嗅], 맛보고[味], 느끼는[觸], 즉 오감(五感)이 아닌 새로운 감각이 느껴진다. 그러나 생소한 감각은 아니다. 오히려 너무 잘 아는, 천지간에 가득한 세계의 근원.

마나(Mana)다.

그것은 무학에서는 기(氣)라고도 부르는 영적 에너지다. 현대의 인간들은 전혀 알지 못하는 미지의 힘. 지구에서 태어나 자란 이들은 태어날 때부터 모든 영성(靈性)과 기감(氣感)이 봉쇄되어 있기에 그 힘을 감지하지 못하는 것이다.

위대한 성인, 그러니까 야훼나 붓다처럼 크게 깨우쳐 세상의 진리를 깨달은 인간이라면 아스트랄 바디(Astral Body)를 만들어 영적 금제는 물론 세계 자체에서도 자유로워지는 게 가능하겠지만 적어도 용노는 그 경우가 아니다. 그는 삼라만상의 이치를 깨닫지도 못했고 신성(神聖)과 신격(神格)을 얻어 신위(神位)에 오르지도 못했다. 다만 그는 달랐을 뿐이다. 또한 외부적인 요소도 있었다.

"거기, 절벽."

"뭐, 뭐야? 이… 아, 아니, 이게 아니라… 괜찮아요?"

본디 활발한 성격의 리프였지만 지금은 조심스러워질 수밖에 없다. 무엇보다 그녀는 방금 강간당할 위기에 처해 있었고 폭행까지 당한 상태인 것이다. 주저앉아 울음을 터뜨려도 이상할 게 없다.

"네 걱정이나 해. 명색이 연예인이라는 녀석이 이 늦은 밤에 혼자 다니다니……."

용노는 마음에 들지 않는다는 듯 으르렁거렸다. 그는 원래 그리 싸늘하거나 시비를 거는 성격은 아니었지만 지금은 너무나 혼란스럽다. 위태로운 심리상태. 점점 떠오르는 기억, 그리고 느껴지는 마나 때문에 머릿속이 터질 것만 같다. 아무 말 없이 떠나지 않은 것만 해도 특이한 일이다.

"집에 들어가. 자신 포함해서 여럿 인생 망치지 말고."

"자, 잠깐만요!"

그대로 돌아서는 용노를 리프가 붙잡았다. 가뜩이나 머릿속이 복잡한 용노의 얼굴이 험악해진다.

"왜?"

"그… 다, 다리에 힘이……."

"……."

용노는 인상을 찡그렸지만 이내 그녀를 향해 등을 내민다. 리프는 미안해하며 업혔다.

"죄송해요. 저 녀석들하고 멀리 떨어지면… 그… 경비실까지만 데려다 주시면 알아서 들어갈게요."

쭈뼛쭈뼛 어려워하는 태도다. 자신을 구해준 은인이라고 해도 열 명의 불량배를 때려눕힌 사내를 편하게 대하기는 어려우리라.

"…윽!"

"죄, 죄송해요. 괜찮아요?"

뜻밖에도 불량배들에게 얻어맞은 어깨와 등이 크게 부어오르고 있다. 용노는 어두워서 잘 몰랐지만 불량배들이 손에 너

클을 끼고 있었던 것이다. 싸울 때야 흥분 상태라 느끼지 못했던 통증이 서서히 밀려오고 있었다.

"살살 잡기나 해."

"저, 저기… 병원에 가봐야……."

"그 정도는 아니니까 멍하니 있지 말고 매니저라도 불러. 자칭 인기 연예인이면 있을 거 아냐? 저번 그 아저씨한테라도 전화하든지."

"전의 그 아저씨?"

뜻밖의 말에 리프의 얼굴이 묘해진다. 그러나 이내 그 목소리가 귀에 익다는 걸 깨달은 그녀는 경악했다.

"악! 너 대표님하고 있을 때 봤던 싸가지! 스토커였어?"

"스토커?"

"평양에서 여기까지 따라 내려오다니!!"

"……."

용노의 얼굴에 짜증이 어린다.

"던져 버린다."

"스, 스토커, 아니… 꺅?!"

마침내 그녀를 길가에 떨어뜨리고 용노는 몸을 돌렸다. 리프는 깜짝 놀라 주변을 둘러보았다. 조용한 도로. 불량배들과 30미터도 떨어지지 않았다.

"미, 미안! 실수야, 실수! 여기서 볼 거라고는 예상을 못해서! 여기는 어쩐 일이야?"

"아파트 전세 낸 것처럼 말하지 마. 여기가 원래 내 집이니까. 거기는 부모님 댁이고."

퉁명스러운 용노의 목소리에 리프가 바로 고개를 숙였다.

"에고, 미안! 잘못했어! 은혜도 모르고 내가 정말 죽일 년이야!"

"허."

용노는 즉시 자세를 낮춰 싹싹 비는 리프의 모습에 헛웃음을 지었다. 물론 그녀가 잘못한 건 맞지만 바로 이렇게 저자세라니. 아무리 봐도 연예인답지 않은 성격이다.

"집은 어디야?"

"103동."

"같은 동이군."

그러나 흔히 나오는 연애소설처럼 앞집이라거나 바로 위층이라거나 하지는 않았다. 용노의 집은 6층, 리프의 집은 15층이었다.

땡!

엘리베이터에 들어가 6층과 15층을 누른다. 할 말이 떨어진 용노와 리프 사이에 침묵이 깃든다. 머리 복잡한 용노로서는 반가운 일이다.

"아, 음, 이제 설 수 있을 것 같아."

"다행이네. 괜히 이상한 오해 받고 싶지 않았는데."

[6층입니다.]

용노는 안내음과 함께 엘리베이터에서 나왔다. 그런데 어째서인지 리프도 따라 나오는 게 아닌가?

"···뭐야?"

용노의 표정이 험악해지자 리프의 얼굴에 식은땀이 맺혔다.

"자, 잠깐만 쉬다 갈게. 지금 집에 들어가기 애매한 입장이라."

[문이 닫힙니다.]

스르륵 하고 엘리베이터가 닫힌다. 용노는 어이없다는 표정으로 리프를 바라보았다.

"너, 겁도 없구나? 집에 혼자 살거든?"

"어, 어차피 큰일 날 뻔했던 걸 구해줬잖아. 네가 나쁜 마음 먹어봐야 본전이지, 뭐."

당돌한 말에 용노의 눈썹이 꿈틀한다.

"설마 당해도 상관없다는 소리야?"

"물론 그래도 경찰에 신고는 할 거지만."

"거··· 참."

황당해하면서도 순순히 문을 열고 들어간다. 그리고 외투를 벗다 뭔가 묘한 느낌에 움찔한다. 옷이 축축하다. 약간 지린 냄새도 났다.

"너."

"미, 미안! 어, 어, 언제 이런 게······. 아, 맞다. 아까··· 으아!"

속옷이 축축하게 젖었다는 것을 깨닫고 새빨개진 얼굴로 허둥거린다. 그리고 보니 불량배들이 치마와 상의에 손을 집어넣었을 때 약간 지렸던 기억이 난다. 다행히 양이 많지는 않아서 외투가 다 젖을 정도는 아니었지만 속옷은 구제의 여지가 없어 보였다.

"역시 그냥 집에 가라."

"뭐, 뭐? 안 돼!"

"집에 가는 게 왜 안 돼?"

외투를 세탁기에 집어 던지며 용노는 신경질을 부렸다. 가뜩이나 머리 복잡한데다 갑자기 각성한 영성 때문에 별 생각이 다 드는데 마음 편히 집중할 틈도 없게 만드는 그녀가 곱게 보일 리가 없다.

"집에 일이 좀 있어. 어리다고 아무 발언권도 안 주면서 내가 버는 돈 때문에 빌붙는 친척이 한가득이라서."

리프의 표정은 우울하다. 성공한 아이돌 스타로 1년에 십수억의 돈을 벌어들이는 그녀지만 막상 그녀가 할 수 있는 일은 아무것도 없다. 스케줄은 가혹하고 잠깐의 쉴 틈도 없다. 나가는 방송 프로의 종류나 행사를 결정할 권한도 없고 버는 돈이 어디에 쓰이는지도 잘 모른다.

"부모님은 뭐하고 계신데?"

"부모님은 안 계셔. 숙부님이랑 숙모 댁에서 살지."

"쯧."

용노는 혀를 차며 옷장을 뒤졌다. 당연하지만 여자 속옷은 없다. 암울하게도 삼각팬티조차 없었다.

"속옷은 갈아입어야 할 것 같은데, 사각도 괜찮아?"

"으, 으응. 노팬티로 다닐 수는 없으니⋯⋯. 미안."

"별로."

용노가 속옷을 건네주자 리프는 잽싸게 욕실로 들어가 문을 잠갔다.

"골치 아프군."

용노는 한숨을 쉬며 상의를 벗었다. 거울을 확인해 보니 어깨가 부어오르고 있고 등에도 시퍼런 멍이 보인다. 그러나 다행히 뼈는 무사해서 병원에 갈 정도는 아닌 상태. 용노는 입고 있던 옷을 모조리 벗어놓은 뒤 입기 편한 트레이닝복으로 갈아입었다.

딸깍.

그리고 그즈음에 리프가 욕실에서 나온다. 가볍게 씻은 것인지 머리칼이 젖어 있다. 하긴 소변까지 흘렸는데 속옷만 갈아입을 수는 없었으리라. 다만 특이한 게 있다면 그녀의 손에 들린 속옷 한 장이다.

"그건 왜 들고 나온 거야?"

"그, 그렇다고 두고 갈 수는 없잖아."

"버려."

단정적인 용노의 말에 리프의 눈이 가늘어진다.

"뭐야! 내 속옷을 쓰레기 취급하다니!!"

"아니, 그게 쓰레기가 아니면 뭔데?"

"그건……."

순간적으로 말문이 막힌 듯 멈칫한다. 그러다 자신없는 목소리로 말한다.

"그, 그러니까… 이걸… 인터넷에 올리면 비싸게 팔 수 있지 않을까?"

"……."

"미안."

리프는 싸늘한 용노의 시선에 바로 사과하고 속옷을 쓰레기통에 넣었다. 그리고 총총걸음으로 다가와 소파에 앉았다.

"언제까지 있을 생각이야?"

"모르겠어. 숙부랑 숙모가 소속사한테 돈을 더 달라고 강짜를 부릴 생각인 것 같아. 친척들하고 의견을 모을 생각인 것 같은데… 자꾸 나한테 자기들 입장이 맞는 거라고 지지하래. 계약서가 있기는 하지만 잘못된 거라고."

"너는 어떤데?"

"몰라. 나는 그냥 노래하는 게 좋았던 것뿐인데."

근처에 있는 곰 인형을 껴안고 뒹굴거린다.

"단지 그것뿐이었는데……."

중얼거리는 목소리가 점점 잠기나 싶더니 이내 조용해진다. 긴장이 풀리자 피로가 급격하게 밀려들며 잠에 빠져든 것이다. 하지만 대화를 나누던 중간에 잠에 빠지다니…….

"진짜 골고루 하는구먼."

용노는 고개를 내저었지만 이내 그녀의 몸을 침대로 옮긴

후 이불을 덮어주었다. 짧은 시간이지만 정신적으로든 육체적으로든 고생했으니 녹초가 되도 이상할 게 없는 상황이기는 했다. 자는 척이 아닌가 하는 의심도 들었지만 짐승 같은 감각의 소유자인 용노를 속이는 건 불가능한 일이다.

"후우……."

용노는 리프가 앉았던 소파에 앉은 채 깊게 한숨을 쉬었다. 이젠 꽤 시간도 지나고 마음도 차분해진 상태. 기분 같아서는 아까 전의 경험이 모조리 환상이라고 치부하고 싶었지만, 그럼에도 여전히 주변의 마나가 느껴진다. 현실 세계에는 절대 존재할 수 없는 감각이지만 그에게 너무나 익숙한 감각이다. 디오 속에서는 항상 다루는 힘이니까.

"미치겠군. 내 정신이 나간 것 같지는 않은데."

물론 그렇다고 상황이 게임 속과 똑같은 건 아니다. 시스템적인 보호나 아이템이 없는 건 둘째치고서라도 육체적인 조건이 전혀 다르니까. 게임 속에서 쌓였던 금단선공의 내공과 수성, 금성, 지구의 외계(外界), 그리고 스타루비에 이른 마정석이 없다는 그런 단순한 종류의 문제가 아니다. 정말 기본적인 육체의 구조 자체가 다른 것이다.

유저들은 무학에 대해 폭넓고도 다양한 지식을 가지고 있으면서도 임독양맥 타통이나 환골탈태에 대해 잘 알지 못한다. 연구가 부족해서라기보다는 유저들에게 '그런 건 없기' 때문이다. 환골탈태를 해도 두 번은 해야 하는 경지의 아더조차 환골탈태를 경험한 적이 없는 것과 마찬가지의 이유인데, 이는 유저들의 육체가 처음부터 가장 이상적인 상태이기 때문에 일어나는 일이다.

유저들의 몸은 첫 생성 때부터 모든 영능과 기감이 깨어 있고 어떠한 노폐물도 쌓이지 않은 이상의 육체를 가지고 있다. 임동양맥 같은 건 처음부터 뚫려 있다. 처음부터 이상적인 몸이니 환골탈태조차 기력의 낭비에 불과한 것이다.

"반면 이 몸은… 모든 혈도와 혈맥이 메말랐군. 아니, 퇴화되었다고 해야 하나?"

놀랍게도 현실의 몸에는 혈도와 혈맥 자체가 없다. 흔적 자체는 있지만 마치 인간의 엉덩이에 꼬리뼈는 있어도 꼬리 자체는 없는 것처럼 현실의 몸에 있는 모든 영맥은 완전히 퇴화되어 사용이 불가능하다. 인간이 아무리 노력해도 있지도 않은 꼬리로 물건을 집어 올릴 수 없는 것처럼 현실의 인간들은 태어나서 죽을 때까지 그 어떤 영적인 힘을 발휘하는 것도 불가능한 것이다.

"하지만 실제로 나는 느끼고 있단 말이지. 정체는… 이건가?"

용노는 손거울로 자신의 이마에 쓰여 있는 天 자를 확인했다. 그것은 디오의 인도자이자 유저들이 처음으로 만나게 되는 NPC 마리오넷 홀드의 선물. 놀랍게도 그의 이마에 쓰인 글자는 퇴화된 영맥을 대신할 매개체가 되고 있었다.

"여전히 내 몸에는 내공이 없어. 1갑자는커녕 하루치의 공력도 없지."

마리가 남긴 인장이 매개체 역할을 한다 해도 현실에서 금단선공이나 기타 심법을 사용하는 건 불가능하다. 혈도와 혈맥이 퇴화되어 조금도 활용할 수 없는 이상 무학은커녕 그 어떤 이능도 성립 자체가 불가능하다.

"사람뿐이 아냐. 동물도 식물도, 심지어 무생물들도… 지구에 존재하는 어떤 것에도 물질의 구성 요소 이상의 기(氣)가 깃들지 않아."

그래서 영물도 없고 영초도 없다. 기묘한 힘을 가진 물건들역시 당연히 없을 수밖에 없는 것. 하지만 그렇게 정의하는 순간 용노는 숨이 막히는 것 같은 기분을 느꼈다. 왜냐하면 자신이 디오의, 그러니까 '게임 속 설정'으로 현실을 정의했다는 것을 깨달았기 때문이다.

"…거짓말."

아니다. 그래서는 안 된다. 아무리 대단한 게임이더라도 어디까지나 현실에 속해야 한다. 현실의 설정으로 게임을 정의해야지 게임 속 설정으로 현실을 설정하는 일이 가능해서는 안 된다. 만약 그것이 가능하게 된다면…….

웅!

진기를 불러일으키자 오른손에 은은한 금빛이 어린다. 단전의 내공을 정해진 혈도에 따라 움직인 게 아니라 대기에 떠돌던 기운을 직접적으로 손바닥에 집중시킨 것이다. 그것이야말로 마리가 전해주었던 비전 중의 비전. 기천(氣天)의 가르침이다.

"보통 게임이 아니라는 것 정도야 처음부터 알고 있었지만 설마 무공에 마법까지 가능하다니……."

끼익!

마치 쇠를 긁는 것 같은 소리와 함께 테이블에 마법진이 그려지는 모습을 보며 용노는 신음했다.

"대체 정체가 뭐야?"

Chapter 30

이벤트와 노매너

기이잉.

세로 2미터, 가로 10미터 정도 크기의 테이블을 온갖 마법진이 빼곡히 뒤덮고 있고, 거기에는 라스트 미션에서 획득해 온 기갑병 기가스의 부품들이 일정한 간격으로 배치되어 있다. 한쪽 벽면에는 모니터 화면처럼 온갖 자료가 떠올라 기가스 부품의 성분과 작동 원리를 표시하고 한쪽에는 둥그런 얼음 기둥에 파란 마력구가 빛을 발하고 있다. 얼음 기둥의 표면에는 자그마한 글자가 빽빽하게 새겨져 있다.

"이런, 마법 가루가 또 떨어졌군."

여기저기 돌아다니며 키보드를 연상시키는 마법판을 조작하던 멀린은 쓰고 있던 안경 클로즈를 살짝 벗은 후 눈가를 지

압했다. 그 표정에는 숨길 수 없는 피로가 깃들어 있었다.

휘리릭!

용노는 품속 인벤토리에서 한 장의 카드를 꺼내 튕기듯 날렸다. 허공에 떠오른 카드는 팽이처럼 뱅글뱅글 돌며 커지더니 이내 진짜 문만 한 크기가 되고서야 움직임을 멈췄다. 용노는 문을 열고 들어가 직경 1미터가 넘는 칼리브 대왕조개의 조개껍질을 두 개나 꺼내왔다.

"정천, 청염으로 가열 좀 해줘."

"뭐? 야, 이 자식아, 나 안 그래도 바빠!"

화르륵!

멀린의 위쪽, 천장쯤에 매달린 강철 고리에서 화염을 일으키고 있던 정천은 멀린의 새로운 주문에 성질을 부렸다. 한동안 싸움에도 참여하지 않고 정찰이나 하면 되는 매일이었는데 미호가 죽은 후 멀린의 성격이 변하면서 잠시의 쉴 틈도 없이 부려먹히고 있다. 예전에는 자신에게 걸린 이런저런 봉인을 핑계 댈 수 있었는데 멀린은 신대륙에서 벌어들인 막대한 경험치로 그 모든 봉인을 모조리 해제해 버렸다.

쉴 새 없이 쏟아지는 일거리에 짜증이 솟구치는데 그 모든 게 그의 힘을 감안한, 그리고 절대 무리시키지 않는 선에서 이루어지는 체계적인 작업이었기에 펫으로서의 계약에 의해 저항할 수도 없는 상태다.

"아, 그 작업이라면 이제 끝날 거야."

"뭐?"

반문하는 순간 천장에 그려져 있던 마법진이 빛나고 거기에서부터 붉은색 기운이 떨어져 내렸다.

큐웅!

그리고 허공에서 떨어져 내린 기운을 멀린이 잡아내자 묘한 파동이 퍼져 나간다. 어느새 멀린의 손에는 엄지손가락만 한 굵기의 루비가 잡혀 있다.

"역시 금방 만들어지긴 해도 하울링 스펠을 발동시킬 정도의 순도는 무리군. 하울링 스펠이 초필살기라면 필살기라는 느낌인가?"

멀린은 루비를 인벤토리에 집어넣으며 몸을 돌렸다. 그 모습에 정천은 냉큼 고리에서 내려오려고 했지만 염체 중 하나인 샤이닝이 조개껍질을 그의 앞으로 들이밀었다.

"부탁해."

"아오! 좀 쉬면서 하자!"

"세 시간에 10분씩 쉰다고 했잖아. 아직 15분 남았어."

"우우, 이건 노동 착취야."

징징대며 도력을 모아 파란색 불꽃을 일으킨다. 마법 가루를 만들기 위한 전초 작업이다.

삐빅!

그리고 그때즈음 벽에 설치된 화면에서 한 장의 설계도가 떠오른다. 멀린은 그 모습을 보고 생각에 빠졌다.

"역시 현재 유저들의 기술로는 만들기 어렵겠군. 어마어마하게 빠른 발전 속도를 보이고 있기는 하지만 현실 시간으로도 반년은 걸리겠어."

현실에서 반년이라면 12배속의 디오 속이라면 무려 6년의 세월. 결코 짧지 않은 시간이지만 이제 막 이능을 접하기 시작한 유저들이 현대과학, 나아가 미래과학을 습득해 거기에 맞는 기술을 얻으려면 적어도 그 정도의 시간은 필요할 것이다.

"그렇다는 건 결국 그 방법뿐이라는 건가."

멀린은 마법판을 조작한 후 열려 있던 문을 닫았다. 닫힌 문은 반으로, 다시 반으로 접히는가 싶더니 최종적으로는 한 장의 카드로 변했다. 그것은 하우징 카드. 그리고 지금 멀린이 있는 장소도 하우징 카드의 내부다. 멀린은 A등급의 카드를 새로 구입한 후 자신의 연구실 겸 실험실로 만든 것이다. 먼저 샀던 하우징 카드는 이런저런 물건들이 들어간 창고가 되었다.

"그나저나 어쩔 생각이야, 주인? 저 설계도도 그렇고 지금 만드는 것도 뭔가 위험해 보이는데."

"별로 위험할 것도 없어. 이것 역시 운영진이 의도하는 방향일 테니까. 문제가 있다면 내가 조금 빠르다는 것 정도?"

"뭐, 네가 그렇다면 그렇겠지만…… 자."

"고마워."

멀린은 정천의 청염에 의해 바짝 구워진 조개껍질을 받아 분쇄기 안에 집어넣었다. 이대로 고운 가루를 내 몇 가지 재료를 더한 후 마법적인 조치를 가하면 훌륭한 마법 촉매가 될 것이다.

"아, 그러고 보니 슬슬 이벤트 시간 아냐?"

"마탑 바벨에만 들렀다가 바로 갈 거야. 오늘은 작정하고 모을 테니까."

"그래?"

정천은 주변의 바람을 제어해 천천히 하강, 멀린의 머리 위에 앉았다. 멀린의 고개가 조금 눌렸지만 그는 신경 쓰지 않고 말했다.

"왜. 내가 이벤트에 간다는 게 의외야?"

"아무래도 넌 뭐랄까, 많이 차분해 보이는 인상이니까. 수많은 사람들이 모여 버글거리는 이벤트는 별로 안 좋아할 것 같거든."

예전의 멀린이 모험을 즐기고 여행에 목숨을 거는 스타일이었다면 지금의 멀린은 학자풍이라고 할 수 있다. 안경을 쓰면서 분위기가 변해 보이는 것도 있지만 실제로 하우징 카드를 구입해 실험실로 꾸미고 이런저런 연구를 하고 있는 것만 봐도 그렇다.

게다가 전투 또한 무공 위주에서 마법 위주로 변했다. 아니, 정확히 말하자면 위주라는 말은 틀릴지도 모른다. 예전의 그가 무공을 주로, 마법을 부로 사용했다면 지금의 그는 오직 마법만을 사용한다.

"뭐, 완전히 틀린 말은 아니지만 그런 이벤트를 싫어하는 건 아냐. 기본적으로 재미도 있어 보이고 보상도 괜찮잖아? 무엇보다 나한테 몹시 유리하지."

멀린은 용노에 대해 생각했다. 그는 이벤트에서 남들의 배 밑으로 몰래 숨어들어 가 바다 위로 올라가지 않은 물고기들을 잡았다. 때문에 다른 유저들은 그가 있는지도 몰랐다. 실제로 용노가 잡은 보석물고기가 전체 물고기의 1%에 달할 정도로 막대한 양임에도 그렇다.

그는 어디까지나 음지에서 움직였다. 이벤트에 참가하고 싶어하면서도 사람들 눈에 띄는 걸 별로 좋아하지 않았기 때문. 그러나 멀린은 코웃음을 쳤다.

'나 참, 왜 그렇게 몸을 사리는 건지. 사람들 앞에 나서는 게 무섭나?'

용노는 아더나 크루제와 같은 수준의 재능을 가진 몬스터급 유저지만 그의 능력을 아는 사람은 아무도 없다. 그가 언제나 다른 유저들의 시선 밖에서 혼자 놀기 때문이다. 솔로 플레이가 취향인 유저가 그뿐인 건 아니겠지만 그처럼 철저하게 혼자 노는 이는 흔치 않으리라.

'뭐, 슬슬 녀석도 조용히 사는 게 힘들어지고 있는 것 같기는 하지만.'

용노와 멀린은 서로의 기억을 공유하고 있다. 애초에 한 몸이니 당연한 일. 그리고 그렇기에 용노는 멀린이 게임 속에서 무엇을 하고 다니는지 알 수 있고 멀린 또한 용노가 무슨 일을 겪었는지 알 수 있다. 그리고 마리가 남겨준 인장으로 인해 현실에서 이능을 쓸 수 있게 된 것은 멀린에게 있어 디오에 대해 이해하는 데 많은 단서가 되었다.

"용노 이 자식은 그 좋은 머리를 쓸 줄도 모르지만 난 다르지."

멀린은 품속에서 굵은 알의 사파이어를 꺼냈다. 용노가 의식을 가라앉히면서 무공을 사용할 수 없게 된 그지만 진기의 운용까지 불가능한 것은 아니기에 틈틈이 하울링 스펠을 위한 보석을 만들고 있다. 다만 하나 만드는 데 최소 2주라는 시간이 걸리기에 이제 겨우 하나를 만들었을 뿐이지만 그 하나의 보석만 있어도 이벤트에 대파란을 일으킬 수 있으리라.

"잼 포인트가 아주 많이많이많이 필요하단 말이지."

피식 웃으며 문을 열고 밖으로 나온다.

"그렇다면 쓸어 담아야지. 능력이 있다면 말이야."

*　　　*　　　*

"여기 있습니다."

방 안으로 들어간 멀린은 서른 장 정도의 논문과 붉은색의 보석을 제출했다. 책상에 앉아 인터넷 서핑(!)을 하고 있던 중년 사내는 반색하며 그걸 받았다.

"오, 생각보다 빨리 결과가 나왔군. 어디 보자."

단정하게 빗어 내린 금발의 미중년은 천지간의 이치를 깨달아 수십 가지의 주문을 동시에 엮어내는 게 가능하다는 대마법사 레이한 벤넌트다. 그리고 그들이 함께 있는 서재를 연상시키는 방은 마법사들의 성지인 마탑 바벨의 최상층.

팔락.

레이한은 차분하게 논문을 읽었다. 물론 차분하다는 건 그의 표정뿐으로, 논문을 다 읽는 데까지 걸린 시간은 채 5분이 되지 않는다.

"호오, 이건 정말 새로운 시도로군. 마나의 결정화를 시도하는 경우는 많았지만 이렇게 폭발적인 마력을 이끌어내는 방법이라니."

그는 휘파람을 불며 책상 위에 있는 루비를 확인했다.

"약식(略式)이군."

"저도 몇 개 없어서."

하울링 스펠을 발동하기 위한 정식 보석은 만드는 데만 보름에 가까운 시간이 걸린다. 수거 당할지도 모르는데 함부로 꺼낼 수는 없는 일이다.

"재료로는 보석이 들어가나?"

"경지가 낮을 때에는 에너지 탱크가 필요합니다. 되도록 보석이 좋지만 지기가 깃든 물건이 있다면 대체가 가능하죠. 마나의 결정화를 할 수 있게 되면 그나마도 필요없지만 마나와 내공을 동시에 다루는 능력이 반드시 있어야 합니다."

레이한은 멀린의 말에 고개를 끄덕였다. 진리의 끝자락을 부여잡은 현자이자 대마법사인 그는 이미 멀린이 '발명'한 새로운 체계를 거의 완전에 가깝게 이해하고 있었다. 그리고 그것이 가지는 가치 또한 그는 알고 있다.

순수한 마력과 내공이 충돌해 에너지를 발산한다는 사실이야 이미 수십만 년 전에 밝혀진 사실이지만 그 불안정한 마나의 흐름을 결정화시켜, 심지어 안정화시키기까지 하는 이 혁신적인 시도는 수십 수백억 년의 시간 동안 어떤 차원에서도 완성된 바가 없다.

'정말로 인간이란 신기한 동물이란 말이지. 어떻게 이런 생각을 할 수 있는 건지.'

물론 이 대단한 발견도 인간들 사이에서는 별다른 가치가 없을 것이다. 마력과 내공의 반발을 일으킨 후 결정화시키는 모든 과정을 공개한다 해도 누구도 따라 하지 못할 테니까. 그러나 초월자가 포함된 단체라면 이 이론은 그야말로 무궁무진한 사용법을 가진다. 마력과 신성력의 반발을 이용해서 무한의 마력을 뿜어내는 영구기관을 만들려다 모성(母星)을 날려먹은 마룡족들이 이 공식을 본다면 인간보다 모자란 자신들의 어리석음에 자살을 시도할지도 모른다.

'물론 여전히 신마의 결합은 불가능하고, 여기에서 나오는 출력은 어중간하지만… 그래도 안전하다는 건 대단한 매력이지.'

생각을 마친 레이한의 시선이 멀린을 향한다. 어느새 그의 얼굴에는 만족스러운 미소가 깃들어 있다. 별생각없이 걷다가 보석을 주우면 이런 기분이 되리라.

"계약하지."

"계약… 말입니까? 제가 여기 온 이유는…….."

"시험 따위 아무래도 좋지."

대답하는 순간 메시지가 우르르 쏟아졌다.

전직 퀘스트를 성공하셨습니다!

'평민'에서 '하울링 아쳐(Howling Archer)'로 전직합니다!

마스터 스킬, '다시 허락된 기적[Regeneration)]을 획득할 수 있는 도전권을 획득하셨습니다!

마스터 웨폰, '올림포스(Olympos)'를 획득할 수 있는 도전권을 획득하셨습니다!

멀린은 온몸이 충만하게 차오르는 감각에 놀랐다. 물론 어느 정도의 보정이 있을 거라는 것쯤은 짐작했지만 이건 생각 이상의 강화다. 마력이 너무나 많아져서 범위 주문을 몇 번이고 뿌릴 수 있을 것 같은 상태. 그는 상태창을 열어 새로운 직업을 확인했다.

Title

[하울링 아쳐(Howling Archer)]

마력 150. 정신력 50포인트 상승
유저 멀린이 처음으로 만들어낸 주문 형식. 하울링 스펠을 담아낼 수 있는 올림포스를 기반으로 일격필살의 강력한 전투력을 발휘한다.

"오, 제법… 응?"

늘어난 능력치에 신기해하던 멀린의 눈썹이 꿈틀한다. 뭔가 기묘하다고 느꼈기 때문이다.

'이상해. 스텟창은 평소 내 능력을 수치화해서 보여주는 일종의 표시기 같은 거였는데, 지금은 스텟창의 값[Value]이 변하고 그 후에 내 힘이 늘어났어. 이건 마치… 마치……'

막 깊은 생각에 빠지려 하는 멀린이었지만 레이한은 그런 그를 놔두지 않았다.

"그런 사소한 거에 신경 쓰지 말고 이거나 읽어보게."

"이것 때문에 여기까지 온 건데 사소하다니."

어이없어하면서도 레이한이 내미는 종이를 받아 든 멀린의 눈이 동그랗게 커졌다. 상상력이 뛰어난 그였지만 그럼에도 종이에 쓰여 있는 문장은 상상을 초월한다.

"트, 특허신청서?"

"그래. 자네의 보석 제작 방식에 대한 특허신청서네. 잘 읽어보고 미심쩍은 조항이 있으면 말해줘. 수천 년간 쓰인 신청서에 오류가 있을 거라고는 생각하지 않지만 말이야."

"그것참……"

멀린은 황당해하면서도 차분하게 신청서를 읽었다. 그리고 그중 한 줄의 문장에 눈을 가늘게 떴다. 거기에는 [연합법 12장 231조 4항에 따른 특허법의 적용법에 의거하여]라는 글자가 쓰여 있었다.

"기, 기다려! 노블레스들이 보내서 왔나? 무슨 말을 듣고 왔는지 모르지만 이건 연합법 위반이다!!"

멀린은 라스트 미션을 위해 연구소에 들어갔다가 들었던 말을 떠올렸다. 분명 그는 연합법이라는 단어를 언급했었다.

"연합법이라……. 설명을 부탁드려도 되겠습니까?"

그러나 뜻밖에도 레이한은 고개를 흔들었다.

"미안하지만 그럴 수 없네. 자네는 그럴 수 있는 입장이 아니니까."

"하지만……."

"맹세하지. 내 이름을 걸고 자네가 손해 보는 일은 없을 걸세. 절대로 이득이 될 거야."

"만약 제가 싫다고 한다면?"

한번 튕겨보는 멀린의 모습에 레이한은 싱그럽게 웃었다.

"그때는 어쩔 수 없지. 네 연구를 내 연구라고 거짓을 꾸며낸 다음 가로챌 수밖에."

이렇게 당당하게 말해 버리니 뭐라 비난할 말도 없다. 생각해 보면 연합법이 뭔지도 모르고 특허신청서를 어디에 제출해야 할지도 모르는 시점에서 그가 할 수 있는 일은 아무것도 없다고 하겠다.

"…그렇다면 이 중계료 20%라는 건 뭡니까?"

"당연히 내가 받는 보상일세. 솔직히 아이디어는 나쁘지 않지만 자네가 이 지적재산권을 행사할 힘은 전혀 없지 않은가? 내 보증과 도움은 반드시 필요하지."

당당한 말에 멀린은 결국 고개를 끄덕였다.

"사기당하는 기분이지만, 뭐 좋습니다. 어차피 이 계약에서 전 을의 입장인 것 같고, 전문 지식도 없는 이상 레이한님을 믿을 수밖에 없지요."

"나도 내 양심만 믿으라는 소리는 안 해. 특허처럼 고차원적인 계약은 지혜와 정의의 신 토트에 의해 주관되니까."

"지혜와 정의의 신?"

"계약의 신이라고도 불리지."

레이한의 대답과 동시에 그들의 주위로 묵직한 압력이 내려온다. 그것은 결코 누군가가 그들을 짓누른다거나, 혹은 강력한 무언가가 주변에 나타났다거나 하는 종류의 기척이 아니다. 말하자면 그것은 일종의,

"시, 시선?"

"그래. 태고의 맹약에 따라 토트가 이곳으로 시선을 향한 거야. 하위 차원에 관심을 가지는 정말 몇 안 되는 최상위 신 중하나지."

[시선]은 멀린과 레이한을 한 번 훑어 내리더니 최종적으로 계약서에 도착했다.

화륵!

"계약서가……."

"놀랄 것 없어. 정식 절차니까."

"하지만 서명도 안 했는데 말입니까?"

레이한은 멀린의 질문에 어깨를 으쓱했다.

"신이 주관하는 계약에 그런 건 필요없다네. 우리에게 계약을 지킬 의지만 있으면 나머지는 토트가 알아서 판단하니까."

그러나 그렇게 말하면서도 레이한은 꽤 놀라고 있는 상태다.

'빠르군. 양쪽 모두가 계약서를 완전히 숙지하지 않으면 계약이 진행되거나 하지는 않을 텐데.'

사실 조금 더 설명하기도 전에 계약서가 불타 버려서 레이한도 약간 당황할 수밖에 없었다. 물론 몇 장 되지도 않는 계약서를 읽는 거야 신기하지도 않은 일이지만 '숙지'라는 개념은 단순히 계약서를 암기한다고 성립되지 않으니까. 하지만 아무것도 몰라야 할 유저 중 하나인 그가 이렇게나 쉽게 계약서를 숙지한다는 것은 특별한 의미를 가진다.

'이 녀석, 어느 정도 짐작하고 있군.'

그러나 레이한은 크게 개의치 않았다. 사실 근래에 디오는 단순한 게임으로서는 보일 수 없는 모습을 너무나 많이 보였다. 인간이라고 다 정박아도 아닌데 의심하는 이가 한 명도 없다는 건 말이 안 된다.

'물론 그것도 계획에 있는 일이기는 하지만… 너무 빠르다. 탄, 대체 무슨 생각을 하고 있는 거냐?'

레이한은 고개를 흔들어 디오를 운영하는 노블레스들의 수장이라고 할 수 있는 사내의 모습을 떨쳐 냈다. 그 역시 노블레스지만 탄과 레이한은 동등한 입장이 아니다. 초월지경에 이른 이들은 어느 정도 자유로운, 그러니까 대학으로 치면 일종의 수석교수라고 할 수 있는 입장이지만 그래도 총장이라 할 수 있는 탄에 비할 바는 아니다. 무엇보다 가진 힘이나 격에서조차 차이가 나는 상태. 그는 쓴웃음을 지으며 오른손을 들어 올렸다.

쩌적.

"무슨?"

가만히 서서 레이한을 보고 있던 멀린은 레이한의 오른손에서 결정화되는 보석의 모습에 숨을 들이켰다. 놀랍게도 레이한은 멀린과 같은 방식으로 마정석을 만들어내고 있었다. 게다가 그는 보름이나 걸리는 연단 과정조차 없이 결과를 도출해 내는 것이 아닌가?

"놀랄 것 없네. 예전부터 놀라운 발명은 그 의외성과 창의성에 가치가 있는 것이지 필요한 기술이 꼭 높은 건 아니니까. 무엇보다 자네와 난 문명 수준에서부터 경지까지 막대한 차이가 있지 않나?"

멀린은 레이한이 새롭게 만들어낸 다이아몬드를 바라보았다. 마력량은 좀 부족해 보이지만 순도는 오히려 멀린의 마정석보다도 뛰어나 보인다.

"그렇긴 하지만… 무공을 사용하지 않으면 반발을 일으키기 힘들 텐데."

물론 레이한이라면 자신의 마력을 다이렉트로 굳혀도 괜찮을 만큼 어마어마한 마력이 있겠지만 지금 사용한 방식은 틀림없이 영력의 반발을 이용한 것이다. 그가 내공을 썼다는 것. 하지만 레이한은 고개를 흔들었다.

"꼭 내공 사용자여야 내공을 쓸 수 있는 것은 아니지. 내공도 마력도 결국 세계의 최소 단위는 아니니까."

"세계의 최소 단위라니… 그게 뭡니까?"

"생명력[Force], 정신력[Essence], 그리고 자연력[Ether]이다."

멀린으로서는 처음 듣는 소리였다. 그는 세계의 근본은 마나이며 그것을 받아들이고 사용하는 방식에 따라 종류가 갈린다는, 일반적인 마법사의 지식만을 가지고 있는 것. 그러나 진리에는 레이한의 이론이 더욱 가깝다. 지금 레이한이 말한 것은 천지간의 이치를 깨달은 대마법사들 사이에서나 사용되는 최고급 지식인 것이다.

"그건……."

"여기까지 하지. 잼 포인트를 모으러 이벤트에 참가한다고 했잖은가?"

잼 포인트에 대해서는 레이한 역시 알고 있다. 그리고 그것이 무엇을 위해 존재하는지 또한 누구보다 잘 알고 있는 그다.

"힌트를 주는 김에 조금 주도록 하지. 뭐, 이미 짐작하고 있을 테니 말해주는 거기도 하지만 이번 이벤트가 끝나더라도 잼 포인트를 모을 수단은 계속해서 나올 거야. 지금 이 이벤트의 목적은 진입 장벽을 낮추는 동시에 관심을 끄는 거니까. 하지만 비공정을 만들 때는 주의하게. 대기권 탈출이나 돌입 기능은 선택일지 모르지만 우주비행은 반드시 필요할 테니까.”

“우주비행… 말입니까?”

“힌트 끝.”

부드러운 미소와 함께 배경이 변한다. 어느새 멀린은 마탑 바벨의 외곽으로 밀려난 상태다.

“흐음, 뭔가 조금 알 것 같기도 한데…….”

멀린은 몸을 돌리며 중얼거렸다. 디오의 정체에 대한 이런저런 가설들과 세계 구성 요소에 대한 짐작들이 떠올랐지만 그보다 더 신경 쓰이는 건 직업을 얻음과 동시에 스텟이 올랐다는 사실이다.

능력을 수련해 능력치가 오르면 자연스럽게 스텟창의 표기가 바뀌던 평소와 다르게 ‘먼저’ 스텟창의 표시가 변화하자 그의 육체와 영력이 인위적으로 ‘변경’ 되었다. 멀린은 간단한 짐작과 추리로 이 사실이 생각보다 큰 의미를 가진다는 것을 눈치챘다. 아마 보너스 포인트 또한 이런 방식으로 적용될 것이다.

‘보너스 포인트라…….’

그렇다. 용노와 다르게 멀린은 보너스 포인트의 존재를 알고 있었다. 애초에 모를 수가 없는 게 도시를 오가면서 다른 유저들끼리 보너스 포인트에 대한 이야기를 나누는 것을 들었고, 심지어 게시물이나 리플에서도 보너스 포인트에 대한 언급이 나온다.

사실 천재가 아니라 보통 사람이라도 이쯤 되면 눈치를 채야 하지만, 그럼에도 용노는 아직도 그 존재를 모른다. 좋게 말하면 집중력이 높은 것이고 나쁘게 말하면 주의력이 떨어진다. 자신이 좋아하는 분야가 아니면 관심조차 없다고 할 수 있다.

'이거 어쩌면… 버그 플레이가 가능할지도.'

문득 그런 생각이 들었지만 이내 고개를 젓는다. 버그 플레이로 이득을 보는 건 가능할 것 같은데 그 일을 운영자 모르게할 자신이 없기 때문이다. 자신이 이벤트에서 할 '싹쓸이'는 경고감이더라도 어디까지나 기본적인 룰을 지키는 만큼 처벌 대상이 아니겠지만 지금 생각하는 '그것'은 한 발짝만 잘못 나가도 계정이 압류될지 모른다.

'하지만 그래도 혹시 모르니 보너스 포인트는 놔둬봐야겠군. 기회가 생겼을 때 포인트가 없으면 버그 플레이고 뭐고 할 수 없으니.'

입 밖으로 중얼거리면 용노의 기억에 남는 만큼 속으로만 생각한다. 용노와 멀린은 시각, 청각을 포함한 오감에 육감까지 공유하지만 기억과 의식만은 공유하지 않는다. 하긴 그러니까 이런 상태가 유지되고 있는 것이다.

"그러고 보니 슬슬 시간이군."

시야 한쪽에 띄워놓은 시계를 보고 바로 공간이동한다. 바야흐로 디오 서비스 이래 최고의 노매너 플레이가 시작되려 하고 있었다.

*　　　*　　　*

업무를 마치고 숙소로 향하던 은혜의 앞에 검은색 벤츠가 멈춰 섰다. 진한 선탠으로 안이 보이지 않는 창문이 조용히 열렸다.

"오은혜 양 맞습니까?"

"늦었군요."

"…타십시오."

은혜를 태운 벤츠가 나직한 엔진 소리와 함께 이동하기 시작했다. 은혜는 눈을 감고 준비해 놓은 말들을 정리했다. 상정하고 있던 상황이니만큼 전혀 당황하지 않는다. 마치 자기가 부르기라도 했다는 듯 당당한 태도에 오히려 요원들이 황당해할 정도다.

도심 한가운데까지 들어간 벤츠는 한 고층 건물의 지하 주차장으로 내려가 차량 전용 엘리베이터에 들어갔다. 공식적으로는 지하 5층까지밖에 없는 건물이지만 자동차는 13층까지 내려갔다.

"저를 부른 게 누군지 알고 싶군요. 연구원인가요?"

"물론 연구소장님도 계십니다. 그리고 기관장님도 계시

지요."

그녀가 도착한 곳은 미합중국의 비밀 단체, 통칭 기관
[Machine]이라 불리는 곳이다. 기관장이라면 그곳의 수장이라
할 수 있는 만큼 쉽게 볼 수 없는 존재다.

"제 보고서가 생각보다 긍정적으로 받아들여진 모양이군
요."

담담한 은혜의 말에 양복사내의 표정이 처음으로 변한다.

"훗. 소장님이 그렇게 호들갑 떠는 건 처음 보았지요."

은혜가 사무실을 관통해 지나가자 여기저기에서 시선이 모
여든다. 훤칠한 키에 전체적으로 잘 단련된 몸, 그리고 동양인
특유의 어려 보이는 얼굴을 가진 은혜는 동서양 모두의 심미
관에 맞는 미녀인데다, 그녀에 대한 이야기는 그녀가 오기 전
부터 어느 정도 퍼진 상태다. 모두 그녀가 올린 한 장의 보고
서 때문이다.

"저 여자 맞아?"

"그럴걸."

"아니, 하지만 너무… 정말 너무 어린데?"

"그냥 심부름 온 비서 같은 거 아냐? 이건 진짜 전혀 예상 밖
이라 적응이 안 되네."

"그 영화나 드라마에서 많이 나온다는 천재 소녀인가?"

수군거리는 사람들을 쳐다보지도 않고 양복사내의 안내를
따라 한쪽에 있는 방으로 들어간다. 방에는 40대 중반으로
보이는 중년 사내와 나이를 가늠하기 힘든 노인 한 명이 있

었다.

"데려왔습니다."

"오오, 드디어 왔군!"

은혜의 보고서를 뚫어지게 보고 있던 노인이 반색하며 일어났다. 그는 성큼성큼 다가와 입을 열었다.

"사진을 보긴 했지만 진짜 어리군. 이 보고서, 정말 자네가 쓴 건가?"

"네."

"말도 안 돼! 믿을 수가 없군. 자네는… 대체 뭐지? 세기의 천재인가, 아니, 이건 천재라고 가능한 일이 아니야! 그렇다면 외계인인가? 미래에서 오기라도 한 거야?"

흥분해 소리치는 노인을 중년 사내가 제지한다.

"진정하십시오, 소장님."

"어떻게 진정할 수가 있나! 이 보고서의 내용물은 우리보다 100년 이상 앞선 문명의 결과야! 여기에는 지금의 과학으로는 꿈도 못 꿀 이론과 기술들이……."

"앉으세요."

중년 사내가 표정을 굳히자 노인이 움찔한다. 일단 정신을 차리고 나자 확실히 자신이 너무 흥분했다는 걸 이해한 듯 자리에 앉는다.

"늦었지만 만나서 반갑네. 에드거 후버라고 하네."

"빌 넬슨이네."

"오은혜라고 합니다."

에드거는 꾸벅 고개를 숙이는 은혜를 보며 가볍게 눈짓했고, 그 표시에 은혜를 데려왔던 양복사내가 밖으로 나갔다. 은혜는 준비된 자리에 앉았다. 거기에는 그녀가 올려 보냈던 자료 중 일부가 있다.

"연구소에 기밀 코드로 자료가 올라왔다기에 연구소에 들어오고 싶은 혈기왕성한 젊은이의 소행일 거라고 생각했는데… 연구원들과 소장님의 반응이 예상외여서 부르게 되었네."

거기까지 말하고 에드거는 자료를 대충 둘러보았다. 사실 그에게는 그 자료를 제대로 알아볼 만한 과학적 지식이 없었다. 다만 그 결과가 허황된, 마치 SF에나 나올 것 같은 내용이라는 건 안다. 이족보행 병기란 것은 그 존재 자체가 난센스이기 때문이다. 하지만 그 자료를 본 연구원들은 그야말로 비명을 질렀다. SF소설과 다르게 그 자료의 내용물에는 충분한 과학적 근거가 있었기 때문이다.

"일단 묻지. 이 개념은 자네 스스로 생각한 것인가, 아니면 다른 기관의 결과물?"

"에드거! 이해 못하겠나? 이 기술은 현대 인류로서는 재현이 불가능한…….."

"소장님."

싸늘한 에드거의 목소리에 빌의 말이 막혔다.

"후. 알았네. 조금 더 이야기를 듣도록 하지."

빌이 진정하는 모습을 확인한 후 은혜는 다시 입을 열었다.

"디오라는 게임은 아시나요?"

"그 미심쩍은 가상현실이라면 물론 알고 있지. 사실 우리는 물론 전 세계 과학자들이 그 말도 안 되는 기술 때문에 신경을 곤두세우고 있으니까. 보안 문제 때문에 꺼려지는 마음도 없지 않아 있지만… 할 수밖에 없더군. 하루 열두 시간을 자면 6일을 경험할 수 있다는 건 도저히 빠져나올 수 없는 유혹이니까."

이미 가상의 세계에서는 온갖 문화가 폭발하듯 발생하고 있다. 말이 좋아 6일이지 매일 6일의 시간을 가상현실에서 보낸다는 건 사실상 현실보다 가상의 세계에서 더 오래 살아간다는 말이다. 게임을 좋아하든 싫어하든 재능이 있든 없든 디오는 플레이할 수밖에 없는데다 이어폰에 CD만 있으면 접속할 수 있다는 편이성은 세계 어느 나라에 살더라도 플레이에 아무 문제가 없도록 만든다.

비록 현 유저의 숫자가 5억에 불과―물론 현존하는 어떤 게임이나 서비스도 이 숫자를 우습게 보지는 못할 것이지만―하지만 그건 어디까지나 이해 불능의 기술 앞에 저항하는 국가들이 몇 있기 때문일 뿐 앞으로 1년이면 전 인류의 절반 이상이 디오에 접속하게 될 것이라고 전문가들은 예상하고 있었다.

"제가 가져온 자료는 디오 속의 물건을 관찰하며 얻은 것입니다. 처음에는 가볍게 생각했지만 몇 가지 확인 결과 그 이론이 현실에도 적용된다는 걸 알았지요."

은혜의 말에 에드거의 눈썹이 꿈틀거렸다. 사실 그녀가 디오의 이야기를 하였을 때 그는 그녀가 디오의 제작사와 연관되지 않을까 생각했다. 사실 가상현실이라는 것 자체도 현실에서 벗어난 건 마찬가지니까. 하지만 뜻밖에도 그녀는 일개 유저의 입장에서 시대를 넘어서는 기술을 얻었다고 말하고 있다.

"이해할 수 없군. 가상 세계에 대한 정보는 우리 역시 수집하고 있네. 환상소설이나 초인문학 쪽의 자료는 꽤 방대한 모양이지만 과학기술에 대한 것들은……."

"물론 아무나 접촉할 수 있는 콘텐츠는 아니죠. 현재 이 기술에 접한 유저는 상위 다섯 명 안팎일 테니까."

은혜의 말에 에드거의 눈이 가늘어졌다.

"그렇다는 말은, 자네가 그 다섯 명 중 하나라고 이해해도 되나?"

"10레벨 유저입니다. 마스터라고 부르지요."

그 말에 에드거는 은혜를 다시 볼 수밖에 없었다. 디오의 마스터 레벨 유저는 보통의 게임 고수와는 전혀 다른 개념의 존재다. 개인의 역량을 '시험'해서 레벨을 올리는 디오의 시스템은 능력이 안 되는 이는 평생을 플레이해도 레벨을 올릴 수 없게 만들어져 있기 때문이다.

"미합중국에 단 한 명도 없다는 인재를 여기에서 보게 될 줄은 몰랐군. 세계 유수의 학자들도 9레벨에서 허덕인다고 하던데."

"이능은 이론이기도 하지만 감각과 예술의 영역이기도 하니까요. 그분들은 아직 적응을 못했을 뿐 제가 특별한 건 아닙니다."

차분한 표정으로 말을 늘어놓는다. 어떻게 생각하면 까마득하게 높은 상사라고 할 수 있는 상대 앞에서 당황하지도 주눅 들지도 않는 그녀의 침착성은 쉽게 보기 힘든 종류의 것이다.

"어처구니없는 일이군. SF도 아니고 게임 속의 기술이 현실에서 실현 가능하다니."

"하지만 그 가상현실이 미심쩍은 건 사실이야. 누가 봐도 이상하게 느껴질 정도의 오버 테크놀로지(Over Technology:현대 기술로는 구현 불가능한 기술)를 당당하게 쓰고 있는 단체의 작품이니까."

고개를 끄덕이는 빌의 모습에 에드거가 물었다.

"그렇다면 소장님, 그 100년이나 앞선 문명의 결과라는 것, 활용할 수단이 있습니까?"

"에드거, 100년이나 앞선 문명이라는 건 말하자면 2차 세계대전 때의 스마트폰 같은 걸세. 물론 결과물이 있다면야 사용할 수 있겠지만 거기에 담긴 기술과 문명을 금방 얻어낼 수는 없어. 물론 이런 답안지를 얻은 이상 우리의 이론과 기술은 눈부시게 발전하겠지만……."

"어느 정도 눈에 보이는 결과가 필요합니다, 소장님. '위' 는 소장님처럼 과학과 기술에 대해 풍부한 지식과 관심을 가지고 있지 못하니까요. 더군다나 게임 속 이론이 현실에 적용된다는 얼토당토않은 이야기를 납득시키기 위해서는 상당히 강력한 한 방이 없으면……."

골치가 아프다는 듯 눈살을 찌푸린다. 그러나 쉽게 결론이 나올 수 없는 주제인만큼 이내 정리한다.

"일단 연구를 시작하는 걸로 하죠. 위에 알리는 건 받은 이론 중에서 어느 정도 응용이 가능한 주제를 찾은 이후에 하도록 하면 될 테니 가상세계에서 샘플을 조사하는 것도 좋은 방법이겠지요. 그리고 은혜 양은……."

에드거는 포상과 그녀의 직위에 대한 이야기를 하기 위해 미리 준비해 놓았던 신분증과 한 장의 카드를 꺼냈다. 비록 그녀가 기술을 창조한 건 아니지만 이만한 기술을 선점할 수 있다는 것은 틀림없이 큰 이득이기 때문이다.

물론 그 정보의 발생지가 게임 속이라는 건 다른 누군가도 얻을 수 있다는 뜻이니 독점은 어렵겠지만, 마스터 유저라는 그녀의 능력은 충분히 활용 가치가 높다. 여러 가지 상황을 고려해 본 결과 준비해 놓은 포상을 그대로 적용해도 된다는 판단이 내려진 것이었는데, 그것들을 넘기기도 전에 은혜가 먼저 입을 열었다.

"만들어낼 수 있습니다."

"뭐가 말인가?"

"결과."

그렇게 말하고 은혜는 준비해 온 외장 하드를 컴퓨터에 연결해 하나의 자료를 꺼냈다. 그 제목을 본 소장의 눈이 휘둥그레진다.

"이, 이건……?!"

"네. 이거야말로 이족보행 병기가 존재하기 위한 가장 핵심적인 기술."

차분한 표정으로 은혜는 말했다.

"반중력(反重力. Antigravity) 장치입니다."

*　　　*　　　*

"오, 저거 뭐냐?"

"수면 보행 주문… 치고는 좀 빠른데? 마법사인 걸 보니 마법 같은데 어떤 주문이지?"

"위엄, 장난 아니네. 고수의 풍모다."

"저런 녀석이 있었나?"

멀린은 예전 남들의 배 밑에 몰래 숨어들어 갔던 것과 다르게 다른 배들을 가로지르며 당당히 나아가고 있다. 그는 마치 빙판에 올라선 피겨 선수처럼 미끄러지고 있었는데, 그 속도가 상당해 그 어떤 배도 따라잡을 수 없을 정도이니 시선이 모이는 게 당연한 일이다.

"왔군."

저 멀리 바다가 번쩍이는 게 보인다. 보석물고기들이 유저들을 향해 몰려오고 있다.

푸확!

멀린은 그 누구보다 먼저 뛰쳐나갔다. 거의 쏘아졌다고 해도 좋을 정도의 속도. 다만 특이한 것은 아까와 달리 그의 몸이 반 정도 바다에 잠겨 있다는 것이다.

"뭐야, 저 녀석? 물속에서 저항도 안 받나?"

"정령사 아냐? 정령사?"

"그걸 떠나서 저렇게 정면으로 덤비면 휩쓸려서 죽을 텐데. 어제 이벤트에 참가 안 했던 녀석인가?"

최고 3미터 이상의 덩치를 가진 보석물고기들의 몸통박치기는 제법 무섭다. 기본적으로 보석은 상당히 무거운 광물인데다 마릿수도 많아서 떼로 몰려올 때 충돌하면 교통사고에 가까운 타격을 입게 된다. 실제로 전날, 그러니까 디오의 시간으로 12일 전 있었던 1차 이벤트에서는 천여 척이 넘는 배가 가라앉지 않았던가? 그러나 멀린과 물고기가 충돌하는 그 순간 해류가 급변했다.

콰가각!

"어? 저, 저게 뭐야?"

"으어?"

놀랍게도 물고기들은 멀린을 들이받는 대신 자기들끼리 충돌하기 시작했다. 멀린이 해류의 흐름을 두 개로 나누어 직각에 가까울 정도의 각도로 틀어버림으로써 보석물고기 무리가 서로를 들이받기 시작한 것이다.

콰가가가각!

퍼버버벙!!

불과 10여 초의 시간 만에 수천 마리의 보석물고기들이 보석으로 변해 바다에 둥둥 떠오른다. 애초부터 일정 이상의 타격을 받으면 보석으로 변하는 이벤트 몬스터의 특성 때문에 그야말로 학살을 당하고 있다. 무엇보다 보석물고기들의 몸통 박치기는 제법 큰 위력을 가지고 있는 것. 순식간에 물고기들이 죽으며 나온 보석들이 물 위로 둥둥 떴다.

"저, 저거 챙겨!"

"하지만 저건⋯⋯."

"닥쳐! 먼저 줍는 게 임자지!"

앞쪽에 있던 보트들이 고속으로 이동하기 시작한다. 아니, 멀린이 잽싸더라도 수천 개가 넘는 보석을 다 챙길 수는 없을 거라고 본 것이다. 그러나 그 순간 물 위에 떠 있던 모든 보석이 자석에 이끌리는 철가루처럼 한곳으로 빨려 들어갔다. 도착점은 멀린의 로브 안이었다.

촤르르륵!!

"뭐야, 저게?!"

"헐⋯⋯."

하나의 예외없이 모든 보석을 챙기는 멀린의 모습에 근처에 있던 수만 명의 유저 모두가 황당한 표정을 지었다. 너무나 순식간에 일어난 일이어서 그들이 뭔가 할 틈도 없었다.

"그 누구보다 빠르게, 난 남들과는 다르게, 색다르게 리듬을 타는 비트 위의 나그네~"

홍얼거리며 멀린이 고속으로 이동한다. 물고기는 수십만 마리 이상이고 그가 잡은 물고기가 많다고 해봐야 전체 물고기의 1%도 되지 않는다.

촤악!

"에에잇! 다음 거라도!"

수십만 마리의 물고기는 수천 마리씩 짝을 지어 움직이고 있었다. 가장 가까운 무리의 위치는 남동쪽으로 500미터 정도에 위치한 상태. 학익진처럼 일렬로 죽 늘어서 있던 유저들 중 거기에 가장 가까운 이들이 움직이려 했지만…….

촤악!

콰가각!!

퍼버벙!!

순식간에 모두를 앞지른 멀린이 같은 방식으로 물고기를 전부 쓸어 담았다. 500미터를 이동하는 데 걸린 시간은 그야말로 한순간이다. 정지 상태에서 최고 속도까지 순간적으로 도달하는 주제에 그 속도가 화살보다도 훨씬 빠른 것. 그 속도가 너무나 빨라 마치 허깨비처럼 보일 지경이었다.

"에, 에잇! 너, 뭐야?"

마침내 격노한 유저 중 하나가 멀린을 향해 화살을 날렸다. 머더러(Murderer. 살인범, 살해범이라는 의미. 게임 속에서 다른 유저를 해친 이를 뜻하며 이런저런 패널티를 받는다)가 될 위험을 각오한 행위였지만 그 화살은 멀린을 스치지도 못했다. 애초에 화살보다 멀린의 몸이 더 빠른데다 사고를 가속

시킨 멀린은 그 속도에 휘둘리지도 않는다. 빠른 속도로 움직이면서도 주변의 모든 상황을 파악하는 것이다. 전혀 기척을 느낄 수 없는 공격이나 인식조차 벗어날 정도의 고속 공격, 혹은 광역 공격이 아닌 이상 물 속의 그를 맞추는 건 불가능하다.

"촤악!

콰가각!!

퍼버벙!!

"뭐야, 저놈!! 물고기 다 잡잖아!"

"누, 누가 좀 막아!"

다른 유저들이 기겁하거나 말거나 멀린은 바다를 누비며 다녔다. 주변의 모든 보석이 그의 품으로 빨려 들어간다.

"잡을 테면 잡아봐. 빠라바라바라바."

무표정한 얼굴로 흥얼거리며 바다의 모든 보석을 쓸어 담는다. 나중에 가서는 유저들이 그를 막기 위해 범위 마법까지 날릴 정도였지만, 멀린은 그 모든 방해를 무시하고 물고기들을 잡았다.

"에에이, 짜증나!!"

두두두두!!

"흠, 계속 배에 타고 있다가는 한 마리도 못 잡겠는걸."

그때 헬기가 뜨고 빛살 같은 검기가 솟구쳤다. 디오 최강의 유저라고 할 수 있는 아더와 크루제가 움직이기 시작한 것이다.

"아, 이건 피해야지."

멀린은 아무 망설임 없이 그들로부터 방향을 틀었다. 바다는 그의 공간이라 해도 좋을 정도지만 그렇다 해도 그들과 맞붙는 건 별로 좋은 선택이 아니다. 이기든 지든 단가가 안 나오는 경쟁을 해야 하기 때문이다.

촤아악!

"우와! 저놈 뭐냐!"

"누가 좀 말려!"

"이런 개 매너가……."

발만 동동 구를 뿐 막아서지 못하는 수많은 사람들을 가로지르며 결국 멀린은 120만점의 잼 포인트를 손에 넣었다.

전체 잼 포인트의 90%에 달하는 양이었다.

*　　　　*　　　　*

"아니, 이놈이 뭐하자는 짓이야?"

용노는 탄식하며 자리에서 일어났다. 멀린이 얼굴도 안 가리고 그 난리를 쳤으니 이제 온갖 스크린 샷과 동영상이 인터넷을 떠돌 것이다. 물론 지금의 용노는 학교를 다니는 것도 아니고 아는 사람도 많지 않지만 그렇다고 그를 아는 사람이 없는 것도 아닌 상태. 이미 9천만 국민 중 6천만 명 이상이라는, 그야말로 가공하다고밖에 없을 정도의 디오 가입률을 가지고 있는 대한민국이라는 걸 생각하면 분명 누군가 그를 알아보는 경우 역시 생길 것이다. 심지어 이번 이벤트 참여자는 수만을 넘어 수십만에 가까울 정도가 아니었던가?

"뭐, 버그를 쓴 것도 아니니 잘못은 아니지만 적당히 해야지."

한숨 쉬며 이어폰을 빼고 소파에서 일어난다. 그러고 보니 평소 로그아웃하던 때와는 뭔가 다르다. 부엌에서 먹음직스러운 냄새가 나는데다 인기척까지 있는 것이다.

"오, 일어났네. 열두 시간 딱 채울 거라는 내 예측이 정확했군."

"…뭐야? 네가 왜 거기서 그러고 있어?"

"그냥 배고파서. 그나저나 냉장고는 왜 이렇게 빈약한 거야? 순 즉석요리만 한가득하다니."

냄비에는 김치찌개가 부글부글 끓고 있다. 계란말이를 포함한 몇 가지 반찬이 테이블 위에 올라와 있고 김이 모락모락 나는 밥이 놓여 있다.

"일단 먹기는 하겠지만 집에 안 가? 가수라면 스케줄이 빡빡하다고 알고 있는데."

"일은 파업이야. 순 이상한 스케줄만 가져오면서 나한테는 상의도 안 하고. 대표님한테 말도 안 되는 억지만 부려서 소속사에서 내 입장이 말이 아니라고."

꿍얼거리며 김치찌개를 테이블 중앙에 놓는다. 생각보다 익숙한 동작이다.

"뭐야? 너, 요리 많이 해봤어?"

"어머니가 돌아가신 지 벌써 10년인데 당연하지. 게다가 숙모님은 요리하는 걸 싫어하셔서."

우울한 이야기를 별 감동 없이 한다. 부모님의 죽음을 슬퍼하지 않는다기보다 이미 이겨냈다는 느낌. 사회생활을 일찍 시작해서인지 성숙한 성격이다.

"하지만 그런 주제에 어른들한테 휘둘리는 가엾은 조카 포지션이란 말이지."

"그, 그럼 어떻게 하라고. 보호자인 어른들한테. 가출이라도 할까? 사춘기 청소년처럼 반항하고 소리 악악 질러?"

"소리 악악 지르는 건 잘 모르겠지만 가출이라면 벌써 했잖아?"

"가출? 내가?"

전혀 모르겠다는 리프를 보며 용노는 한심하다는 표정을 지었다.

"그럼 이게 가출이 아니면 뭔데? 거기에 생판 모르는 남자 집에서 외박까지 했는데."

"어? 그, 그런가?"

"그렇지."

"음."

용노는 고민하는 리프의 모습을 보며 식사를 마쳤다. 맛은 생각보다 괜찮은 편이었다. 전문 요리사라는 느낌은 아니지만 가정주부 수준에는 틀림없이 도달한 실력이다.

"잘 먹었어. 이제 그만 돌아가."

"어? 아, 물론 그래야지."

약간 어두워진 얼굴로 그릇을 싱크대에 놓는다. 고무장갑까지 끼는 걸 보니 설거지까지 할 기세다.

"너, 정말 집에 가기 싫구나?"

"……."

말을 잇지 못하는 그녀에게 묻는다.

"가수고 뭐고 다 때려치우고 싶은 거야?"

"그, 그런 건 아냐. 단지… 단지 네 말대로 외박을 한 건 사실이니 또 숙모랑 숙부가 엄청 시끄러울 거야. 게다가 오늘 오전이랑 점심에 하나씩 잡혀 있던 행사도 취소되었을 테고. 와, 생각해 보니 무섭네. 매일 생각만 했지 이렇게 땡땡이 친 건 처음인데."

골치 아프다는 듯 말하고 있지만 표정은 꽤나 홀가분해 보인다. 속 시원한 표정이라기보다는 '이왕 이렇게 된 거 어쩔 수 없지' 라는 표정이다.

"그래서 계속 쉬려고?"

"그건 안 돼. 내일 저녁에 중요한 콘서트가 있단 말이야. 작년부터 준비한 건데 빠질 수는 없지."

이얍, 하는 기합 소리와 함께 주먹을 불끈 쥔다. 물론 해결된 건 아무것도 없지만……. 한 번 큰일을 당할 뻔하고 나니 간이 좀 커진 그녀였지만 용노의 눈에는 영 시원찮다.

"거참, 뜻밖에도 우등생 스타일이네."

"우등생?"

"그래. 걱정하는 주제도 그렇고 해결하려는 방식도 그렇고. 너 설마 집에 가서 그 숙모라는 인간한테 사과할 생각은 아니지?"

"설마… 라니? 내가 외박을 한 건 사실이잖아."

"쯧쯧."

용노는 한심하다는 듯 혀를 차며 방을 뒤지기 시작했다. 평소 정리를 대충해서 꽤나 어지러운 상태다.

"애초에 친부모도 아니고 설사 친부모라고 해도 그렇게 스트레스 받으며 살 필요가 없지. 세상에 얼마나 많은 부모들이 망나니 같은 자식 때문에 속 썩고 있는데 그러고 사는 거야? 물론 경제 능력이 없다면야 먹고살고 싶어 어쩔 수 없지만 돈도 벌면서 뜯기기나 하다니."

용노의 말에 리프가 발끈한다.

"그, 그럼 어떻게 하라고? 계속 가출하고 반항하라고? 나는 직업이 있고 계획이라는 게 있어서 그렇게는……."

"누가 그런 중학생 방식을 쓰래? 슬슬 성인이 되었으면 방식도 달리해야지."

뭐 당연한 걸 가지고 그러냐는 듯 담담한 말투였지만 리프는 여전히 이해하지 못하는 얼굴이다.

"성인의 방식이라는 건 뭔데?"

"독립이지."

태연한 말에 리프는 당황했다.

"그… 독립이라니? 하지만 이런저런 계약도 있고, 갑자기 독립할 형편도 안 되고. 무엇보다 숙모님이 그런 걸 허락할 리가……."

"여기 선물. 재미삼아 샀났는데 쓸 데가 생겨서 다행이네."

그렇게 말하며 용노는 리프의 손목에 시계를 채우고 목걸이를 걸어주었다. 그리고 그것들의 '사용법'을 말했다.

"에… 그런… 그렇게까지 해야 해?"

"계속 말 들으면서 무리하게 살 거 아니면 확실히 해야지. 어중간한 저항은 역효과만 내니까."

그렇게 말하며 종이에 끼적끼적 뭔가를 쓰기 시작한다. 리프는 의아해하며 물었다.

"그게 뭐야?"

"대본. 네 숙모랑 숙부 성격이 어떨지 모르니 모든 상황을 상정해 놓을게. 뭐, 대충 짐작이야 간다만."

"헐, 대본이라니."

용노는 리프가 황당해하거나 말거나 대본을 쭉쭉 써 내려갔다. 미리 생각해 온 바가 있을 리 만무한데 무슨 큰 영감을 받은 건지 써 내려감에 일체의 망설임도 없다.

"아, 그나저나 연기는 하냐?"

"아니, 별로."

"이런."

안타까워하는 그였지만 이내 아무렇지 않은 표정으로 말

한다.

"그럼 연습해."

"……."

작은 저항과 의문, 분노, 그리고 온갖 설명과 자포자기의 뜻을 비치는 리프였지만 그녀는 용노의 뜻을 꺾지 못했다.

결국 그녀가 집에 돌아간 건 그로부터 다섯 시간 후였다.

*　　　*　　　*

부글부글…….

밀폐된 용기 안에서 쇳물이 끓고 있다. 30센티미터 정도의 지름에 1미터의 높이를 가진 이 원기둥은 멀린이 최근 가장 집중적으로 연구해 온 성과 중 하나다.

"생각보다 꽤 오래 걸리는군. 마법진을 가동시켜 놓으면 자동으로 진행된다는 건 편하지만……."

그때 시야의 한쪽에서 메시지가 떠오른다. 새로운 공지사항이 게시되었다는 뜻이다.

"으음, 이벤트 전에 공지라니 불안한데. 아직 잼 포인트도 한참이나 모자라고."

다른 유저들이 들었다면 광분할 만한 말을 하며 비홀더를 꺼낸다. 십수만 명의 유저가 나눠 가져야 하는 보석을 다 쓸어 담은 주제에 이 무슨 망발이란 말인가? 그러나 그는 양심에 가책을 받지 않았다. 단지 능력껏 했을 뿐이니까. 물론 운영진

측에서 모두를 위해 막는다면 순순히 따를 테지만 스스로 그 만둘 마음 따위는 눈곱만치도 없다.

　한 번도 보지 못했던 환상의 세계 D.I.O(Dynamic Island Online)! 그 흥미진진한 섬에 오신 것을 환영합니다!
　이벤트 관련으로 금일 1월 29일부로 가해진 패치는 다음과 같습니다.
　―보석물고기들의 능력이 다음과 같이 변경됩니다.
　1. 이벤트 시 등장하는 보석물고기들이 새로운 능력, 수중돌파(水中突破)를 획득합니다. 더 이상 물의 흐름에 얽매이지 않습니다.
　2. 보석물고기들의 물리 방어력이 상승합니다.
　3. 모든 보석물고기들이 한 장소에서 등장합니다.
　서비스에 불편함이 없도록 노력하겠습니다.
　감사합니다.

　"미묘한걸. 언뜻 보면 좀 안 좋아 보이기는 하는데."
　공지사항은 멀린을 제제하는 것처럼 보인다. 수중 돌파 능력은 해류를 바꾸어 물고기들을 충돌시키는 걸 어렵게 만들고, 모든 보석물고기들이 한 장소에서 등장한 후 움직인다면 멀린의 기동력도 그리 대단한 건 못 된다. 어차피 유저들이 물고기 주위로 몰려들고 나면 동등한 상황이 되어버릴 테니까. 그러나 멀린은 눈살을 찌푸렸다.

"미심쩍은데……."

물론 패치 내용은 그를 제재하고 있지만 그에게는 그런 제재쯤 충분히 무시할 능력이 있었다. 아니, 어쩌면 이런 조건이야말로 그가 모든 보석물고기를 잡기에 적절하다고까지 말할 수 있는 상황인 것이다. 차라리 관심이 아예 없어서 조치를 취하지 않았다면 그런가 보다 하겠는데 이런 미묘한 조치는 다른 생각이 있다고밖에 볼 수 없다.

"뭐, 그래도 하긴 해야겠지만. 이왕 관심을 끈 이상 몸을 사려봐야 소용없고."

최근 멀린은 디오를 경영하는 운영진의 정체를 위심하고 있다. 애초 현대에 존재할 수 없는 오버테크놀로지에, 돈에 별 관심이 없어 보이는 운영 방식은 굳이 그가 아니라 누가 보디라도 미심쩍기 짝이 없는 종류의 것이있으니까. 그렇기에 그는 디오의 도서관에 있는 역사서나 설정집을 독파하며 세계 자체에 대해 이해하는 중이다. 물론 다 거짓으로 짜놓은 것일 수도 있지만, 정보는 최대한 모아놓아야 하는 것이다.

"정천, 술식 개량은 다 했어?"

"뭐? 뭐 벌써 타박이야? 이제 시작인데!"

"이제 시작이라니? 넌 로그아웃도 안 하니 한 달도 넘는 시간이 있었잖아?"

"하지만 이런 술식 개량은 한두 달 만에 끝나는 게 아니라고! 긴 시간을 두고 가설과 이론을 정립해서……."

"하지만 난 이거 만들었는데."

그렇게 말하며 원통을 가리키자 정천은 꿀 먹은 벙어리가 되어 입을 다물었다. 말이야 바른 말이지, 정천이 하고 있는 연구는 멀린의 연구와 비교하면 한 수 떨어지는 수준이 아닌가? 심지어 정천은 아직 연구 중인데 반해 멀린은 이론을 완성함은 물론 결과물까지 내놓은 상태인 것이다. 긴 세월 동안 도술을 수련해 온 정천에게 이만큼 치욕적인 사태는 없다고 하겠다.

"궁상떨지 말고 오늘 저녁까지 완성해. 안 그러면 이마에 무능이라고 써줄 거야."

"그런 악독한……. 흑, 육체노동뿐만 아니라 정신노동까지 해야 하다니."

"수고해."

한탄하는 정천을 내버려 두고 멀린은 하우징을 나섰다. 어쨌든 정천은 프라이드가 높은 술사이기 때문에 농땡이를 피우지는 못할 것이다. 단순히 시킨다면 그 역시 게으름을 피우며 대충 하겠지만 이렇게 눈앞에서 시범을 보여 버리면 자존심 때문에라도 사력을 다하게 된다.

하우징을 닫은 후 문을 감쳤다. 하우징은 일종의 아공간이지만 문을 닫은 후 하우징 카드로 바꿔 버리면 차원이 접히기 때문에 그 안에 있는 생명체에게 별로 좋지 않은 영향을 끼친다. 물론 인벤토리와 달리 하우징은 현계와 연결되어 있는 상태이기에 타격이 치명적이지는 않지만 그래도 위험할 수 있기 때문에 생명체가 있으면 하우징 카드로 되돌릴 수 없도록 안전장치가 되어 있었다.

"문제 생기면 신호 보내."

"말 걸지 마! 바쁘니까!"

이제는 문 너머에서 들려오는 퉁명스러운 목소리에 멀린은 피식 웃으며 쓰고 있던 클로즈의 안경테를 슬쩍 들어 올렸다. 그의 눈에 비치는 것은 저 멀리 보이는 스타팅. 그의 강화안을 억제하고 있던 클로즈가 일순간 그 봉인을 풀어버리자 그의 강화안이 단박에 성벽은 물론 벽들까지 꿰뚫고 도시를 샅샅이 훑어본다. 그의 시야에 들어온 것은 공방이었다.

팟!

순식간에 배경이 변한다. 이미 멀린의 공간이동 능력은 경지에 도달해 단거리 공간이동이라면 의식하는 순간 발동하며, 시야 안의 장소라면 한 호흡 만에 도달하는 게 가능하다.

"오랜만입니다."

"물건들은 밖에 있다."

눈을 반쯤 감은 채 화로에서 타오르고 있는 불꽃을 지켜보던 아이델른은 느닷없이 나타난 멀린의 모습에도 그다지 놀라지 않고 집중을 이어나갔다.

퐁!

불꽃 속에서 가열되고 있던 쇳물이 동그랗게 뭉쳐 허공으로 상승했다가 하강하기를 반복한다. 누가 봐도 자연스럽지 않은 광경. 심지어 거기에는 그 어떤 마력도 느껴지지 않는다.

'속성력이군.'

물의 속성력을 완전에 가깝게 지배하고 있는 멀린은 쇳물을 제어하는 힘을 바로 눈치챌 수 있었다. 아이델른은 금속에 대한 속성력을 가지고 있는 것이다.

"어떤 스킬의 부가 능력이죠?"

"무기 제작."

부글부글 끓고 있던 쇳물이 하나로 뭉쳐져 허공으로 떠오른다. 불순물이 자연스럽게 떨어져 나가고, 쇳물은 1미터 정도의 쇠막대로 변한다. 아직 망치질 한 번 안 했지만 금속 자체를 제어하는 능력에 의해 금속 자체의 강도와 탄성이 강화된다.

"하지만 특이하군요. 이런 능력이 있다면 처음부터 완성품을 만들어내는 게 낫지 않습니까? 칼날 부분의 두께를 나노 단위로 조절한다면 예기가 상당할 텐데."

"미안하지만 그렇게 섬세한 제어는 불가능해. 강철의 탄소량과 순도를 조절하는 것도 내가 분자 단위로 금속을 조정하는 게 아니라 여러 번의 경험을 통해 감각적으로 할 수 있게 된 것뿐이니까."

그렇게 말하며 쇠막대를 인벤토리에 넣는다. 쇠막대라고는 하지만 유선형으로 눌려 있기 때문에 조금만 손보면 훌륭한 명검이 되리라.

"그나저나 무슨 일이냐? 판매는 알바들이 따로 하고 있는데."

유저의 전투 능력은 가진바 능력에 의해 많은 차이가 나기 때문에 사냥을 포기하고 다른 활동을 하는 유저는 의외로 많다. 거기다가 디오는 게임머니를 현금화하는 과정이 간단하기 때문에 게임 속에서 노동을 함으로써 골드를 버는 유저의 수역시 상당한 수준. 아이델른은 대장장이로서 유명해진 후에는 사람을 고용해서 판매 대행을 시키고 있었다.

"제작 관련 일이에요. 의뢰를 하고 싶어서."

"귓속말이라도 하고 올 것이지."

투덜거리면서도 그는 순순히 자리를 정리했다. 그는 과거 멀린을 만났을 때 마법 부여를 하는 그를 보고 그의 범상치 않음을 눈치챘다. 기본직으로 남과 관계되기 싫어하는 그가 멀린을 친구추가 했던 것도 같은 이유다.

"그나저나 만들고 싶은 게 뭐냐? 보아하니 마법사인 것 같은데, 지팡이를 만들려고?"

"지팡이는 마침 괜찮은 걸 얻어서 필요없겠네요. 그것보다 요새 제일 잘 팔리는 무기가 좋겠죠."

아이델른은 멀린의 말에 하우징 카드를 꺼내 허공에 던졌다. 던져진 카드는 허공에서 빙글빙글 돌다가 회색의 문으로 변했다.

"가장 잘 팔리는 무기라면 역시 칼이지."

"칼이라……."

"검(劍)이 6할, 도(刀)가 4할 정도인데, 도에서는 일본도라고 할 수 있는 카타나(Katana)가 동서양을 가리지 않고 인기있는 편이고, 검은 바스타드 소드나 롱 소드가 많아. 내가 디오의 모든 무기를 좌지우지하는 건 아니지만 전체적인 시장도 얼추 비슷해 보이더군."

하우징 안으로 들어서자 수백 개의 무기가 보기 좋게 진열되어 있는 모습이 보였다. 거기에는 검이나 도도 있고 줄이 풀려 있는 활도 있다. 커다란 망치나 철퇴도 있었다.

"칼 말고는 어떤 것들이 많죠?"

"활이 꽤 많은 편이지. 봉이나 망치 같은 둔기도 괜찮은 편이고 창도 꽤 써."

"하지만 그래도 칼이 제일 많다는 거군요."

"스타팅의 거리에 한 시간만 서 있어봐도 알 수 있는 일이지. 죄다 칼을 들고 다니거든."

멀린은 그의 말을 들으며 무기들을 살펴보았다. 별다른 마법이 걸려 있거나 한 것은 아니지만 하나같이 훌륭한 물건들이다. 게다가 단순한 대장장이 기술로 만든 게 아닌 영적인 가공을 거친 물건들이라 마법적인 타격을 주는 게 가능하고 마나를 깃들이기도 쉽다. 강도나 탄성 또한 현대 금속학으로도 설명이 불가능할 정도로 뛰어나다.

"흠, 그렇다면 역시 검이 좋겠군요. 외양은 이거랑 비슷하게 해주세요."

"이미 있는 무기랑 비슷한 걸 만들 거라면 그냥 그걸 쓰면 될 텐데."

이해할 수 없다는 아이델른의 표정에 멀린이 웃는다.

"물론 비슷한 건 외양뿐이죠. 재료는 이걸로 해주세요."

그렇게 말하며 인벤토리에 들어 있던 쇳물을 꺼낸다. 평온에서도 액체 상태를 유지하고 있는 쇳물에서 느껴지는 기운에 아이델른의 표정이 변했다.

"이건……."

*　　　*　　　*

"와, 왔다! 저 비매너 새퀴!"

"아오, 빡쳐! 저 녀석 때문에 나 10포인트도 못 먹었어."

"블릭 안 믹이나, 블릭?"

"하지만 사실 녀석은 죄가 없지. 어쨌든 능력껏 먹은 거기도 하고, 반칙을 쓴 것도 아니고."

"그래도 기본 매너는 있어야지!"

"하긴 뭐, 공지사항을 보니 운영진들도 신경 쓰는 것 같기는 했지만."

멀린이 나타나자 이벤트를 위해 모여들었던 유저들이 술렁이기 시작했다. 현실 시간 기준으로 24시간 전, 수십만 명의 유저가 나눠 가져야 할 잼 포인트를 독식한 게 바로 그이니 시선이 고울 리 없었다.

"그런데 들었어? 저 녀석, 수영이 S랭크래."

"헐. S랭크라니……. A랭크가 마스터 랭크 아냐? S랭크 유저는 아더하고 크루제밖에 없었는데."

"아니, 그런데 그 대단한 능력 가지고 이게 뭐하는 짓이야?"

여기저기에서 불평이 튀어나왔지만 멀린은 들은 체도 하지 않았다. 보는 눈이 곱지 않다고 했지만 유저들이 그에게 살의를 느끼거나 하는 것은 아니기 때문이다.

그는 버그를 쓴 것도 아니고 다른 유저들이 손에 넣은 보석 물고기를 강탈한 것도 아니다. 수십만의 유저를 상대로 당당하게 쟁취한 것이다. 그 과정이란 상당히 놀라운 데가 있어서 어디까지나 즐기기 위해 게임에 접속한 이들은 멀린의 등장을 아더나 크루제 같은 스타 유저의 탄생이라고까지 보고 있다. 다만 그렇다 해도 자신에게 와야 할 아이템이 없어졌다는 생각 때문에 여론이 좋지 않은 건 사실이다.

"슬슬 시간이군."

멀린은 인벤토리에서 데케이안의 각궁을 꺼냈다. 이제 능력치가 상당히 높아진 상태라 시위를 당기는 데 별 어려움이 없다.

"나타났다!"

"북서쪽이야!!"

저 먼 수평선에서부터 바다가 반짝반짝 빛나기 시작했다. 유저들은 전날 보석물고기가 등장했던 지점까지 전진해 보았지만 보석 물고기들은 그것보다 훨씬 더 뒤에서 나타난 것이다.

부아앙!

유저들을 태운 모터보트들이 급하게 움직이기 시작한다. 개중 몇은 마법이나 정령술 등으로 배를 가속시키기도 했다. 섣불리 접근했다가는 물고기 떼의 몸통박치기를 당할 수 있지만 적어도 일정 이상의 거리는 확보해야 사냥이 가능하기 때문이다.

끼이익―!

그러나 멀린은 전처럼 뛰쳐나가는 대신 시위를 당겼다. 강력한 장력에 근육이 부풀어 오르며 건장한 그의 몸이 한층 더 커진다. 시위를 당기고 있는 오른손에는 파란색 사파이어가 들려 있었다.

우직!

멀린이 손아귀에 힘을 주자 사파이어에 금이 간다. 보통의 보석이라면 이렇게 쉽게 부서지지 않겠지만 대상이 내공과 마력의 반발로 폭발 직전의 마정석이라면 상황이 다르다.

우우우우우―!

"뭐, 뭐, 뭐야?!"

"이게 무슨 미친 마력……!"

멀린의 주위에서 그가 뭘 하나 지켜보던 모든 유저들이 기겁해 물러선다. 주변의 마나가 폭풍에 휩쓸린 것처럼 술렁이고 있었다.

"가라."

주변의 마력을 제어하던 멀린의 오른 눈에서 붉은색의 영기가 피어오름과 동시에 그의 손이 시위를 놓았다.

쫘악!

채찍을 후려치는 것 같은 소리와 함께 단창이 발사되자 주변 바다가 격렬하게 떨렸다. 단창을 쏘아낸 반동을 물친화 능력으로 바다에 흩어버린 것이다.

"세상에, 충격파가!"

시력이 좋은 유저들이 비명을 지른다. 멀린이 쏘아낸 화살은 음속을 뛰어넘는 속도로 보석물고기 위에 도착했다. 그야말로 눈 깜짝할 정도의 시간이었기에 어느 누구도 보석물고기들에게 접근하지 못한 상황. 그리고 그 순간 화살에 담긴 마력이 폭발했다.

포세이돈의 얼음 왕좌(The Frozen Throne of Poseidon)!

순간 천을 찢는 것 같은 소리와 함께 단창이 떨어진 부분부터 빙결이 시작되더니 사방으로 발사된 총알처럼 그 범위를 넓혀가기 시작했다. 그 시간은 문자 그대로 찰나(刹那). 막대한 냉기가 보석물고기들은 물론 주변 바다를 통째로 집어삼키며 그 영역을 넓힌다. 앞다투어 앞으로 달려들던 유저들은 그 사나운 기세에 기겁하며 멈춰 섰다.

"이게 뭐야? 궁극 마법?"

"아니, 그 정도까지는 아니지만… 그래도 엄청 강해!"

바다를 미끄러지듯 질주해 꽁꽁 언 바다에 도착한 멀린이 빙판 위로 올라섰다. 단창이 떨어진 곳으로부터 반경 5킬로미터 이내는 영하 100도에서 250도에 달하는 살인적인 냉기를 자랑했지만 멀린은 냉기에 면역에 가까운 저항력을 가지고 있어 피해를 입지 않았다.

촤르르륵……!

멀린이 로브를 펼치자 빙해 속에 얼어 있던 보석물고기들이 보석으로 변해 빨려 들어간다. 고체인 보석이 마찬가지로 고체인 얼음 속을 자유롭게 움직인다는 게 언뜻 이해 안 가는 일이지만 대상이 물이라면 그 상태가 고체든 기체든 그의 통제하에 있다.

"이게 무슨 어처구니없는……."

주변에 있던 유저들은 살을 에는 냉기에 접근도 하지 못하고 그 광경을 볼 수밖에 없었다. 화살보다 빠른 멀린의 움직임에 대해 이런저런 대비를 하고 왔는데 그게 다 삽질이 되는 순간이었다.

"그럼."

멀린은 모든 보석을 챙긴 뒤 모여든 유저들을 향해 예를 취했다. 마치 무대 위의 마술사처럼 우아하면서도 과장스러운 동작이었다.

"수고하셨습니다."

그렇게 말하는 순간 그의 모습이 흐려지나 싶더니 이내 사라져 버린다. 그야말로 닭 쫓던 개가 되어버린 유저들은 그 모습을 멍청한 표정으로 바라볼 뿐이다.

"와, 지독하다."

"세상에."

남은 보석물고기는 단 한 마리도 없었다.

Chapter 31
땅 위의 별

"아니, 내 이면이라면서… 왜 이렇게까지 성격이 다르지?"

팬 사이트에 들어가 보니 게시판에 난리가 나 있었다. 전에 보였던 수영 S랭크도 물론 대단한 능력이지만 그건 어디까지나 아웃사이더에 가까운, 그러니까 비주류 스킬이었던 데 반해 마법은 사용 유저가 가장 많은 편에 속하는 메이저 능력 중 하나다.

"팬 사이트 정도가 아니라 일반 유머 사이트에서도 퍼가는 모양이니……. 에휴, 한동안은 안 가라앉겠군."

용노는 다른 사람들의 시선을 받는 걸 두려워하는 편이다. 정확히 말하면 공포를 느낀다고 할 수 있다. 고등학교 때 나가서 발표하는 것만 해도 다리가 떨릴 정도였는데 이게 무슨 일이란 말인가?

"뭐, 제삼자 입장에서 보는 거라 재미있기는 하지만 후폭풍은 나한테 온단 말이지."

투덜거리며 검색 사이트에 리프라는 단어를 넣자 방대한 결과가 쏟아져 나온다. 용노는 몰랐지만 리프는 최근 가장 잘나가는 아이돌 중 하나였기 때문이다.

"오, 유명하구나. 팬 카페 회원도 엄청나네."

리프의 노래를 찾아 듣기는 별로 어렵지 않았다. 다운로드를 받으려 한다면야 웹 하드나 P2P사이트 같은 곳을 뒤져야 하지만 단순히 듣는 거라면 그 음악이 실려 있는 블로그나 카페에 들어가면 그만이니까. 특히나 리프의 팬 사이트 배경음에는 그녀의 모든 곡이 다 들어 있어 듣기 편했다.

"전체적으로 발랄한 편이네. 사랑에 빠져서 연상 남성을 스토킹하는 내용하고 기죽은 연상 남성한테 기운을 북돋아주는 노래, 그리고 연상 남성을 사랑하는 마음을 노래하는…… 오빠 전문인가?"

데뷔한 지 2년이 넘었다니 고등학교 때부터 활동한 모양인데 노래가 꽤 많다. 그 외양도 섹시하거나 아름답다고 하기보다 어려 보이고 발랄한 쪽이라서 그런지 컨셉 자체가 귀여움을 어필하는 쪽이다.

"가슴도 절벽이고."

리프가 듣는다면 광분할 말을 중얼거리며 음악을 듣는다. 노래가 많아서 다 들으려면 시간이 꽤 걸릴 것 같다.

"음색은 나쁘지 않네. 음감도 좋고."

용노는 다시 한 번 눈을 감은 후 리프에게 들었던 그녀의 인생사를 떠올렸다. 수다스럽게 늘어놓던 한탄과 이런저런 사건과 고난. 그는 상상했다. 그녀가 살아가며 느꼈을 감정을. 또 상상했다. 그것들과 싸워오며 끊임없이 되새길 고뇌를. 그는 흥얼거렸다.

"나쁘지 않은 소재야."

좋은 곡이 나올 것 같았다.

"후우."

리프는 문 앞에 서서 깊게 심호흡했다. 그리고 용노가 했던 말을 떠올렸다.

"중요한 건 연기력이야. 상대가 뭔가 이상하다는 걸 알면 말짱 꽝인 거 알지?"

"연기 수업은 받은 적 없는데."

그녀는 1분여를 더 망설였지만 언제까지 시간을 끌 수 없는 만큼 목걸이와 손목시계를 조작했다. 그리고 마침내 초인종에 손을 올렸지만, 그보다 먼저 문이 열린다. 문을 부수기라도 할 기세였다.

"가만히 있어! 내가 당장 잡아올…… 너!"

"숙부……."

리프는 최대한 우울한 표정을 지었다. 잔뜩 분노한 듯 시뻘건 숙부 병후의 얼굴은 평소 그녀가 두려워하던 종류의 것이지만 지금의 그녀는 언제나처럼 사죄할 생각이 없다. 그게 [대본]의 내용이기도 하고 말이다.

"질풍노도의 시기의 반항아가 되어야 해. 물론 너무 적극적인 건 아니고 말 좀 씹어 먹고 방에 틀어박히는 정도가 좋겠지. 뭔가 안 좋은 일이 있었다는 표시를 팍팍 내면서 절대 말해주지는 마. 네 말 들어보니 그것만 해도 뒤집힐 인간들이구만."

용노의 말을 떠올리며 리프는 병후의 얼굴을 바라보았다. 원래 화를 잘 내는 성격이지만 오늘은 특히나 상태가 심하다. 평소의 그녀라면 눈을 마주치지 못했을 것이다.
'하지만 이상하네.'
리프는 선천적으로 활기차고 강한 성격을 가지고 있음에도 숙부와 숙모 앞에서는 어느 정도 주눅이 들 수밖에 없었다. 그들은 난폭하고 다혈질이었으며 무엇보다 집안의 어른이었다. 그녀가 가수로 성공하고 나서는 압력이나 구박이 많이 사라졌지만 어릴 때의 기억 때문에 그녀는 숙모에게 작은 반항조차 못하는 편이었다.
'묘하게 평온해.'

"겁먹을 필요 전혀 없어. 잘못한 게 없는데 왜 겁먹어? 심지어 잘못을 하고도 되레 당당한 후레자식들을 본받으란 말이야."

　'훗!'
　리프는 표정을 관리했다. 그러지 않으면 무심코 웃음이 나와 버릴 것 같았기 때문이다.
　'이상한 녀석.'
　하지만 더 이상 딴생각할 여유는 없다. 병후의 얼굴이 시뻘겋게 달아올라 있는 상태니까.
　"대답 안 해? 이……!"
　짝!!
　"꺅?!"
　새된 비명과 함께 주저앉으며 리프는 혼란에 빠졌다. 이건 그녀로서도 전혀 상정하지 못한 상황이다. 병후가 난폭하기는 하지만 그녀가 인기를 끈 이후로는 단 한 번도 손찌검을 당한 적이 없다.
　'지, 지방 행사를 취소시킨 게 그렇게 큰일이었나? 아니면 외박 때문에?'
　혼란에 빠져 있을 때 숙모, 미선이 사나운 표정으로 묻는다.
　"어제 뭐했어?"
　"……."
　"어제 뭐했어? 뭐했냐고!! 대체 뭘 하고 다녔기에 그런 영상이 올라와?"
　"그런 영상… 이요?"

의아해하는 리프에게 병후가 부팅되어 있는 노트북을 들이 밀었다.

[오오, 이것 봐. 팬티가 젖었어. 아닌 척하면서도 흥분했잖아?]

[뭐? 어디 보자……. 우웩! 오줌이잖아! 이런 등신! 흥분은 무슨. 동정 티 내냐?]

"이건……!"

리프는 신음했다. 그것은 전날 그녀가 고등학생들에게 추행 당했을 때의 장면이다. 게다가 영상은 용노가 나타나 그들을 쓰러뜨리기 전에 잘려 있다. 오해하기 충분한 광경인 것이다.

"미쳤지? 여자가 그런 시간에 싸돌아다니니까 이런 일이 벌어지는 거 아냐! 이제 어떻게 할 거야?"

"어, 어떻게 하다뇨?"

"애새끼들한테 웃음이나 팔고 다니는 네가 추문에 휩싸이면 지금까지처럼 될 것 같아? 순결을 잃은 여자가 얼마나 경멸받는지 모르는 거야?"

"수, 순결을 잃었다니요? 그런 일은 없……!"

"어디서 눈을 부라리고 소리쳐! 위아래도 없는 년!"

리프의 가수 생명이 끝날지도 모르는 위기가 왔다고 생각한 병후와 미선은 그야말로 이성을 잃은 상태였다. 그들에게 리프는 황금알을 낳는 거위였으며 당연하지만 거위가 낳은 황금은 거위가 아닌 주인의 것이다. 갈 곳 없는 그녀를 먹여주고 키워주었으니 이 정도 권리는 당연한 것. 최근 들어 점점 벌이가 많아져 재미가 쏠쏠한 상황이었는데 이런 일이 벌어진 것이다.

무엇보다 리프가 처음으로 반항—이야기를 듣다 집을 뛰쳐나간—을 한 후 이런 일이 벌어진 것 때문에 모든 게 다 그녀의 탓으로 느껴졌다.

"말도 안 듣는 년! 곱게 계약하고 집에 있었으면 이런 일도 없었잖아!"

"하지만 억지예요! 대표님은 이미 충분히 양보했……."

"내가 아니라 직장 상사를 옹호해? 이년이 키워준 은혜도 모르고!"

리프는 또다시 뺨을 맞고 비틀거렸다. 그러나 그녀는 아픈 줄도 몰랐다. 단지 혼란스러울 뿐이다.

'어, 어떻게 하지? 어떻게…….'

*   *   *

동영상은 용노도 보았다. 모니터로 리프가 소년들에게 희롱당하는 장면을 확인한 그는 기가 막혀 이를 갈았다.

"정말 정신이 나갔군. 뭐 자랑할 만한 영상이라고 이걸 인터넷에 올려?"

차라리 무사히(?) 성추행이나 성폭행을 한 다음이라면 자랑하고 싶은 마음에 그랬다고 생각하겠는데 그들은 뭐 하나 제대로 하지도 못한 채 태반이 용노에게 늘씬 얻어맞은 상황이 아닌가? 양아치 마인드라면 오히려 쪽팔려해야 하는 상황인데 그 부분만 잘라서 인터넷에 올린 후 낄낄대다니, 정신승리도 이 정도면 대단한 경지라 하겠다.

"이럴 줄 알았으면 핸드폰을 다 부숴놓고 오는 건데."

그러나 일이 이런 식으로 전개될 거라고는 그도 미처 생각하지 못했다. 사진을 올릴지도 모를 거라는 생각을 전혀 안 했다고 하기보다는 본 적도 없는 가수 리프의 안위를 걱정해 주게 될지를 몰랐던 것이다.

"그나마 얼굴은 가려서 다행인가?"

그가 후드를 써서 얼굴을 가렸던 건 학생들을 그의 집 근처에서 만났기 때문이다. 얼굴을 기억시켰다가 다시 길에서 만나기라도 하면 곤란하기 때문이기도 했고, 핸드폰 카메라에 찍히는 것도 달갑지 않았다.

"그나저나 이거 오해받기 좋은 영상인데."

리프가 추행을 당하던 와중 영상이 끝나 버렸으니 그 뒤는 온갖 상상이 가능하다. 그리고 여기까지 온 양아치들이 그냥 물러나는 상황은 상식적으로 있을 수 없는 일. 동영상이 올라온 지 하루도 되지 않았지만 인터넷에서는 온갖 추문이 퍼져 나가고 있었다. 물론 전체적인 분위기는 불량배들을 욕하는 쪽이지만 이런 추문은 어떤 방식이든 리프에게 악영향을 주리라.

지이이잉—! 지이이잉—!

그때 스마트폰 특유의 작은 진동음이 책상을 울리는 것을
느끼고 용노는 번호를 확인했다. 리프였다.

"문 열어! 이 문 안 열어!"

통화 버튼을 누르니 수화기 너머로 쾅쾅 문 두드리는 소리
가 들린다. 리프가 방에 들어가 문을 잠그자 흥분한 병후가 문
을 두드리고 있는 것이다. 항상 온순하던 리프가 묘하게 반항
적이자 더욱 분노한 상태다.

"와, 난리 났네. 숙부야?"

"응. 지금…….."

"운이 좋네."

"우, 운이 좋다고?"

전혀 뜻밖의 말에 당황하는 리프에게 용노가 말했다.

"그래, 운이 좋지. 낚싯대를 드리운 첫날부터 미끼를 덥석
물어버린 거잖아? 펄떡펄떡 뛰는 게 월척이야."

태평한 말에 리프는 문득 참 굵은 신경이라고 생각했다. 물
론 직접 갇힌 당사자만큼 압박이 올 리야 있겠냐마는 수화기
너머로 문을 부숴 버릴 듯 두들기는 소리가 들려오는데 이런
말을 할 수 있다니.

"월척이라니…….."

솔직히 말하자면 화가 나야 하는 상황이다. 남의 일이라고
너무 쉽게 말하고 있지 않은가? 하지만 그 까짓것쯤은 별것도
아니라는 그의 목소리를 듣고 있자니 어째선지 웃음이 나오고

있다.

사실 그녀는 겁에 질려 있는 상태였다. 건장한 체형의 남성, 그것도 평소부터 어려워하던 숙부가 고함을 지르며 문을 두드리고 있는데 아무렇지 않다면 오히려 그게 비정상일 테니까. 만약 용노가 '괜찮아?' 하고 그녀를 위로했다면 그녀는 울컥 눈물을 흘렸을지도 모를 정도였던 것이다.

하지만 용노는 그녀를 위로하는 대신 월척이라고 웃었다. 걱정할 건 아무것도 없다는 목소리로. 어찌 보면 무책임하다고 할 수 있는 태도이며 잠시 후에는 숙부에게 구타당할지도 모르는 상황인데 리프는 두려움이 가시는 걸 느꼈다. 그의 말대로 운이 좋은 것일지도 모른다. 연기가 어색한 그녀로서는 상황이 단숨에 해결되는 게 편한 것이다.

'설마 죽이기야 하겠어?'

그렇다. 그렇게 생각하면 그만. 하지만 그때 묘한 소리가 들려온다.

[11층입니다.]

"어? 11층?"

수화기 너머로 들려오는 소리에 리프가 움찔하는 순간 용노의 손이 초인종을 누른다.

"헛!"

"기자다."

부숴 버릴 듯 문을 두드리던 병후는 머리가 싸늘하게 식는 걸 느꼈다. 예전이라면 모르지만 이제는 유명해진 리프에게 욕설과 구타를 가하는 걸 언론에 들키면 좋지 않다는 걸 깨달았기 때문이다.

병후와 미선이 조용해지자 방 안이 단숨에 침묵에 빠졌다. 이미 몇 번이나 기자들이 왔었다. 다만 병후가 몽땅 쫓아냈기에 없는 것뿐. 만약 리프가 같은 동 안에 있는 용노의 집이 아닌 밖에서 들어왔다면 병후보다 기자들의 질문세례를 먼저 받았을 것이다.

철컥!

"어? 뭐야? 안 잠갔어?"

"자동으로 잠길 텐데."

"잘 잠가야지!"

"아니, 왜 나한테……."

역정을 내는 병후와 영문을 알 수 없어 당황하는 미선. 용노는 그들이 혼란스러워하거나 말거나 현관으로 들어와 말했다.

"가자."

"가? 대체 무슨 소리……."

알 수 없는 소리에 인상을 찡그리던 병후가 뭔가 더 말하기도 전에 딸깍 하는 소리와 함께 방문이 열리고 리프가 나왔다. 병후의 얼굴이 험악해졌다. 다른 사람이 보고 있는 만큼 욕설을 내뱉지는 못했지만 우악스럽게 리프의 손을 붙잡는다.

"꺄!"

"너, 지금 뭐 어쩌자는…….."

"놔요, 아저씨."

용노의 얼굴에 미소가 깃든다. 그러나 순간 병후와 미선은 완전히 굳어버렸다. 부드럽게 웃고 있는 용노의 몸에서 뭐라 표현할 수 없는 압박감이 전해지고 있었다.

"너, 너, 너 뭐야?"

"흐, 흐흑…….."

현대에 살아가는 인간들이 살기를 맞닥뜨릴 일은 거의 없다. 심지어 영적인 힘이 더해진 진짜 살기를 맞닥뜨릴 일은 더더욱 없는 것이 당연한 일. 지금 용노에게서 뿜어져 나오는 건 정도 이상의 정신력을 가지고 있지 않으면 저항이 불가능할 정도의 살기였다.

"가자."

"어? 으응."

용노는 살기를 느끼지 못해 어리둥절하고 있는 리프를 이끌고 집을 나섰다. 현관문을 닫는 그 순간까지 병후와 미선은 자리에서 일어나지 못했다.

"계단으로 가."

"어, 여기 11층인데?"

"내려가면서 할 설명 많아서 그래. 그리고 목걸이랑 시계는 돌려주고."

용노의 말에 리프가 자신이 차고 있던 시계와 목걸이를 넘겼고, 그걸 받은 용노는 그것들의 작동을 중지했다.

"좀 쓸 만한 내용이 담긴 것 같아?"

"쓸 만한 정도가 아니라 숙부랑 숙모를 매장시킬 수 있을 정도지만 그게 문제가 아냐. 인터넷에……."

"아, 그건 나도 봤어. 걱정하지 마."

"어떻게 걱정을 안 해? 오해하기 딱 좋은 영상이라고!"

"괜찮아. 다음 접속까지 대여섯 시간 정도 남았으니 그때까지 해결……."

걱정 말라는 듯 말하다가 멈칫한다.

'변했어.'

용노의 얼굴이 심각해진다. 그렇다. 변했다. 그는 남의 일에 이렇게나 적극적으로 나서는 성격이 아니었다. 그는 남 정도가 아니라 정말 친한 친구나 가족이 중대한 위기에 빠진다고 해도 도와주기보다 현실에서 눈 돌려 도망치는 성격의 소유자다. 끝없이 망설이며 가라앉던 그가 언제부터 상관도 없는 남의 일에 이렇게까지 관심이 많았단 말인가?

"하지 마요……. 우……. 하지 마……."

울고 있던 소녀의 모습을 떠올린다. 잔뜩 웅크린 채 부들부들 떨고 있는 그녀의 앞에는 옷을 모조리 벗어버린 중년 사내가 있다. 두 다리 사이에는 한껏 발기된 남성이 추하게 덜렁인다.

"걱정 마렴, 은혜야. 이건 그냥 놀이란다. 지금부터 아빠랑 재미있는 놀이를 하는 거야. 아유, 재미있겠다~"

"싫어……. 싫어……."

"금방 좋아질 거야. 금방."

구석에 서서 탐욕과 욕망으로 번들거리는 눈으로 은혜의 전신을 핥아 내리며 다가서는 모습을 바라본다. 혐오감이 치민다. 역겨워 토할 것 같았다. 사실을 말하자면 좀 더 지켜보는 것이 유리하겠지만 더 이상 이 꼴을 보고 있을 수가 없다.

지잉~!

"큭! 뭐야?"

"뭐긴 뭐야. 동영상 촬영 끝나는 소리지."

구석에 숨어 있다가 한 발짝 내디뎌 모습을 드러낸다. 울먹이고 있던 은혜의 얼굴이 공포와 경악이 깃든다.

"용노야? 아, 안 돼. 빨리 도망……."

"너 이 새끼! 당장 그거 내놔!"

인간쓰레기가 분노로 일그러진 표정으로 덤벼든다. 광기와 살기로 가득 찬 그의 얼굴은 아이가 아니라 어른이라도 두려움을 느낄 만한 모습이었지만 그럼에도 용노는 웃었다. 어차피 그도 그냥 갈 생각 따윈 없었기 때문이다.

"어이… 용… 노…… 야?"

"더러운 놈. 넌 오늘을 평생 기억하게 될 거야."

당연한 일이다. 다시는 서지 않는 물건을 볼 때마다 기억날 텐데 어찌 오늘을 잊을 수 있겠는가?

"윤용노 씨?"

그래, 아마 그때부터였을 것이다. 은혜가 그를 따라다니기 시작한 건. 그녀는 용노의 옷깃을 잡은 채 그의 뒤를 따라다녔고, 시선은 언제나 그를 향하고 있었다. 역겨운 어른들에게서 그녀를 지키느라 항상 등을 보이고 있던 그는 잘 몰랐지만, 그 시선은 마치 해바라기의 그것과도 같았다.

"야, 윤용노! 괜찮아?"

"응? 왜?"

"왜라니? 갑자기 멍하니 서서……. 문제라도 있는 거야?"

"아니, 별거 아냐. 잠깐 고민할 게 있어서."

그렇게 말하며 다시 계단을 내려가기 시작했다. 슬쩍 위층을 바라본 리프가 한숨 쉰다.

"그나저나 연습한 거 다 꽝이야. 설마 일이 이렇게 되어버리다니."

"뭐, 어쩔 수 없지. 솔직히 네 연기력, 좀 걱정되는 수준이었거든."

"뭐야?"

발끈한 리프가 눈을 치켜떴지만 용노는 아랑곳하지 않았다.

"연기자로 전직은 절대 하지 마라."

"캬악!"

분노한 듯 주먹을 마구 휘두르는 모습에 용노가 웃는다. 그는 그나마 분위기가 좀 밝아진 것을 느끼고 천천히 설명을 시작했다.

"어쨌든 동영상 문제는 내가 해결할 테니 너는 그 대표님?

하여튼 그 아저씨한테 가 있어. 아, 혹시나 해서 묻는 건데, 그 아저씨는 믿을 만해?"

"그야 당연하지! 대표님은……."

"믿을 만하다니 됐어. 그럼 가자마자 기자랑 인터뷰 신청해서 동영상 자체는 맞지만 별일은 없었다고 해."

"하지만……."

"내가 알아서 해결한다니까, 참. 아, 그리고 숙부랑 숙모라는 인간들한테 고소도 준비해야 해. 지금까지 일 관련으로 버는 돈은 모조리 갈취하고 시시로 폭행과 함께 널 학대했다고 그래. 증거는 조금 있다 보내줄 테니까 쓰면 되고. 아, 혹시 촬영 중에 위협적인 자세를 취했어?"

물론 이건 그냥 묻는 말이다. 방에서 나온 리프의 볼이 살짝 부어 있는 걸 본 상태니까. 혹여 그녀가 수치심을 느끼지 않을까 고민했지만 의외로 그녀는 순순히 대답했다.

"위협적인 자세 정도가 아니라 뺨을 연속으로 맞았어."

"잘됐네."

"야! 내가 맞은 게 어떻게 잘된 거야?!"

버럭 하는 리프의 모습에 용노의 눈썹이 꿈틀했다.

"아니, 이게 아까부터 은인한테 목소리를 높여? 너 나중에 확인해서 똑바로 안 했으면 팬티에 오줌 쌌다고 인터넷에 올린다?"

용노의 말에 리프가 기겁했다.

"뭐! 그, 그걸 누가 믿을 것 같……."

"아! 그러고 보면 전에 네가 했던 말대로 쇼핑몰에 경매를 붙이는 것도 좋겠다. 어쩌면 꽤 돈이 될지도 모……."

"악! 알았어! 제대로 할 테니까 그거 버려!"

"좋아, 바로 그 태도야."

그렇게 말하고 자기가 입고 있던 점퍼를 그녀에게 입힌 후 후드까지 씌운다. 아파트를 나오는 데까지는 그리 긴 시간이 소모되지 않았다.

"어디로 모실까요?"

"어디야?"

"아, 그, XX동으로 가주세요!"

아파트 밖에도 기자들이 포진해 있었지만 그들 전부의 기척을 느낄 수 있는 용노는 교묘하게 빈틈을 찾아 빠져나와 택시를 잡았다. 아직 아저씨들까지 알아볼 정도는 아닌 것인지 택시기사는 리프를 모르는 분위기다.

"조심히 들어가고."

"으응."

용노는 리프를 떠나보낸 후 뒤돌아 걸었다. 그리고 생각을 정리했다.

"다행히 근처 녀석들이란 말이지."

기억을 되돌아본다. 분명 본 적 있는 얼굴들이었다. 한 번도 마주 바라본 적 없지만 같은 마을에 사는 이상 시야에 한 번도 들어오지 않을 수가 없는 것이다. 심지어 그들은 열 명이나 되지 않던가?

'어디 보자.'

기억의 저택에 들어간다. 벽에는 온갖 사진들이 액자 틀에
끼워져 빽빽하게 들어차 있다. 액자들은 대여섯 가지의 색으
로 그 종류가 갈려 있었는데 용노가 지나가자 개중 몇 개의 액
자들이 자신을 봐달라는 듯 앞으로 튀어나온다.

'이것들인가?'

기억의 저택은 일종의 상상으로 만들어진 공간이다. 언제나
모든 순간을 기억하는 게 가능하지만 언제나, 그러니까 24시
간 내내 자신이 살아온 인생을 모조리 기억한다는 건 너무나
괴로운 일이었던 만큼 그는 이 가상의 공간을 만들어 기억들
을 필요할 때만 찾아보는 것이다.

'찾았다.'

용노는 대여섯 개의 액자를 골라냈다. 거기에는 전날 밤 리
프를 추행했던 학생들의 얼굴이 있다. 등교 시간에 몇 번 스쳐
지나간 적이 있었던 것이다.

'다행히 교복을 입고 있군.'

용노는 그들의 얼굴과 이름을 확인했다. 그들이 다니는 학
교, 이름, 얼굴까지 알았으니 사실상 필요한 신상 내역은 다 구
했다고 해도 좋으리라.

'무단 침입을 좀 해야겠어. 인터넷에 올린 거야 편집본이라
지만 집에는 원본이 있겠지.'

중얼거리며 근처 골목으로 들어선다. 주변이 점점 어두워지
고 있었다.

파앗!

공간이 일그러지고 건장한 청년이 방 안에서 모습을 드러낸다. 현실세계에서는 있을 수 없는 이능, 단거리 공간이동이었다.

"으, 지끈지끈하네."

용노는 이마에 손을 얹은 채 인상을 찡그렸다. 기천의 가르침을 얻고 마리가 새겨놓은 문양이 활성화되면서 영성이 깨인 그지만 게임 속에서 발휘할 수 있는 이능과 현실에서 사용할 수 있는 이능의 수준은 삼각김밥 하나의 가격과 사립대학 1년치 등록금 정도의 격차가 있었다.

혈도도 뭣도 없고 영력을 느낄 수 있는 그 어떤 감각 기관도 존재하지 않는 현대의 육체가 이능을 발휘하려면 뭔가 외부적인 요소가 필요하며, 용노의 경우는 오직 이마의 인장을 통해서만 가능하다. 무림인들이나 마법사들이 반색해 달려들 정도로 뛰어난, 그야말로 하늘이 내린 신체를 가진 용노지만 아무리 대단한 스포츠카라도 연료가 없는데다 바퀴까지 안 달린 상태에서 달릴 수는 없는 것이다.

지금 용노가 영력을 사용하는 건 스포츠카에 자전거 바퀴를 단 다음 페달을 밟아 움직인다고 할 수 있는 상태로, 아예 움직일 수 없던 과거에 비한다면야 기적적인 변화지만 거침없이 달리던 스포츠카를 타본 적이 있는, 아니, 스포츠카 정도가 아니라 전투기라고 할 수 있는 유저의 몸을 경험해 본 용노는 속이 터질 지경이다.

타다닥.

컴퓨터를 부팅시킨 뒤 그 안에서 동영상 파일을 검색한다. 별로 숨기거나 한 정도는 아니어서 금방 찾을 수 있었다. 사실 다른 사람이 자기 혼자 쓰는 컴퓨터를 뒤질 거라 생각하는 사람이 오히려 드물 것이다.

"나중에 기겁하겠군, 이 녀석들. 자기들 아이피로 올라왔으니 서로 의심할지도 모르고."

용노는 편집 없는 영상을 이곳저곳 사정없이 업로드했다. 성추행범들이 용노에게 얻어맞고 리프가 구출되는 장면까지 찍혔으니 추문도 어느 정도 가라앉으리라. 물론 리프가 큰일을 당한 건 사실이니 여전히 시끄러울 테지만 적어도 지금처럼 최악의 사태는 아니다. 연예인이 '성폭행' 당한 것과 '추행' 당한 것은 전혀 다른 차원의 문제인 것이다.

"다행히 쓸 수 있는 내공이 모자라서 대력금강수도 눈에 띄지 않았네."

동영상에는 한순간 용노의 손이 금빛으로 빛나는 모습이 촬영되었지만 그야말로 한순간의 일인데다가 금빛이 너무나도 미약해 이상하게 보일 정도는 아니었다.

철컥!

"왔나."

용노는 기척이 느껴짐과 동시에 컴퓨터를 끄고 공간을 뛰어넘었다. 한 번에 사용할 수 있는 마력이 너무나도 적어 블링크

할 수 있는 거리가 15미터에 불과했지만 일반 가정집을 들락 날락하는 데에 그 정도면 충분하다.

"후우."

모든 작업을 마친 용노는 지끈거리는 머리를 부여잡고 거리로 나왔다. 이미 시간은 한밤중이었지만 가게 간판들 때문에 주변은 밝은 편이다.

뾰로롱~ 뾰로롱~!

"뭐지?"

느닷없이 울리는 전화벨 소리에 용노는 멈칫했다. 휴대폰을 들고 다니기는 하지만 울리는 일은 별로 없었기 때문으로 그에게는 가족의 전화마저 없다. 그나마 휴대폰을 장만하기라도 한 것도 은혜의 흔치 않은 억지 때문이었다.

"어차피 통화도 안 할 거면……. 어, 은혜잖아?"

용노는 눈을 동그랗게 뜨며 전화를 받았다.

"여보세요?"

"…나야."

근처에 있던 벤치에 앉는다. 은혜의 목소리를 듣는 건 그녀가 한국을 떠난 뒤 처음이다.

"오랜만이네. 잘 지냈어?"

"그럭저럭."

용노는 언제나와 같이 담담한 목소리에 문득 그리운 느낌을 받았다. 그녀가 외국으로 떠난 지 고작 한 달 정도의 시간이 흘렀을 뿐이지만 시간의 흐름이 열두 배나 빠른 디오를 플레이함으로써 체감 시간 반년 만에 그녀의 목소리를 들은 것이다.

"아, 그런데 너 리프 알아?"

"가수."

"오, 알고 있네. 우리 동 11층에 산다고 하던데 전혀 몰랐지 뭐야. 하긴 리프라는 가수가 있다는 것도 안 지 얼마 안 되었지만."

"무슨 일 있어?"

그녀의 물음에 리프를 구하기 위해 불량배들을 쓰러뜨린 일과 현실을 침식한 이능에 대해 떠올리는 용노였지만 이내 고개를 흔들어 잡념을 떨쳐 낸다. 그가 불의에 나서지 않는 성격이라는 걸 세상 누구보다 잘 아는 그녀다. 게다가 현실에서 내공과 마력을 쓸 수 있다는 허무맹랑한 소리를 어떻게 한단 말인가?

"별일은 아니고⋯⋯. 아! 그 리프 회사 대표인가 하는 아저씨가 노래 해보라고 하더라."

"하지만 안 했겠지?"

"그렇지, 뭐."

은혜와 용노는 10여 분간 이야기를 나눴다. 별로 특별한 용무가 없는 소소한 잡담으로 이야기는 주로 용노가 하고 은혜는 듣는 편이었다.

"그런데 한국에는 언제 올 거야?"

"조만간 한 번. 확실한 건 아냐."

"편한 때 와. 기다릴 테니까."

"…응."

통화가 끝났다. 용노는 혹시나 하는 심정으로 기다렸지만 은혜는 끝까지 별다른 용건을 말하지 않았다. 은혜가 하려는 말을 못하는 성격은 아니니 순수하게 안부를 묻는 전화였던 것이다.

"용건이 없으면 말도 걸지 않는 녀석인데 별일이네."

용노는 신기해하며 집으로 향했다. 어느새 다음 접속 시간이 가까워지고 있었다.

*   *   *

삐…….

은혜는 통화를 마치고 푹신한 소파에 몸을 묻었다. 핫팬츠 아래로 늘씬한 다리가 새하얗게 빛난다.

"후우."

은혜는 휴대폰을 품에 안은 채 호흡을 골랐다. 눈을 감자 잠이 들어버릴 것만 같은 나른한 감각이 몸을 뒤덮고 있는 상태. 그리고 그렇게 10여 분 후, 은혜의 두 다리가 내뻗어진다.

텅!

가벼운 소음과 함께 은혜의 몸이 꼿꼿이 세워졌다. 소파에 누워 있다 다리를 강하게 튕기는 것으로 몸을 일으킨 것이다. 강하게 단련된 육체가 아니라면 보일 수 없는 탄력과 유연성이었다.

"좋아, 충전 완료."

한결 힘이 실린 목소리로 성큼성큼 걸어가 밖에 나갈 채비를 하기 시작한다. 단정한 양복으로 몸을 가리고 튼튼하게 만들어진 검은색의 구두를 신는다. 몸에 꼭 맞는 맞춤옷이어서 움직이는 데 아무런 불편함이 없다. 전체적으로 심플한 이미지에다 극대화된 기능미를 중시하는 그 복장은 몸을 꾸미기 위한다기보다는 싸우기 위한 무장이라는 느낌이다.

"후!"

가볍게 기합을 넣는다. 언제나 당당하게 행동하는 그녀지만 미국에서의 하루하루는 칼날 위를 걷는 것같이 위태롭다. 불과 몇 달 전만 해도 운동을 조금 하는 것 말고는 아무 특별함이 없던 여고생이 단신으로 미국으로 건너와 미국 내에서도 베일에 싸여 있던 비밀 기관에 접촉한 것이다.

운 좋게 디오 속에서 기가스에 대한 정보를 습득함으로써 기관에 중요 인물로 인정받을 수 있었지만 그녀가 가져온 미래의 기술, 반중력 장치는 너무나 강력해 양날의 검에 가까운 거래 재료다. 만약 한국의 비밀 단체에 이 기술을 공개했다면 기술을 강탈당하고 살해되었을지도 모를 정도로 반중력 장치가 가지는 가치가 엄청나기 때문이다.

"물론 여기라고 신용할 만하다는 건 아니지만."

사실을 말하자면 그녀도 조금 겁이 났다. 그녀는 여자였으며 아무런 배경이 없는 일개 소녀일 뿐이다. 기관장으로서 미국은 물론 세계적으로 막대한 권력을 가지고 있는 에드거가 나쁜 마음을 먹는다면 은혜가 지옥으로 떨어지는 데에는 그리 긴 시간이 필요하지 않으리라. 하려고만 하면 시체도 남기지 않고 살해할 수 있는 것이다.

"괜찮아."

그러나 당당히 어깨를 편다. 그리고 조금 전에 들었던 용노의 목소리를 떠올린다.

'멍청이.'

미소가 피어오른다. 기운이 난다. 그를 생각하는 것만으로 강해지는 것을 느낀다. 그는 그녀의 전부이자 그녀를 지옥에서 건져 준 구세주였다. 그를 위해서라면 그녀는 세상조차도 웃으며 적으로 돌릴 수 있다.

비록 이미 칼날 위를 걷고 있어 그와 함께할 수 없게 되었지만 그럼에도 그녀는 상관없다. 가끔 그 목소리를 듣는 것만으로도 그녀는 어떤 고난이든 이겨낼 수 있는 힘을 얻을 수 있기 때문이다.

"하지만 예전과 똑같다니."

사실 은혜가 용노에게 전화를 했던 건 그에게 뭔가 변화가 생기지 않았을까 하는 생각에서였다. 디오 속에서 봤던 그의 모습은 지금까지의 그와 전혀 달랐기 때문이다. 그 모습은 마치,

"마치……."

"준비는 끝났나?"

자신의 방에서 나와 복도를 걷는 그녀에게 연구소장 빌이 다가왔다. 그 표정에는 설렘이 가득하다. 이미 나이가 70이 넘었는데도 저런 표정을 지을 수 있다는 건 그가 이 일을 정말로 사랑한다는 뜻이다.

'9레벨이라고 했던가. 곧 마스터 레벨에 이르겠군.'

현재 마스터 레벨을 넘어선 유저는 여섯 명에 불과하다. 아다나 크루제, 그리고 새롭게 모습을 드러낸 멀린이라는 '규격 외'의 존재를 제외하면 순수한 마스터 레벨은 아크와 랜슬롯, 그리고 이리야까지 셋에 불과한 것이다.

디오의 수많은 유저 중에서도 오직 그 셋만이 10레벨이며 11레벨, 12레벨, 13레벨 유저는 단 한 명도 없다. 크루제와 멀린은 14레벨이며 아더는 홀로 18레벨에 도달해 있다.

'그리고 9레벨 유저는 500명에 가깝지.'

보통의 사람들은 5레벨을 첫 번째 벽이라고 하지만 세계의 실력자들이 마주한 강력한 벽은 10레벨이다. 그것은 단순한 지식이나 철학, 혹은 지금까지 쌓아온 수련과 전혀 다른 영적인 깨달음이 있어야 넘을 수 있는 경지. 그렇기에 무수하게 많은 9레벨 유저들에 비해 마스터 레벨은 거의 없는 것이다.

그러나 디오를 플레이하는 유저 중에는 세계적인 과학자나 국가대표 급 스포츠 선수, 높은 사상을 지닌 철학자나 종교인들이 있다. 어떻게 생각하면 은혜나 이리야보다 대단한 실력자들이 오직 영적인 깨달음을 얻지 못해 9레벨에 머물고 있는 상황. 물론 개중의 몇은 언제까지고 그 벽을 넘지 못할 수도 있겠지만 이미 충분한 실력을 쌓고 있는 이들이 이상적이라고 할 수 있는 유저로서의 육체를 손에 넣은 이상 곧 마스터 레벨의 유저가 쏟아지게 될 것이다.

"빨리 오게! 벌써 프로그램 준비도 끝낸 채로 모두 기다린다고!"

"신나셨군요."

"어떻게 안 신날 수가 있나! 우리는 역사의 한 페이지에……. 하여튼 얼른 오게!"

그렇게 말하고 후다닥 뛰어간다. 도착한 곳은 커다란 디스플레이어가 설치되어 있는 방이었다.

"접속하면 나를 포함해 다섯 명의 연구원이 따라가게 될 걸세. 그리고 우리는……."

은혜는 빌의 설명을 들은 후 헤드폰을 장착하고 푹신한 의자에 앉았다. 애초에 잠이 드는 상황을 상정하고 만든 듯 등받이를 조절하자 푹신하게 몸을 받쳐 든다.

최초에 나는 슬펐노라…….
내가 바라는 것이 아무것도 없음에…….
하지만 그럼에도 바란다. 또한 소망한다.
내가 만들려는 것은 새로운 세계일지니.

이제는 친숙하게까지 느껴지는 소리를 들으며 눈을 감는다.

지금 여기서 해방하노라.

*   *   *

"흐윽, 흐윽, 우우……."

아버지가 죽은 뒤 언제나 울고 있었다. 그녀는 모든 것이 무서웠다. 어머니가 무서웠고 어머니가 새로운 아버지라며 데려온 아저씨도 무서웠다. 무엇보다 자신을 잡아먹을 듯 번들거리는 아저씨의 눈빛이, 틈만 나면 몸을 더듬는 그 손길이 몸서리쳐질 정도로 두려웠다.

어머니에게 도움을 요청해 보았지만 그녀는 은혜를 보호하기는커녕 되레 무서운 눈으로 그녀를 쏘아보았다. 그때는 잘 몰랐지만 지금은 안다. 그녀의 눈에 담겼던 것이 자신의 남자를 빼앗긴 여자의 질투라는 것을.

"걱정 마렴, 은혜야. 이건, 그냥 놀이란다. 지금부터 아빠랑 재미있는 놀이를 하는 거야. 아유, 재미있겠다~"

두려웠다. 모든 것이 무섭고 혐오스러웠다. 아버지가 말했던 지옥이 아무리 무서운 곳이라도 지금보다는 나을 것 같던 매일, 그리고 그 지옥에서 그녀를 건져 올려준 것은 슈퍼 히어로도, 신도 아닌 동갑의 소년이었다.

"괜찮아."

그는 아무 문제 없다는 듯 웃으며 그녀를 지옥에서 건져 냈
다. 그가 아이의 몸으로 어른을 쓰러뜨린 후 그녀의 어머니도,
그리고 그녀를 탐하던 아저씨도 그와 제대로 얼굴을 마주치지
못했다. 은혜는 언제나 용노의 뒤를 따라다녔고, 용노는 언제
나 그런 그녀를 지켜주었다.

키잉ㅡ!

어두웠던 주변이 변하기 시작하는 것을 느끼며 생각한다.
그래, 아마 그때부터였을 것이다. 그를 위해서라면 무슨 일이
든 할 수 있다고 생각하게 된 것이.

저벅.

한 발짝 앞으로 나서자 어둠 속에 있던 인영이 마주 다가온
다. 그것은 은혜와 매우 비슷한 체형을 가진 이였다. 다만 특
이한 것은 검은 광택이 흐르는 가죽 갑옷을 빈틈없이 걸쳐 보
이는 거라고는 두 눈뿐이라는 점이다.

"아크 이렌시아."

조용히 중얼거리자 그녀의 눈앞에 있던 가죽 갑옷을 입은
인영의 모습이 흐릿해진다. 그리고 어느 순간 그녀의 모습이
변한다. 눈앞에 있던 이의 갑옷이 그녀의 몸에 걸쳐진 것이다.

"시작하자."

가볍게 호흡을 고르며 눈을 감는 그녀는 더 이상 오은혜가

아니다. 그녀는 블랙 야크 학파(Blackyak Sect)의 마법사이자 무상금강공(無相金剛功)의 수행자, 더불어 디오에 오직 다섯 명밖에 없는 마스터 레벨의 유저. 아크 이렌시아였다.

＊　　　＊　　　＊

"환전소에 온 걸 환영해, 멀린. 이벤트는 끝났어?"

"네. 환몽관에는 바로 갈 수 있나요?"

"어려울 것 없지."

멀린은 [환전소 도우미]라는 타이틀을 달고 있는 보라색 머리칼의 여인, 엘렌의 안내를 받아 비공정을 구매할 수 있는 환몽관(幻夢館)에 들어선다. 그곳은 그야말로 별천지로써 거대한 보석이 마치 나무처럼 여기저기에서 자라고 있고 바닥은 파란 보석 타일이 깔려 있다.

"그나저나 잼 포인트는 충분히 모아온 거야? 저번에 1만 점이나 모아놓고 더 모으러 가는 것 같더니."

"뭐, 충분히."

"그나저나 의외네. 나는 4차 이벤트에도 참여하러 갈 줄 알았는데."

"4차 이벤트도 있었어요?"

"공지사항에 뜬 모양이던데. 바빠서 확인은 못했지만 언뜻 들었던 것 같아. 못 봤어?"

"로그아웃한 상태여서. 잠깐만요."

그렇게 말하고 인벤토리에서 비홀더를 꺼내 든다.

한 번도 보지 못했던 환상의 세계 D.I.O(Dynamic Island On
line)! 그 흥미진진한 섬에 오신 것을 환영합니다!

이벤트 관련으로 금일 1월 30일부로 가해진 패치는 다음과
같습니다.

—네 번째 보석물고기 무리가 등장합니다. 지금껏 이벤트에
참여하지 못한 유저 분들은 얼마든지 참여하세요!

1. 네 번째 무리는 지금까지보다 1.5배 이상 등장합니다.

2. 보석물고기 무리는 해안을 따라 20킬로미터 간격으로 열
군데에서 동시에 등장합니다.

많은 요청이 있었지만 [멀린 엠리스]의 경우 그 어떤 부정행위
도 사용하지 않았음으로 제재하지 않습니다. 다만 많은 유저 분
들의 이벤트 참여를 위해 네 번째 이벤트에는 참여하지 않을 것
입니다.

서비스에 불편함이 없도록 항시 노력하겠습니다.

감사합니다.

공지사항을 다 읽은 멀린이 피식 웃었다.

'정작 내가 들은 바가 없는데 참여하지 않는다니.'

그러나 중요한 건 간접적으로 멀린을 막았던 지금까지와 달
리 직접적으로 참여하지 않는다고 언급했다는 건 운영진 측에
서 뭔가 강제력을 발휘할 것이라는 뜻이다. 공지사항은 아마

알아서 나오지 마라는 경고이며, 그것을 어기면 몹시, 까지는 아니더라도 화를 낼지도 모를 일인 것이다.

"하지만 그렇기 때문에 더욱 가봐야지."

약간 부담이 되기는 하지만 어차피 디오를 하고 있는 이상 정체를 숨길 수도 없는 만큼 한 번쯤 접촉할 필요가 있다. 설마 유저인 그를 죽이거나 할 리는 없지 않은가? 그가 생각을 다 정리하고 고개를 들자 엘렌이 묻는다.

"그나저나 어떤 걸 강화할 거야?"

"제작으로 하죠."

만약 비공정을 구입하려고 했다면 그렇게나 무리해서 많은 잼 포인트를 얻어내지는 않았을 것이다. 물론 다른 비공정들도 강화 파츠에 따라 천차만별의 가격을 가지지만 그래도 지금 멀린이 가진 만큼 막대한 잼 포인트가 필요하지는 않다.

파라락.

멀린의 말에 안내서가 펼쳐지며 자동적으로 제7장으로 넘어갔다. 구매라고 할 수 있는 5장을 넘어 강화 파트인 6장마저 넘어선 설계 단계였다.

지잉—

머릿속으로 기본 틀을 그려내자 투명한 구슬이 공명음을 내더니 허공에 선이 그려지기 시작했다. 그리고 그 선 위에 주석 같은 모양으로 몇 줄의 글귀가 떠오르자 엘렌의 표정이 굳는다.

"어, 잠깐. 기본 장갑을 메트리늄으로 하면 가격이 걷잡을 수 없이 커질 텐데?"

우려의 말이 들리거나 말거나 신경 쓰지 않고 설계를 계속한다. 보통의 사람들처럼 파츠를 조립하거나 디자인을 만들어내는 게 아니라 완전히 처음부터 원하는 대로 만들어가는 것이다. 당연하지만 테스트 같은 건 할 시간이 없기 때문에 모든 과정을 머릿속에서 완성해야 한다.

"생각보다 복잡하군. 게다가 검토까지 해야 한다는 걸 생각하면 꽤 오래 걸리겠어."

그러나 그렇게 중얼거리면서도 서두르지 않는다. 어차피 시간은 많다.

"뭐야? 전신에 마력회로를 깔아버리다니 그건 너무…… 엑! 이지스 시스템까지?"

기가 막히는 설계에 엘렌이 신음했다. 그녀는 황급히 멀린을 제지했다.

"아니, 잠깐. 지금까지 한 것만 해도 벌써 20만 포인트가 소모되었어. 어쩔 생각이야? 잼 포인트가 얼마나 있기에 이렇게 막……."

"잼 포인트라면 대충 250만 포인트 정도 있어요."

"뭬, 뭬라? 25만?"

당황한 것인지 말이 이상하게 꼬이는 엘렌에게 차분하게 답한다.

"250만이요. 그럼 부족할 일 없죠?"

"……."

뭐라 대꾸하지도 못하는 그녀를 놔둔 채 멀린은 설계를 시작했다. 완성까지는 꽤 긴 시간이 필요할 것이다.

*   *   *

리프에 관한 추문은 빠르게 가라앉고 있었다. 넷 상의 분위기가 리프를 안쓰러워하는 쪽이었기에 큰 문제는 없었다. 리프는 고위 정치인에게 성 접대를 한 것도 아니고 마약을 하거나 결혼한 남자와 불륜을 저지른 것도 아니기 때문이다. 그녀는 단지 길을 가다 괴한들에게 습격을 당한 상황이라 애초에 도덕적으로는 아무 문제가 생길 수 없는 것이다.

지금까지 문제가 되었던 건 리프의 도덕성이 아니다. 중요한 건 그녀가 불량배들에게 성폭행을 당했느냐, 안 당했느냐 하는 것이니까. 물론 성폭행을 당했다 하더라도 여전히 리프에게는 아무 잘못이 없지만 한국 사회가 여성 아이돌에게 요구하는 순결성은 지독한 데가 있어서 스스로 원치 않는 상태에서 강제로 당했다 해도 그 타격은 엄청나다.

이미지를 먹고사는 여자 연예인은 더 말할 필요도 없을 정도이며, 특히나 귀여움을 어필하던 리프라면 그대로 연예계 생활을 접어야 할 정도로 위험한 상황이었던 것이다. 지독히 불합리해 보인다 할지라도 그것이 현실이었다.

물론 기사들이 대놓고 [리프 순결 상실] 같은 식으로 쓰지는 않았지만(물론 개중에는 정말 그와 흡사한 저질 기사도 있었다),

다만 말을 돌려 했을 뿐 기사 자체는 지독해 보일 정도로 악의에 차 있다. '성폭행 당했을까 우려된다' 라든지, '몸이 더럽혀져 나쁜 생각을 하지 않았으면 한다' 같이 걱정하는 척하면서 온갖 소리를 다 하는 것이다. 거기에다 '이제 리프 처녀 아니네' 라든지, '에이, 원래 후다죠. 연예계 다 그렇고 그렇지 않음?' 같이 당장 고소 걸어도 충분히 먹힐 정도로 독한 악플이 우르르 달렸다. 사건이 지지부진한 상태로 조금만 더 시간이 흘렀다면 상황이 걷잡을 수 없을 정도로 악화되었으리라.

그러나 잘리지 않은 동영상, 그러니까 리프를 추행하던 불량배들이 용노에게 얻어맞고 쓰러지는 부분이 올라오면서 온갖 의혹과 지저분한 기사들이 많이 가라앉았다. 단지 10대 1이라는, 그야말로 영화에서나 나올 것 같은 격투에 '작위적으로 만들어진 액션 장면' 이나 '리프가 등장하는 액션영화나 뮤직비디오를 광고하려는 노이즈마케팅이다' 라는 말이 나오는 정도다.

"그렇다는 건 그 10대 1 영상이 정말이란 말이군."

"그쪽 관련은 노코멘트. 공론화시키지 마세요."

고개를 흔드는 용노의 말에 SH엔터테이먼트의 대표인 김성현이 물었다.

"왜?"

"그 녀석들 좀 세게 때려서……. 아, 리프 너도 나랑은 그 직후에 헤어졌다고 해. 이름도 모른다고 하고. 나 경찰서에 보내고 싶은 건 아니지?"

"어, 으, 응."

용노는 현재 리프가 피신해 있는 성현의 집에 와 있는 상태다. 혹시나 모르기 때문에 모자를 깊이 눌러쓰고 모든 시선을 피하며 들어온 상태. 그가 이런 번거로운 과정을 감수하면서까지 여기에 온 건 리프에 관련된 문제 때문이다.

"그나저나 이 영상, 정말 심하군. 성격들이 안 좋다는 거야 익히 알고 있었지만 이 정도일 줄은."

용노가 리프에게 선물했던 목걸이는 초소형 카메라였으며 시계는 카메라 겸 도청기, 그리고 그 앞에서 리프를 폭행하고 욕설에 위협까지 가한 병후와 미선은 용노의 말 그대로 '월척'이라고 할 수 있었다.

"마침 계약 문제로 시끄러우신 것 같은데 리프를 독립시키는 것도 좋을 거예요."

"확실히 그러려고 한다면 이건 꽤 괜찮은 무기가 되겠군."

리프는 스무 살로 법적 성인이다. 물론 지금까지 병후와 미선이 리프의 보호자로 있었던 만큼 어느 정도의 권리는 있을 수 있지만 보호자로 있던 기간 동안 피보호자를 폭행하고 갈취해 왔다면 이야기가 전혀 다르다.

"동영상을 증거로 지금까지 숱하게 맞았다고 그러세요. 돈도 다 자기네들이 가져갔다니 필요 자료도 많겠고."

"아, 아니, 그렇게 많이 맞고 산 건 아닌데. 게다가 돈도 내가 별로 쓸 데가 없어서……."

리프가 만류했지만 용노는 오히려 눈살을 찌푸렸다.

"호구처럼 살지 마, 멍청아. 죽을 때까지 돈이 필요없을 것 같아?"

"그건 걱정 말게. 우리 소속사에 전속 변호사가 있으니까."

성현은 용노가 내민 USB를 받아 들었다. 그리고 그 틈에 용노는 강화안을 사용해 성현의 영기를 읽었다.

'나쁘지 않군.'

나이답지 않게 맑고 강하게 타오르는 영력에서는 거짓이 느껴지지 않는다. 악의도 없는 걸 보아 더 이상 그를 신경 쓸 필요는 없을 것 같다.

"그럼 이만 가보죠."

자리에서 일어난다. 동영상이야 메일로도 얼마든지 보낼 수 있는데도 여기까지 온 것은 강화안을 이용해 성현을 파악하기 위해서였다.

"벌써? 밥이라도 먹고 가지……."

"됐어. 별로 배고프지도 않고. 아, 그리고 USB에 선물도 동봉했으니까 챙겨."

"선물?"

그러나 용노는 대답하는 대신 손을 흔들며 사무실을 나가 버렸다. 단호한 동작이어서 말릴 틈도 없을 정도였다.

"분위기가 많이 달라졌구나."

"분위기요?"

한 번 용노를 본 적 있는 리프지만 별다른 특이점을 눈치채지 못한 상태다. 물론 처음 본 그날 묘하게 어두운 분위기였다는 건 기억하지만 원래 사람이란 우울할 때도 있고 신나는 날도 있는 법. 그냥 기분 차이라고 여겼던 것이지만 사람을 대하고 판단하는 게 직업인 성현은 그 차이를 알 수 있었다.

"많이 변했어. 뭔가 극적인 계기를 만난 것 같은데……. 모를 일이군."

그렇게 말하며 용노가 가지고 왔던 USB에서 동영상을 꺼내 PC로 옮긴다. 재판에서 증거로 제출하기 위해서였는데, 그러다 문득 압축 파일 하나를 발견했다. 압축을 풀어보니 그림 파일이 나온다.

"뭐예요?"

"악보 같은데, 이게 선물이라는 건가?"

성현은 그림 파일을 열었다. 그리고 한 장 한 장 넘기기 시작했다.

"헤에, 마음은 고맙지만 지금 밀린 곡도 엄청 많지 않아요?"

"게다가 이런 일이 있었던 만큼 방송은 한동안 쉬는 게……. 응?"

문득 턱을 괴고 페이지를 넘기던 성현과 그 뒤에 서 있던 리프의 표정이 굳었다. 리프가 조심스럽게 묻는다.

"어라? 이거 꽤 괜찮……."

"조용히."

성현은 당장 자리에서 일어났다. 그러더니 옷장에서 와이셔츠와 정장을 꺼내 단정하게 옷을 고쳐 입은 후 정자세로 앉아 다시 악보를 보기 시작하는 게 아닌가? 그 진중한 분위기에 리프 역시 침묵하며 악보를 보았다.

딸깍.

그들은 악보를 처음부터 끝까지 차분하게 보았다. 어느새 리프는 악보 아래 있는 가사를 흥얼거리고 있었다. 악보를 다 본 성현이 신음하듯 물었다.

"집이 어디라고 했지?"

*　　　*　　　*

기차에 탄 용노는 자리에 앉아 등을 기댔다. 전철에 탈 수도 있었지만 잠시 혼자 생각에 잠길 시간이 필요했기에 미리 예약해 놓았던 것이다.

'그렇군. 내가 연구실에 잡혀갔던 게 열 살쯤인가?'

서서히 기억이 돌아오고 있었다. 지금까지는 그의 기억을 차단하는 특수한 기운에 눌려 있었지만 영성이 깨이고 내공과 마력을 다루게 되면서 그 기운이 점점 밀려나는 것이다.

'그래, 그 떡대들한테 잡혀가고… 어떻게 됐었지?'

그러나 기억이 완전하지는 않다. 잡혀가는 그 순간까지의 기억은 되돌아왔지만 잡혀간 뒤의 기억은 뭔가 시커먼 물감으로 덧칠한 것처럼 희미하다. 몇몇 장소나 인물이 떠오르기도 했지만 그것이 기억이나 정보로 이어지지는 않는다. 다만 역겨운, 마치 구정물에 얼굴을 담갔다가 뺀 것 같은 역겨운 불쾌감만이 감춰진 기억이 그리 유쾌하지 않은 종류의 것이라는 걸 가르쳐 줄 뿐이었다.

"이런 기억은 없는 게 낫겠지?"

말하는 것은 중년 사내다. 희끗희끗한 머리를 가진 것치고
는 팽팽한 피부를 가지고 있는 그를 처음 만난 건 열한 살 때였
는데, 잠깐 만났다 헤어졌음에도 그 인상이 매우 강했던 걸로
기억한다. 지금 생각해 보면 인간을 살짝 벗어난 것 같은 분위
기 때문일 것이다.

'마리가 나에게 이걸 새긴 건 우연이었을까? 아니면 누군가
의 계획일까?'

그는 끊임없이 의심하고 가설을 세웠다. 디오를 만든 정체
불명의 세력의 졸(卒)로 전락하지 않으려면 최대한 많은 것을
아는 것이·중요하다. 그리고 그에 더불어 현실에서 사용할 수
있는 이능 역시 최대한 개발할 필요가 있었다.

'일단 사용할 수 있는 기의 양이 너무 적으니… 축기(蓄氣)
수단부터 찾아야겠군.'

한숨 쉬며 눈을 감는다. 그리고 이마에 새겨진 인장을 이용
해 주변의 기운을 제어하기 시작한다.

'역시 축기가 안 돼. 단전 자체가 없으니 당연한 일이지
만……'

그것은 용노가 극강의 재능을 지니고 있어도 해결되지 않는
일이다. 아무리 비싸고 훌륭한 가스레인지라도 총알을 발사하

지는 못하는 것처럼 현대 인간의 육체에는 영력을 다루는 '기능' 자체가 없으니까. 만약 축기를 하려 한다면 뭔가 영적인 매개체를 가질 필요가 있었다.

드르륵.

"응?"

하지만 그때 건장한 체구의 사내가 용노의 앞좌석을 뒤로 돌리더니 태연히 거기에 앉는다. 40대 전후로 보이는 그는 나이답지 않게 단단한 몸을 검은색 정장으로 가리고 있었다.

'이 사람은······.'

기억에 있는 얼굴이다. 그는 용노가 어렸을 때 그를 잡아갔던 두 사내 중 한 명이다.

"일행 있으세요?"

그러나 전혀 당황하지 않고 오직 의문만이 담긴 눈으로 그를 바라본다. 보통 사람보다 압도적으로 빠른 사고의 속도를 가지고 있는 용노는 어지간히 큰 충격을 받지 않는 이상 무심코 당황하거나 하는 일이 없다. 사고의 속도가 너무나도 빨라 당황하기 전에 상황을 분석하기 때문이다.

"오랜만이군."

"저를 아세요?"

"나를 모르나?"

도리어 되물으며 차분한 눈으로 용노를 관찰하지만 별다른 소득은 없다. 용노는 무슨 말이냐고 묻는 표정이다.

"혹시 뭐, 도를 믿으세요 같은 건가요? 아니면 다단계? 그것도 아니면 요번 일 때문에 온 건가요?"

슬쩍 떡밥을 던져 본다. 물론 리프와 관련된 일은 남들의 눈에 띄지 않게 정리했지만 애초에 집에 있던 것도 아니고 리프를 만나고 오는 길에 우연히 그를 만난다는 상황 자체가 말이 안 되기 때문. 과연 그는 고개를 흔들며 너털웃음을 지었다.

"하하, 그 가수에 대해서라면 아무래도 상관없어. 그런 걸 신경 쓸 상황도 아니고. 하지만 그딴 소리를 하는 걸 보니 기억을 잃었다는 보고가 사실이긴 한가 보군."

태연하게 말하는 사내를 보며 용노는 그가 예전보다 출세했다는 사실을 깨달았다. 예전에는 말단 조직원 비슷한 느낌으로 직접 몸을 쓰는 위치였다면 지금은 어느 정도 간부급에 들어간 것 같았다. 하긴 한 집단에서 10년 넘게 일하는데 승진하지 않는다면 그가 무능하다는 뜻일 것이다.

'게다가 이제 보니 여기저기 다른 놈들도 깔려 있군. 이 녀석은 나와의 인연 때문에 직접 와본 거고.'

다른 자리에 앉아 딴청 부리는 녀석들로부터 묘한 기색을 느낀 용노는 강화안을 사용해 양쪽 칸을 모두 살폈다. 과연 그곳에서 수상한 기색의 인물이 몇 있다. 대충 파악하자면 열 명 정도의 인원이다.

"아저씨… 좀 위험해 보이는데."

"뭐, 네가 어떤 녀석이냐에 따라 내가 위험한 사람이 될지 안 위험한 사람이 될지가 결정되겠지."

태연한 태도는 제법 위협적. 용노는 별로 내키지 않았지만 가족의 이름을 꺼냈다.

"보아하니 공무원 같으신데, 제 아버지가 누군지는 아시죠?"

"하하, 과연 똑똑한 녀석이군. 뭐, 윤석우 참모총장님이라면 나도 잘 알고 있지. 군단장일 때부터 알았는데."

"그건… 꽤 높으신 분이라는 건데, 제가 그런 분하고 얽힐 일이 있었나요?"

"뭐, 너도 미심쩍은 일이 있기는 했지만 문제는 네가 아니야. 아니, 너도 연관이 되긴 했겠군."

차갑게 벼려진 미소를 지으며 사내는 말했다.

"어디 보자, 은혜라는 여자애하고는… 네가 가장 친하지?"

삑 삑 삑 삑! 띠리리—!

현관문을 열고 집 안으로 들어간다. 언제나 그랬듯 그를 반기는 이는 아무도 없다.

"후우."

용노는 깊은 한숨을 내쉬며 소파에 앉았다. 머릿속이 복잡하다. 집에 오기 전 만났던 사내 태웅의 말이 머릿속에서 맴돌고 있었다.

"네가 기억을 못한다는 전제하에 이야기하지. 네 친구인 그 여자애가 우리를 비밀리에 조사하고 있더군. 게다가 어떻게 꼬리를 친 건지 미국 정부에서 그 신변을 보호받고 있어서 어떻게 건들

수도 없어서 위쪽 분들이 매우 불편해하고 계시지. 분위기를 보면 녀석이 우리를 몹시 싫어하는 것 같은데……. 내 생각에는 그 이유가 너일 것 같단 말이지."

기억을 못한다는 전제하에 이야기한다면서도 그는 계속해서 용노를 시험했다. 용노가 기억을 잃었다는 보고는 이미 들어 알고 있지만 그래도 혹시나 하는 생각이 들었기 때문이다. 그러나 그걸 짐작하던 용노는 거기에 넘어가지 않았다. 계속해서 자신을 꾸미고 위기감을 느끼는 표정을 만들어냈다.

"너… 지금 뭐 하고 있는 거야?"

미국에 있는 좋은 대학에 갔을 거라고 생각했다. 그녀라면 어떤 어려움도 이겨낼 수 있을 거라고 믿었기에 걱정하지도 않았다. 그러나 은혜가 미국으로 건너가 하는 일은 대학과는 상관없는 종류인 것 같았다.

"이미 다 지난 일인데."

연구소로 잡혀가 어떤 고통을 당했다 해도 이미 모두 지나가 버린 일일 뿐이다. 더 이상 그를 노리는 이도 없으며, 그는 평화롭게 살고 있지 않은가?

"다만 문제는 녀석들이 왜 나를 풀어줬냐는 거지."

용노의 아버지인 석우는 참모총장이다. 비록 정치인은 아니지만 군부의 최상위 클래스에 속하는 참모총장은 결코 무시할 수 없을 정도의 권력을 가지고 있다. 대통령이라고 해도 함부로 할 수 없을 정도의 위치이니 정부 기관이라면 당연히 파악하고 알아서 조심해야 하는 것이다.

그러나 현실은 다르다. 용노는 정체불명의 연구소로 잡혀갔으며, 그 와중 석우는 아무것도 하지 못했다. 아니, 오히려 그 과정을 돕기까지 했을 정도. 물론 그때의 석우는 쓰리스타, 즉 중장으로 참모총장인 지금보다 계급이 낮았지만 그래도 누가 함부로 할 정도로 만만한 위치가 아니었다.

"아버지 때문에 풀어준 건 아니었어. 하지만 그렇다면 대체 누가?"

아무리 생각해도 그럴 인물이 없다. 물론 연구소에서 그냥 풀어줬다는 상황도 있을 수 있겠지만 무려 중장을 압박해서 그 아들을 빼앗아갈 정도의 비밀 단체가 힘겹게 얻은 실험체를 순순히 풀어준다는 게 말이나 될 법한 이야기인가?

"이런 기억은 없는 게 낫겠지?"

순간 떠오르는 기억에 멈칫했다. 그렇다. 있었다. 그런 상황을 만들 수 있다고 생각되는 이가.

"하하, 생각해 보면 그렇겠군. 본명이라……. 그래, 내 이름은."

마치 머나먼 과거를 생각하는 것 같은 표정을 떠올린다. 그는 분명 그렇게 말했었다.

"강상(姜尙)이라고 한다."

그 이름을 떠올리는 순간 노도와 같은 기억이 밀려들어 온다.

"미쳤어……. 당신들 정말 미쳤군요."
어린 용노는 수술대 위에 있었다. 경악스러운 것은 그의 뇌가 밖으로 드러나 있다는 것이다. 고무로 만든 집게에 단단히 고정되어 있는 그의 두개골 중 상당 부분 절단되어 있고 거기로 용노의 뇌가 드러나 있는 것이다.
"후후. 그래, 정말 미칠 것 같군. 내 생전 이런 구조의 뇌를 볼 수 있을 거라고는 생각지도 못했거든."
"또라이 새끼. 이런 걸 보여주려고 굳이 나를 부른 거야?"
"아니, 그보다 마취는 어떻게 한 거야? 너무 똘망똘망해 보이는데."
용노의 주변에는 하얀 멸균복을 입고 있는 세네 명의 사내가 있다. 용노의 모습은 꽤 그로테스크했지만 아랑곳하지 않는 태도다.
"후후, 처음에는 저 녀석도 비몽사몽인 척을 하더라고. 보통 사람 흉내를 내보겠다는 건데……. 후후, 이 천재한테는 통하지 않지."
30대 중반 정도로 보이는 깡마른 사내는 싱글벙글한 표정으로 몇 개의 MRI(자기공명영상. Magnetic Resonance Imaging) 필름을 세팅했다. 마음에 안 든다는 표정으로 그가 하는 짓을 보고 있던 다른 사내들의 눈이 커진다.

"어? 뇌 구조가 좀 이상한데?"

"특히 대뇌가 좀……. 뭐야? 여섯 개로 나뉘어 있는 건가?"

"여섯 개가 아니야. 대뇌는 두 개지."

"뭐? 그럼 대뇌가 너무 작아! 이 녀석, 돌연변이 천재라면서?"

대뇌는 판단력과 성격을 담당하는 전두엽과 기억력과 언어 능력을 담당하는 측두엽, 시공간 능력과 길 찾기 능력 등을 가진 두정엽과 빛과 사물을 인지하는 시야 담당의 후두엽 등으로 이루어져 있다. 두개골의 대부분을 차지하고 있는 대뇌는 뇌의 가장 핵심적인 부분 중 하나라고 해도 과언이 아닌데 그 대뇌가 3분의 1 크기라니. 하지만 그의 말에 깡마른 사내는 비웃듯 설명했다.

"쯧쯧, 너도 인간이 진화하면 대가리가 커질 거라고 믿는 녀석 중 하나였구먼. 미안하지만 유사 이래 인간의 뇌는 계속해서 작아져 왔어. 현대 컴퓨터 역시 극소형의 칩에 막대한 정보를 저장하는 게 가능하지."

"그럼 분리되어 있는 건 뭔가? 다른 기능 때문인가?"

"미안하지만 이건 뇌가 분리된 게 아니야. 애초부터 완전히 별개로 발달한, 컴퓨터로 비교하자면 듀얼코어(Dual Core)에 가깝지. 저 녀석이 가지고 있는 두 개의 대뇌 중 하나만 처도 어지간한 천재보다 훨씬 성능이 뛰어나니까."

깡마른 사내의 말에 다른 사내가 묻는다.

"그렇다는 건 다른 뇌도 그렇단 말이야?"

"정답! 황당하게도 하나같이 성능이 엄청나니 연구 재료로는 최고라고 할 수 있지. 하지만 그런 것보다는 훨씬 중요한 게 있어."

그렇게 말하면서 가려놓았던 천을 치운다. 그러자 열려 있는 용노의 머리가 환하게 드러나면서 아래쪽에 있는 뇌가 드러난다. 그것은 상식적이지 않은, 보라색의 뇌였다.

"이건… 뭐야? 색이 왜 이래?"

"편의상 보조 뇌로 부르기로 했지. 자, 영현이는 아까 대뇌가 여섯 개라고 했지만 대뇌는 두 개뿐이고 나머지 뇌는 전혀 성질이 다른 뇌야. 그것도 단지 모양이 다른 게 아니라……."

그렇게 말하며 핀셋으로 용노의 뇌를 슬쩍 건드린다. 이는 매우 위험한 행동이다. 빤히 살아 있는 사람의 뇌를 헤집다니? 그리고 그의 행동에 따라 모니터에 표시되고 있던 그래프에 격렬한 변화가 일어나기 시작했다.

"그 성분부터 기본 구조까지 보통의 인간과 완전히 달라. 신기한 거 말해줄까? 지금 이 녀석, 마취 안 됐어."

"뭐라고?"

연구원들이 당황해 용노를 바라보았다. 용노는 입술을 깨물며 으르렁거렸다.

"미친놈……."

"하하하! 난 처음에 굉장히 놀랐지. 호랑이나 곰한테 먹힐 정도의 마취제를 투입했는데도 모조리 해소시켜 버리는 인간이 존재할 거라고는 생각 못했거든. 더 놀랐던 건 이 녀석이 마치 고통을 느끼지 않는 것처럼 행동했다는 거야. 그런 주제에 감각은 또 살아 있단 말이지."

잡혀오던 도중 용노는 탈출을 시도했다. 연구소에 가서 조금 괴로운 일을 당할지는 모르겠지만 설사 죽이지는 않을 테니 충분히 견뎌낼 수 있다고 믿은 것이다.

그러나 연구소에 도착해 느낀 공기는 전혀 달랐다. 물론 그들은 표시내지 않았지만 야생 짐승에 가까운 용노는 그들의 표정과 말투, 행동에서 생명의 위협을 느낀 것이다. 때문에 탈출을 시도했지만 생각보다 연구소의 경비는 너무나도 삼엄했다. 뛰어난 재능을 가진 용노라 해도 어린아이의 몸으로 달아날 수준이 아니었다.

"그럼 뭐야? 지금 이 녀석이 고통을 참고 있다는 거야? 그런 기색은 없는데."

"맞아. 그게 바로 이 보조 뇌의 기능 중 하나지. 그나마도 극히 일부에 불과한 기능이겠지만."

그렇게 말하며 깡마른 사내는 MRI 영상을 가리켰다.

"이 보조 뇌는 기본적으로 어떤 일도 하지 않지만 활성화되면 그 모든 뇌의 기능을 보조하는 게 가능해. 대뇌의 기능을 보조해 사고를 가속시키는 것도 가능하고 소뇌를 보조해 근육의 움직임이나 평형감각을 극도로 세밀하게 만들 수도 있지. 더불어 이 뇌는 마치 컴퓨터처럼… 정보를 선택해서 받아들이는 게 가능해."

"정보를 선택한다고?"

놀라워하는 연구원들에게 사내가 말했다.

"인간이 고통을 느끼는 건 경고의 의미야. 이건 몸을 해치는 행동이니까 하지 마라… 라는 유전자 정보에 의해 확정된 일이지. 하지만 그런 경우가 있잖아? 체벌을 받거나 고문을 당하는 상황처럼 스스로의 의지가 아닌 타의로 고통을 당하는 경우가 말이야."

그런 경우 고통은 단지 정신적 스트레스가 될 뿐이다. 뜨거운 물건을 만지면 화상을 입기 때문에 만졌을 때 고통을 느끼게 해 손을 떼게 만든다는 건 학습의 의미지만 고통을 느끼는 걸 뻔히 아는 상황에서의 고통은 단지 정신을 망가뜨릴 뿐이니까.

"거기에서 정보의 선택이 힘을 발하지. 세상에는 고통이 그 자체만으로도 정신을 해치는 경우가 있으니까. 그런데 이 보조 뇌는 그 정보를 받아들인 다음 선택이 가능해. [아프다]라는 정보만 전달하고 고통은 전달하지 않는 거야. 높은 지능으로 몸이 상하는 상황은 피하면서도 정신적 스트레스는 받지 않는 거지."

"그건… 정말 대단하군. 몸을 단련하는 데에도 도움이 되겠어. 고통을 받지 않는다면 자기 몸에 딱 맞춘 단련만 하고 끝내는 것에 어떤 스트레스도 없을 테니까."

처음에는 관심을 표하지 않던 연구원들이 활기있게 토론을 시작한다. 그들은 용노의 몸이 그야말로 의학계에 혁신이 될 정도로 어마어마한 가치를 가지고 있다는 것을 깨달았다. 그만 있으면 노벨상을 다발로 따는 게 가능하며 수백, 수천 억의 돈을 우습게 벌 만한 결과를 낼 수 있으리라.

"정말 엄청나군. 그나저나 지금 그 반응은 네가 고통을 가했기 때문에 일어난 건가?"

"그렇지. 휴면 상태였던 보조 뇌가 활성화되어 고통을 차단한 거야. 하지만 이 정도 고통을 차단하는 건 보조 뇌가 낼 수 있는 출력의 0.1%도 안 되지."

"그럼 어떻게 해야 하는데?"

"돕… 죠. 제가."

이를 악물고 있던 용노가 간신히 말했다. 위험하다. 너무 위험하다. 그의 본능이 계속해서 경고를 보내고 있었다. 차라리 여기에서는 고개를 숙이는 게 현명하다.

"응? 돕다니? 뭘?"

"생각… 생각을 많이 하면 당신이 말한 뇌가 활성화될 거예요. 그렇게 하면."

"아, 정말 좋은 생각이구나."

용노의 말에 환하게 웃는 사내. 그러나 그는 다시 말했다.

"하지만 싫어."

"뭐, 뭐라고? 으아아아악!! 아아악!!"

순간 용노가 발작하기 시작했다. 그러나 구속구로 단단히 결박되어 있는 몸은 움직일 수 없다. 그리고 그의 발작과 함께 화면의 그래프가 새빨갛게 변하며 격렬하게 출렁이기 시작했다.

"뭘 한 거야?"

보조 뇌와 대뇌의 연결을 끊은 거지. 재미있는 건 보조 뇌가 고통을 통제하지 못해서 이 녀석이 고통을 느끼면 보조 뇌는 자기가 덜 활동해서 그런 줄 알고 극도의 활성화 상태가 돼버려. 이 녀석이 고통 때문에 발버둥치면 칠수록 위기감을 느낀 보조 뇌는 더욱 더 활성화되지.

"아아악! 머, 멈추……. 아악!! 아아악!!"

발작하며 몸부림치는 용노의 모습은 섬뜩했다. 눈이 뒤집히고 고통에 울부짖고 있다. 그러나 그런 실험체를 흔하게 봐온 연구원들은 오히려 흥미롭다는 표정이었다.

"이건… 엄청난 수치로군. 지금까지 본 적도 없는 수준이야."

"이런 말도 안 되는 인간이 존재하다니."

용노가 괴로워하면 할수록, 고통스러워하면 할수록 그래프는 더욱더 격렬하게 반응한다. 그 반응을 연구원들은 재미있다는 듯 바라봤지만 지금까지 제대로 된 고통을 느낀 적이 없는 용노는 미쳐 버릴 것 같았다.

"아아악! 제, 제발! 제…… 으아악!!"

"저거 좀 조용히 안 돼? 집중이 안 되잖아."

"마취제도 안 먹히니. 그렇다고 너무 많이 투여하기도 그렇고……. 목이라도 쉬면 좀 나아질 거야."

너무나도 태연한 말에 용노는 소름이 끼치는 걸 느꼈다. 짐작하긴 했지만, 그들은 역시 인권 같은 것에는 하등 관심없는 존재였던 것이다.

"하지만 이 수치는… 정말 대단하군. 보통 인간의 수십 배는 가볍게 넘어가. 게다가 자기가 원하기만 한다면 100%까지 활성화시킬 수 있는 뇌라니 비정상적이야. 똑같은 인간인데 이렇게까지 다를 수 있다니."

기막혀하는 연구원의 말에 깡마른 사내가 웃었다.

"같은 인간이라니. 이봐, 영현. 원숭이와 원숭이 사이에서 유전자 변이로 인간이 태어났다고 생각해 보게. 그렇다면 그는 인간일까, 원숭이일까? 분명 부모는 원숭이인데 유전자나 형태, 지능으로 보면 인간이라면 말이야."

"그건… 이 녀석이 인간과 원숭이만큼이나 보통 사람과 다르다는 말이야?"

"그만큼이 아니지. 인간과 원숭이의 DNA(유전자)는 98.7%가 같아. 차이라고는 단 1.3%밖에 되지 않는다는 소리지. 하지만 검사 결과… 이 녀석의 DNA는 인간과 4% 이상 달라. 솔직히 말하자면 인간과의 관계로 2세가 태어날지도 의심이 갈 지경이지. 즉……."

너무나 유쾌한 목소리로 그는 말했다.

"이놈은 인간이 아냐."

단정적인 말투. 용노는 고통 속에서도 그의 말을 들으며 자신이 쉽게 빠져나올 수 없는 나락에 빠졌다는 것을 이해했다.

정말 제대로 잘못 걸렸다는 것 역시 인정했다.

그러나 뛰어난 지능을 가진 그조차도 미처 예상하지 못한 것이 하나 있었으니 그것은 이 막대한 고통이 계속해서 이어질 것이라는 점이다. 그리고 그로 인해 자신의 정신이 무너져 내리리라는 것을.

그는 미처 짐작하지 못했다.

"으, 으악! 으아아악!!"

고통의 비명을 지르며 깨어났다. 용노의 몸은 땀으로 범벅이 되어 있었다. 손발은 부들부들 떨리고 머릿속이 어지럽다.

"하아… 하아… 하아… 흐윽……!"

무릎을 꿇고 주저앉아 신음한다. 기억났다. 기억이 돌아오고 있었다. 그는 그 후로도 계속해서 실험을 당했다. 수 시간, 심하면 수십 시간 동안 온몸이 갈기갈기 찢기는 것 같은 고통을 주입당한다.

용노는 강상이 왜 자신의 기억을 봉인했는지 깨달았다. 그의 정신이, 그리고 그의 마음이 무너져 내렸기 때문이다. 그는 예사롭지 않은 인간이었지만, 그럼에도 계속되는 고통 앞에서 견뎌낼 수 없었던 것이다.

고통은 모든 것을 공평하게 한다. 고결한 정신과 막대한 재능도 고통 앞에서는 아무런 소용 없다. 막대한 고통은 사람의 정신을 망가뜨리며 자존심과 체면을 뭉개 버린다.

"으윽… 흑… 흐윽……!"

오열한다. 이미 지난 일들을 떠올린 것뿐인데도 너무나도 무섭다. 그 공포가 두려움이 그의 뼛속 깊이 새겨져 있다.

"그렇군. 이때부터였어."

강상은 그의 기억을 지워주었지만 그럼에도 그의 마음속 깊은 곳에 있는 상처까지 지워주지는 못했다. 때문에 용노의 성격에 많은 변화가 있었던 것이다.

삑.

[나는 너의~]

굴러다니던 리모컨으로 TV를 켜자 화려한 무대 위에서 노래 부르는 가수 모습이 보인다. 용노는 TV의 소리를 키우고 하염없이 울었다. 슬프지는 않았다. 애초에 슬픈 기억이 아니기 때문이다. 단지 그는 고통스러웠을 뿐이다. 과거의 기억을 떠올린 것만으로 무너질 것만 같다.

"개자식들."

고통 다음 떠오르는 건 증오다. 자신을 이렇게나 고통스럽게 했던 이들에 대한 분노, 그리고 그들을 떠올리자 자연스럽게 스스로를 대신해 그들에게 복수를 하려 하는 은혜가 떠오른다.

"…이 멍청이가."

이제야 지금껏 이해할 수 없었던 그녀의 행동이 이해가기 시작한다. 그 알 수 없던 태도, 표정들, 그리고 미국행까지……. 맹랑하게도 그녀는 그에게도 알리지 않고 그 정체조차도 비밀인 기관에 복수하기로 결정한 것이다.

"말리면 과연 먹힐까."

게다가 그녀의 움직임에 한국의 비밀 단체가 반응했다는 건 그녀가 뭔가 일을 크게 벌였다는 뜻. 어쩌면 이미 말로는 해결이 안 되는 상황일지도 모른다.

"결국 내가 어떻게든 해야 한다는 건가."

용노는 변했다. 모든 일에서 도망치던 예전과는 분명히 다른 상황. 그러나 그렇다 해도 어렸을 때의 그처럼 명쾌하고 강인한 정신을 가졌던 때로 돌아갈 수는 없다. 연구소에서 그에게 가했던 고통은 이미 그의 정신을 한 번 무너뜨렸으며 지금까지도 치유할 수 없는 상처를 남겼다. 차라리 기억을 되찾기 전, 그러니까 불과 한두 시간 전이라면 괜찮을지도 모르지만 일단 기억을 되찾은 이상 언제 겁쟁이인 자신이 튀쳐나올지 모른다.

"해야 해."

이를 악문다. 그들과 싸우겠다고 생각하는 것만으로 몸이 덜덜 떨린다. 이성이 억누르고 있을 뿐 이미 그는 겁에 질려 있다. 이 정도면 차라리 기억을 지우는 게 낫지 않나 하는 생각이 들 정도지만 아무리 그래도 자신의 기억을 마음대로 지울 수는 없다.

[다음 차례는 한창 주가를 올리고 있는 리프 양입니다.]

[요번에 안 좋은 일이 있어서 걱정했는데 힘차게 나왔군요.]

그때 문득 TV에서 익숙한 이름이 나오고 있다는 걸 깨달은 용노의 시선이 들린다. 거기에는 분홍색에 파란 천이 덧댄 옷을 깜찍하게 입은 리프가 있었다.

언제나 꿈꿨지, 지치고 힘들 때
하늘에 떠올라 별이 되기를
고통에 슬픔에 어둠에 숨어
헛되기만 한 꿈들을

어두운 무대에서 잠잠히, 그러나 마치 눈물을 흘릴 듯 감정을 담아 부른다. 사실 그녀는 꽤 불행한 환경에서 자랐다. 보통 삐뚤어지기 딱 좋은 상황인데도 이렇게까지 밝게 자란 게 신기할 정도다. 하지만 강화안을 손에 넣어 그녀의 영력을 감지한 용노는 알고 있었다. 그녀는 단지 밝은 성격인 게 아니라 굳센 마음으로 그 어떤 괴로움도 이겨내고 있다는 것을.

믿을 수 없어. 모자라고 어리석은 내게
단 한 번의 기회가 있다면
일어설 수 있을까. 나같이 왜소하더라도
더욱더 빛나는 땅 위의 별이

스포트라이트를 받으며 퍼져 나가는 노래에 수천의 관객이 숨을 죽인다. 평소 귀여운 노래만을 불러왔던 그녀와 다르게 지금의 그녀는 그 분위기부터가 다르다. 그녀의 고민과 노력과 강함이 하나로 합쳐진 존재감이 주변을 짓누르고 있었다.

[와아아아—!]

우레와 같은 박수가 쏟아졌다. 개중의 몇은 눈물까지 흘리고 있었다. 그녀가 부른 '땅 위의 별'은 그가 선물로 준 노래. 하지만 그도 설마 준 당일 바로 부르게 될 줄은 몰랐다.

"스타인가."

문득 용노는 그녀에게 부러움을 느꼈다. 저렇게나 빛나는 곳에서 모두에게 사랑받는다는 것은 그에게 있을 수 없는 일이다. 대부분의 타인을 경멸하는 그는······.

"아냐!"

소리치며 고개를 흔든다. 그러나 깡마른 사내의 말이 그를 괴롭힌다.

"같은 인간이라니. 이봐, 영현. 원숭이와 원숭이 사이에서 유전자 변이로 인간이 태어났다고 생각해 보게. 그렇다면 그는 인간일까, 원숭이일까?"

그렇다. 사실 그는 예전부터 다른 사람들을 좋아하지 않았다. 그는 누구와도 달랐다. 이 세상 그 어떤 인간도 그와 같은 눈높이에서 세상을 보지 못했다. 사람들은 어리석었으며 탐욕스러웠고 종종 너무나 혐오스러웠다.

"나는……"

아직 눈물이 채 마르지 않은 몸으로 소파에 몸을 묻는다. 주변이 점점 어두워지고 있었다.

Chapter 32

격변

기이이잉—!

마침내 작업을 마치자 공명음과 함께 거대한 마법진이 돌아가기 시작했다. 이제 남은 건 기다리는 일뿐. 계산대로라면 디오 속 시간을 기준으로 5일 안에 완성이라는 걸 깨달은 멀린의 입에서 한숨이 새어 나온다.

"생각보다 힘들군."

한동안 그는 사냥도 하지 않고 비공정 제작에 전력을 다했다. 목표치를 조금 높게 잡아서인지 그로서도 쉽지 않은 작업이었다.

"아, 놀라고 싶은데 이젠 나도 이게 뭔지를 모르겠다."

"조금 난해하죠?"

황당해하는 엘렌의 모습에 훗, 하고 웃으며 멀린이 로브를
고쳐 입는다. 신대륙 이벤트가 진행 중이니 끝나는 대로 유저
들이 신대륙에 넘어가게 될 것이다. 이제 냉철한 이성을 되찾
은 그는 개발자들이 신대륙을 만든 이유를 알고 있었다.

　'대단위 전투.'

　황룡이 나타나 전쟁을 명령하면서 신대륙의 몬스터들은 유
저를 증오하게 되었으며, 자기들끼리도 무한히 싸우는 투쟁
상태로 들어갔다. 다만 다이내믹 아일랜드와 다른 점이 있다
면 신대륙의 몬스터는 무리와 무리가 뭉쳐 싸우는 이들이 아
니라 세력별로 군대를 조직한다는 것이다.

　"저는 그럼 가볼게요."

　"그래, 완성될 때쯤 오면 받아갈 수 있을 거야."

　"그럼."

　엘렌과 작별 인사를 나누고 환전소를 나온다. 그리고 시간
을 확인한다.

　"좋아, 이벤트 시간이군. 이번에는 범위가 넓다니 다 털기는
힘들겠지만 한군데라도 깔끔하게……."

　"그건 곤란해."

　"……!"

　느닷없이 들린 목소리에 경악해 몸을 돌리려 하는 멀린이었
지만 그보다 먼저 배경이 변한다. 그는 어느새 자신이 알 수
없는 공간으로 이동해 있다는 걸 깨달았다.

　"공지사항까지 올렸는데 신경 좀 써주지. 아니 뭐, 감안하고

움직이는 거긴 하겠지만 말이야."

모습을 드러낸 은발의 중년 사내는 멀린을 디오에 끌어들인 사내이자 디오의 운영자라고 할 수 있는 존재. 문득 용노는 자신이 아직도 그의 이름을 모른다는 것을 깨달았다.

"오랜… 만이군요. 뭐라고 부르면 되죠?"

"탄."

그렇게 말하며 손짓하자 검은색의 의자 두 개가 생겨났다. 아차 하는 사이에 테이블도 생겼는데, 그 위에는 모락모락 김이 올라오는 홍차가 있었다.

"흠. 역시 저를 지켜보고 있었나요?"

"요주의 인물에 대해서는 조금 신경 쓰는 편이지."

여유있게 웃으며 차를 마신다. 멀린은 위화감을 느꼈다. 전체적으로 고요했던 예전에 비해 그의 기운이 너무나도 무겁게 다가왔기 때문이다. 전체적인 기질도 패도적으로 변했다.

"흠. 혹시나 해서 물어보는 건데, 제가 공지사항을 무시하고 이벤트에 참여하면 어떻게 되나요?"

"내가 좀 화나겠지."

그렇게 말하는 순간 섬뜩한 감각이 멀린을 짓누른다. 멀린은 깜짝 놀라 정신 방벽을 펼쳤지만 방어에 실패한다. 능력의 격차가 너무나 심했기 때문이다.

"큭! 무슨……!"

"네가 무슨 생각 하고 있는지 알고 있다, 멀린. 아니, 윤용노. 솔직히 지금까지 우리가 좀 만만하게 볼 정도로 속 편한 운영을 했다는 것도 알고 있지."

탄은 웃었다. 그는 귀엽다는 듯 멀린을 보고 있다.

"네가 강력한 비공정을 만드는 걸 보고만 있는 건 아무것도 몰라서가 아니야. 우리에게도 필요하다고 생각해서지."

"뭐랄까. 당신 너무 많이 달라진 것 같은데요."

"그건 오히려 네가 더 그렇지. 난 달라진 게 없어. 다만 이제야 내 마음대로 할 수 있는 상황이 된 거지."

그렇게 말하면서 자리에서 일어난다. 거대하게 타오르는 오오라에 숨이 막힐 것 같은 감각을 느끼면서도 멀린은 필사적으로 물었다.

"대, 대체 어떤 상황이 되었다는 거죠?"

"사장이 바뀔 거거든."

"뭐라고요?"

"곧 널 쓸 때가 될 테니 실력이나 가다듬고 있어. 솔직히 너를 제일 걱정했는데 선을 넘어서 다행이야."

그렇게 말하고 사라진다. 멀린은 어느새 자신이 스타팅에 돌아와 있다는 것을 깨달았다. 탄의 강렬한 기세에 압도되어 식은땀이 흐른다.

"좋지 않아. 뭔가 벌어지겠군."

그리고 과연 그의 짐작대로 상황이 급변하고 있었다.

*　　　　*　　　　*

삐익—! 삐익—!

[비상! 비상! 거주 구역에 침입자 발생! 거주 구역에 침입자 발생!]

거대 전투함선. 아라크네의 복도를 다섯 명의 인영이 달리고 있다. 그 속도는 심상치 않다. 온몸에 중갑을 걸친 채 커다란 타워실드까지 든 이가 섞여있는데도 시속 80킬로미터에 가까운 속도를 내고 있는 것이다.

"침입자를 막아!"

"대체 어디로 들어온 거야?!"

온몸을 뒤덮는 강화 슈트를 걸친 병사들이 우르르 쏟아져 나온다. 당연한 말이지만 그들이 들고 있는 무기는 검이나 창이 아닌 총! 그것도 무려 SF영화에서나 나올 것 같은 레이저 건이다.

"쐐기 형태!"

"잘 막아!"

중갑을 걸친 채 방패를 든 사내 아돌이 앞서 달리자 나머지 네 명이 그 뒤로 숨는다. 일열은 앉아쏴, 이열은 서서쏴 자세로 레이저 건을 겨누고 있던 병사들은 그들을 비웃었다.

"제정신이 아니군. 결계도 아니고 역장도 없이. 심지어 방패로 총격을 막으려고 하다니……. 쏴라!"

피핑!

별다른 소음 없이 하얀 빛줄기들이 아돌의 방패로 쏟아진다. 병사들은 방패가 벌집이 되어 녹아버리고 아돌이 쓰러지는 모습을 상상했지만 안타깝게도 그 상상은 실현되지 못한다.

팡!

"뭣?!"

뜻밖에도 아돌의 타워실드는 그 모든 공격을 완전히 차단했다. 사실 당연한 일이다. 온갖 방어 주문이 걸려 있는데다 아돌의 내공까지 주입된 방패는 열에너지나 충격에너지는 물론 독이나 마법에도 완전하게 저항한다. 검기조차 상처 입히기 힘든 아돌의 방패가 대인용 레이저 건 정도에 뚫릴 리가 없다. 적어도 900mm 이상의 캐논이 필요하리라.

콰득!

그리고 그대로 달려든 아돌의 실드 차징이 복도를 틀어막고 있던 병사들을 덮쳤다. 강화복으로 어지간한 충격은 다 버틸 수 있는 병사들이었지만 아돌의 실드 차징은 사람과 사람의 충돌이라기보다는 교통사고에 가깝다. 마치 시속 수백 킬로미터로 달리는 열차에 추돌당한 것처럼 병사들의 몸이 부서지거나 사방으로 튕겨 나가 처박혔다. 대부분 즉사를 면치 못했을 정도의 충격량이다.

"우우, 토할 것 같아. 저 피떡 봐. 외부 퀘스트는 다 좋은데 기본적인 안전장치가 없단 말이야."

"병력 대상으로 약탈 허용이니 이상한 소리 말고 장비나 챙겨! 저것들, 틀림없이 완전 비싸게 팔린다."

"레이저 총? 별로 안 세 보이는데."

"안 세 보인다고? 내 방패 좀 봐!"

으르렁거리는 아돌의 방패는 지저분하다. 어디가 뚫리거나 한 건 아니지만 여기저기 잔뜩 그을린 데다 우그러진 게 절대 멀쩡한 상태가 아니다. 게다가 이 지경이 되었다는 건 방패에 걸린 주문도 대부분 풀렸다는 것을 의미한다.

"충격량은 별로 안 되지만 위력은 무시할 수준이 아냐. 나 없었으면 너희 다 누더기다."

"응. 우리 최강 탱커님 착하다."

"아오, 내 방패 어쩔……. 얼른 마스터가 되어야 방패에 유형화된 기를 두를 수 있을 텐데."

투덜거리는 아돌의 모습에 일행 중 하나가 의문을 표한다.

"으응? 보통은 검기가 먼저 아냐?"

"난 공격도 별로 안 하는 탱커인데 검기 만들어서 뭐하냐? 방패에 유형화된 기를 두르면 항마력이 엄청나게 늘어나는 데다 방패의 내구가 거의 무한으로 변하니 전투력이 폭증한다고. 거기에 실드 차징이면 덤프트럭도 날려 버릴걸?"

시끌시끌하게 떠들면서도 병사들의 장비나 복장을 죄다 챙기고 달린다. 그 모든 동작이 그야말로 신속, 정확이다.

"길 확인해 줘!"

"길…… 정상적인 루트는 함교까지 갔다가 아래층으로 내려가서 전진."

"지름길은?"

"여기서 바로 아래층!"

활을 든 사내의 말에 제로스가 양손을 들어 올렸다. 주문은 아까부터 외우고 있었다.

"모두 한마 뒤로 숨어!"

"뭐? 네 방패는?"

"이제 끝이야. 방패 교환이다."

어느새 아돌은 장비를 변경해 직경 40센티미터 정도의 스몰실드를 들고 있는 상태. 한마는 혀를 차며 일행의 앞을 가로막았다. 제로스의 주문이 완성된다.

"아이스 미사일(Ice Missile)."

쩌적, 하고 허공에 얼음의 창이 등장한다. 그리고 그와 함께 바닥이 용광로에 들어간 쇠처럼 시뻘겋게 달아오른다. 단순히 열을 가하고 냉기를 가하는 게 아니라 한쪽에 있는 열을 한쪽으로 빼앗아 두 가지 효과를 일으킨 것. 그리고 그대로 허공에 떠 있던 얼음의 창이 고속으로 회전하기 시작한다.

"타입 투(Type Two)."

콰드득!

치이익!

얼음의 창이 바닥을 부수며 들어가자 어마어마한 수증기가 피어오른다. 화상을 입을 정도로 뜨거운 수증기였지만 여기에 그 정도의 고열을 못 버틸 이는 없다. 직접적인 열기는 한마가 모조리 차단했기 때문에 그렇기도 하다.

"스, 습격이다!"

"조심해!"

"무, 무슨 수를 쓴 거지? 여길 어떻게……."

"뒤로 물러서! 열기가 엄청나!"

사방에서 비명과 괴성이 터져 나왔지만 수많은 상황으로 단련된 유저들은 아랑곳하지 않고 방 안의 사람들을 포박하기 시작했다. 당연히 그들은 저항했지만 맨손으로 철판을 찢어내는 괴물들에게 저항이 가능할 리 없다.

"이 녀석 맞지?"

"맞네."

유저들은 미션 시작 시 받았던 고리 모양의 마법기를 꺼냈다. 그들의 앞에 잡힌 60대 정도의 노인이 소리를 지른다.

"너, 너희, 대체 뭐야! 내가 누군지 알아?!"

"몰라."

"벼, 변호사를 부르겠다. 이거 놔!"

"뭐래?"

노인이 뭐라고 소리치든 아랑곳하지 않고 제압한다. 아돌은 노인의 혈도를 짚어 움직임을 막은 뒤 고리를 던졌다.

우웅!

금빛 고리는 허공으로 떠올라 빙글빙글 돌았다. 문을 녹여 추가적인 적들의 유입을 막은 제로스의 눈이 커진다.

"오, 장거리 워프 마법이다."

"이 녀석을 잡아간다… 는 설정인가 보네."

"서, 설정? 너희, 대체 누구……?"

피웅!

막 뭔가 소리치려던 노인이 순식간에 사라진다. 그리고 떠오르는 클리어 메시지. 유저들은 고개를 끄덕였다.

"좋아, 끝났다."

"수고하셨습니다."

"수고하셨어요~!"

"아이템 분배는 돌아가서 합니다. 수고~!"

적진 한복판. 막상 자신들은 탈출하지 못했으면서도 긴장감 없이 서로를 치하하는 유저들의 모습에 제압당해 있던 사람들의 얼굴에 황당함이 깃든다.

'뭐야, 이 녀석들? 미친 거 아냐? 이제 곧 병사들이 쏟아져 들어올 텐데…….'

'대체 이런 녀석들이 어디서 나타난 거야?'

콰쾅!

문밖에서는 연신 굉음이 울려 퍼지고 있다. 주변을 완전히 포위한 병력들이 방 안으로 들어오려 하는 것이다. 그러나 그들이 문을 부수고 들어오는 순간,

"뭐, 뭐야?!"

"없어졌어?!"

유저들의 몸은 촛불처럼 일렁이더니 그대로 사라져 버렸다.

　　　　*　　　　*　　　　*

"이 녀석들, 뭐야?! 어떻게 여기에 나타날 수가 있지?"

"무공이라니, 이 무슨 매니악한 힘을……."

"이건 마법? 하지만 보조 장비 없이 이만한 마력이라니!"

"신인(神人)이나 용인(龍人)인가? 아니면 고위 정령족?"

디오에 존재하는 마스터 레벨 유저는 아더, 크루제, 멀린, 랜슬롯, 아크에 이리야까지 여섯 명에 불과하다. 잠잠해지긴커녕 기하급수적으로 늘어나 이제는 5억을 향해 달려가고 있는 유저 중 정점이라고 할 수 있는 존재. 그러나 수준을 조금만 낮추면 그 숫자가 절대 적지 않다. 현재 9레벨에 도달한 유저의 수는 500여 명에 달하고 8레벨의 유저는 수천이 넘는 것이다.

비록 '벽'을 넘어서지 못해 마나를 다루는 능력이 떨어지는 데다 마스터 웨폰도, 마스터 스킬도 없는 그들이지만 라스트 미션에서 10레벨 몬스터를 쓰러뜨려 5단계에 도달한 유저의 수는 200명이 넘는다. 라스트 미션의 시험은 순수 실력만을 써야 하는 승급 시험과 다르다는 걸 알고 온갖 장비와 아이템을 사용한 것이다. 비록 꼼수에 불과하지만 어쨌든 그들은 마스터 급의 전투력을 발휘할 수 있다는 말이다.

"결과는 어떻지?"

"현재까지 실전 배치한 미션 수행 횟수는 23회. 그중 실패

가 여섯 건이에요. 그나마 약탈하느라 정신 못 차려서 실패한
것들이고요."

"처음치고는 나쁘지 않은 편이군."

"승급 시험이랑 하드모드 퀘스트와 동일한 방식이니까요.
별의 신전 죽돌이(한 장소에서 죽치고 돌아다니지 않는 이들을 지
칭하는 은어)들이 공략집을 만들어서 넷에 뿌리는 모양이니 점
점 더 좋아지겠지요."

"…좋아, 실패한 녀석들에게는 패널티를 줘. 그리고 앞으로
는 하드모드 퀘스트를 없애고 미션을 정식으로 운영해. 할 일
이 있을 때마다 조건을 부여해서 수행하게 할 수 있겠지."

"네. 애들한테 말해서 기획서 올리라고 말할……."

쾅!

그때 박살 낼 것 같은 기세로 문을 열어젖히며 흑발의 여인
이 방 안으로 들어왔다. 디오의 최초 설계자이자 개발자라고
할 수 있는 제니카였다.

"탄! 제정신이야?! 벌써 유저들을 공개하다니……! 게다가
기술 봉인은 또 왜 푼 거야?!"

"흥분하지 마. 별로 특별한 일을 시킨 것도 아닌데."

중년 사내 탄은 제니카가 화를 내든 말든 여유있는 표정이
다. 제니카가 디오의 최초 개발자로서 막대한 권리를 가진 것
은 사실이지만, 그녀 혼자서 디오의 시스템을 구축하는 건 불
가능한 일이었던 만큼 디오는 [연합]의 도움으로 만들어진 물
건이다. [연합]의 핵심 간부라고 할 수 있는 탄에게도 어느 정

도의 권한은 있는 것이다.

사실 디오는 완전히 새롭게 만들어진 창작품이 아닌 모방의 결과다. 디오의 원전은 과거 신들이 만들었던 전사 육성 시스템 일루젼(Illusion). 몇백 년 전 육계(六界)의 지배자들과 함께 사대차원을 구해냈던 위대한 영웅과 마왕조차 이겨낼 수 있을 정도로 강대한 마법사 제니카를 배출한, 이미 전 우주적으로 널리 알려진 시스템을 개량해 만든 것이다.

사실 평범한 인간의 영혼을 사용하여 초월자들조차 상대 가능한 전사들을 만든다는 계획은 실현이 불가능한 개념이지만 무려 열두 명의 상위 신이 포진해 있는 십이지객잔(十二支客棧)이라는 신들 단체의 직접적 참여는 불가능을 가능하게 만들었다. 심지어 십이지신 중 용신과 호신은 각각 마법의 신과 무의 신의 경지에 올라 최상위 신위를 손에 넣은 신중의 신. 당연하지만 그만한 힘을 가지고 있지 않던 제니카로서는 연합의 힘을 빌릴 수밖에 없었다.

"지금 무슨 일을 시켰는지가 중요한 게 아니잖아. 디오는 새로운 개념이 아냐. 선례가 있다고. 만약 유저들이 영혼에 타격을 주는 공격이라도 받게 되면……."

"이미 정보가 빠른 세력들은 어느 정도 눈치챘어. 어차피 완벽한 보안을 유지할 수 없는 이상 굳이 힘들게 비밀을 지킬 필요도 없지."

"탄, 너 이 녀석……."

제니카의 눈살이 찌푸려지자 어마어마한 압력이 주변을 짓누른다. 탄의 표정도 변했다. 그는 연합을 암중에서 지배하는 [노블레스] 중에서도 특히나 강력한 존재였지만 그럼에도 제니카와 마주 서면 위압감을 느낀다.

마법의 신의 직전제자이자 신드로이아를 흡수해 세계와 동화된 경험을 가진바 있는 제니카는 이미 대마법사나 대마도사라는 단어조차 무색할 정도로 강력하다. 그녀가 힘을 발휘할 때면 억겁의 시간을 살아온 신들조차 놀람을 감추지 못할 정도. 고작 1000년도 살지 못한, 어디까지나 인간을 기반으로 태어난 그녀였지만 이미 제니카의 힘은 마왕을 뛰어넘은 상태다.

"크으, 윽! 허억! 허억!"

펑!

근처에서 불안한 표정으로 그들을 바라보던 10대 초반의 소년 멜튼이 쓰러지고 그의 몸을 감싸고 있던 변신이 풀리며 원래의 모습으로 돌아왔다. 놀랍게도 그의 본모습은 수북하고 긴 털을 가진 고양이다. 굳이 지구에서 비슷한 종자를 찾자면 페르시안 고양이와 닮은 까만색의 고양이인 것이다.

물론 그렇다고 그가 보통의 고양이인 것은 아니다. 프라야나(Prajna) 족의 일원. 빼어난 지능과 슈퍼컴퓨터를 간단히 넘어서는 괴물 같은 기억력, 더불어 태어날 때부터 중급 마족을 살해할 만한 초능력을 가진 프라야나는 기본적으로 수명이 매우 길며 드래곤과 마찬가지로 단지 나이를 먹는 것만으로 거대한 힘을 얻는 초월종(超越種)이다.

"큭, 큭큭큭큭. 정말이지, 징그럽게 강력하군. 하찮고 하찮은 피를 가지고 태어난 녀석이……."

"나 참, 지혜의 드래곤이라는 녀석이 종족우월주의자 같은 소리를 하는군. 선계 녀석들이 들으면 발끈할 말이라는 건 둘째치고, 뭘 믿고 이러는 거야? 설마 왕년에 잘나갔다고 현실이 눈에 안 들어오는 거야?"

쿠우우!!

탄의 몸에서도 막대한 기세가 뿜어지며 제니카의 기운과 충돌했지만 그럼에도 역부족이다. 예전의 그라면 몰라도 지금의 탄은 제니카와 대등하게 싸우는 것조차 불가능한 상태. 그러나 그는 웃었다. 제니카의 뒤에서 모습을 드러낸 거구의 사내를 봤기 때문이다.

"웃! 뭐, 뭐야?!"

내리찍어 내는 참격에 제니카의 오른쪽 어깨에서부터 골반까지 깊은 자상이 생겼다. 마치 호미로 파낸 것처럼 치명적인 상처였다.

"방심했군."

"헛… 소리를!"

제니카는 방심 같은 걸 한 적이 없다. 모든 상황을 상정하는 그녀의 놀라운 지혜는 탄이 막나가고 있다는 걸 깨닫는 순간부터 그를 돕는 조력자가 있을 거라 예상하고 있었으니까. 하지만 나타난 조력자는 그녀의 모든 예상을 초월했다.

"크로노스? 미쳤군. 이건 마계의 뜻인가?"

"아니… 다. 어디까지나 내 개인적인 뜻이지."

"마왕씩이나 되는 존재가 움직였는데 개인적인 뜻이라니. 잠꼬대가 너무 심해."

붉은 영기가 피어오르더니 제니카의 상처가 단숨에 회복된다. 그녀의 얼굴은 험악하다. 스스로의 힘에 대한 자만심이 지나쳐 준비가 부족했기 때문이다.

'하지만 아무리 그래도 고지식하기로 유명한 크로노스가 움직이다니.'

검마왕 크로노스. 과거 올림포스 신족 중에서도 가장 강대하다는 주신(主神) 급 신이자 최상위 신위를 가졌던 존재다. 비록 올림포스가 멸망하며 모든 힘을 다 잃어버린 허신이 되었지만 마족의 몸에 깃든 후 무(武)의 힘을 얻어 마왕의 자리에까지 오른 입지적인 존재. 게다가 그의 뒤에 있는 것은……

"너무 비난하지 마. 자기는 내 부탁을 들어줬을 뿐인데."

"마룡후 사라나스……."

싱긋 웃으며 모습을 드러낸 존재는 용종으로서 상위 신위를 얻어 어둠과 자유를 수호하는 암흑용신의 딸이자 검마왕 크로노스의 아내. 제니카는 물론 마왕에도 훨씬 못 미치는 힘을 가진 존재지만 그렇다고 마냥 무시할 수 있을 정도로 약하지도 않다. 탄과 크로노스의 합공이 이겨낼 수 없을 정도라면 탄과 크로노스, 그리고 사라나스의 합공은 달아날 수가 없을 정도인 것이다.

그들 한 명 한 명은 틀림없이 제니카에 비해 모자라지만 그렇다고 만만한 존재는 절대 아니다. 특히나 크로노스는 일대일로도 방심하면 충분히 당할 수 있을 정도의 강자이기 때문에 지금 이 상황은 몹시 암울하다고 할 수 있다.

"정말 환장하겠군. 마왕씩이나 되는 존재가 여자한테 휘둘리는 공처가였다니."

"미안하군. 하지만 시간을 끌다니……."

흔들림없는 표정으로 검을 들어 올리는 크로노스의 검에 무형의 기류가 뿜어진다. 검강에 어검술, 심검마저 넘어선 거대한 마력의 결집이자 검마왕만의 성명 절기인 천류(天流)였다.

"…나 참, 이렇게까지 무시당하다니."

투둑!

제니카는 가볍게 한숨 쉬며 목에 걸고 있던 목걸이의 줄을 끊었다. 줄에 꿰여 있던 수십 개의 구슬이 후두둑 떨어지며 제니카의 몸에서 막대한 마력이 뿜어져 나왔다.

"봉인구인가."

크로노스의 얼굴에 미소가 피어오른다. 거대한 마력의 충돌이 공간을 짓누른다.

"으으, 고래 싸움에 새우 등 터지네."

페르시안 고양이 멜튼은 신음하며 구석으로 피신했다. 700년이나 살아온 멜튼은 프라야나 족 중에서도 가장 강력한 편에 속하는 원로(元老)지만 이 전투에 끼기에는 너무나도 약하다. 그야말로 격이 떨어진다 하겠다.

"…응?"

문득 웅크리고 있던 멜튼의 눈에 의문이 깃든다. 땅에 굴러다니는 구슬들의 모습 때문이다.

'…하나 모자란데?'

아무리 급한 와중이라도 겨우 100개도 안 되는 구슬의 숫자를 헷갈릴 리는 없는 일이기에 의아해하는 멜튼. 하지만 이어지는 충돌에 그는 깜짝 놀라 고개를 숙이고 역장을 펼쳤다. 방심하다간 살아남을 수 없을 정도의 난장판이다.

"악! 꼬리가 탔어!"

울상을 지으며 구석에 박혀 몸을 웅크린다. 이제는 무슨 공처럼 동그랗게 말린 상태다.

'아, 몰라! 누가 밟아서 깼나 보지, 뭐!'

저주가 실려 있는 불꽃이었는지 욱신거리는 꼬리에 기운을 집중하며 멜튼은 방어에 전력을 다하기 시작했다.

*   *   *

"망령의 갑주 세트 삽니다! 후회 파츠랑 절망 파츠를 무려 1,200골드에 삽니다! 통합 아니고 개당 1,200골드요! 소유주와 매칭만 시켜주셔도 5골드를 드립니다!"

"수호의 결계석 팝니다! 어지간한 중급 주문은 다 견딜 수 있어요!"

"8레벨 이상 용병 구합니다, 용병! 관광 재미있게 하시고 돈

도 버세요~!'

스타팅의 장터는 언제나 그랬듯 시끌시끌하다. 수없이 많은 유저들이 모여 북적북적 떠들고 있다. 그리고 그런 사람들 속에 연두색 머리칼의 사내가 서 있다.

"여기 이 구슬 사지."

"네? 아뇨. 그건 그냥 길 가다 주은 아이템이라 아직 감정도······."

"100골드."

"감사합니다, 손님~!'

1골드는 5만 원으로 100골드라면 무려 500만 원이나 되는 거금이다. 정체를 알 수 없긴 하지만 고작 커먼에 불과한 아이템을 500만 원이나 주고 사다니? 구슬을 주웠던 유저는 좋아하며 구슬을 팔았다.

"······."

구슬을 구입한 연두색 머리칼의 사내는 아무 말 없이 구슬을 바라보고 있다. 수많은 유저들이 그를 스쳐 지나가고 있었지만 그의 주변은 마치 다른 차원에 들어서기라도 한 것처럼 고요하다.

"쯧. 그러게 좀 조심하라니까. 불안불안하더니 결국 이렇게 되는군."

그는 한숨 쉬었다. 그가 이 구슬을 찾을 수 있던 건 완전히 우연이다. 사실을 말하자면 그는 디오에 접속할 만한 상황이 아니었기 때문이다. 그가 디오에 관심을 가지고 어느 정도 신경을 써왔던 건 전대의 전사 육성 시스템과의 차이점이 무엇일까 궁금했기 때문이다.

"이렇게밖에 빠져나오지 못할 정도라니 급박하긴 했던 모양이야."

그는 웃었다. 그나저나 정말 운이 좋기는 하다는 생각이 들었기 때문이다. 만약 4번이 맡은 양자가 아니었다면 아무리 그라도 그녀를 복원시키는 건 불가능했으리라.

"결국 여기는 어떻게 되려나."

문득 사내는 고개를 돌려 주변을 둘러보았다. 시끌시끌, 왁자지껄 떠드는 사람들의 모습이 보인다. 그에게 있어 그 모습은 꽤나 그리운 종류의 것이었지만 그렇다고 해서 그들의 미래에 관여할 정도의 의리는 없다.

"나도 한동안은 조심해야겠군."

피식 웃으며 한 걸음 걷는다. 그리고 어느 순간 어디에서도 그의 모습을 찾을 수가 없었다.

*   *   *

"완성했다."

"수고하셨습니다. 여기 대금."

"조금 많군."

"갑자기 찾아가서 무리하게 부탁한 거니까요."

멀린은 다시 아이델른을 찾아가 부탁했던 무기를 받아 들었다. 아이델른이 만들어낸 건 120센티미터의 길이에 서늘한 은 빛이 감도는 롱 소드였다.

　용노는 감정을 사용했다.

Item

[아이델른의 명품 롱 소드]　　　　6급　　Rare

　대장장이 아이델른이 만들어낸 명검. 강도와 탄성이 매우 뛰어나며 비장의 금속으로 만들어져 자체 복원 능력을 가지고 있다. 효과가 드러나지 않은 기운이 깃들어 있다.

　"대단하시군요. 단순 제작으로 레어 급 무기를 띄울 수 있다니⋯⋯."

　"재료 탓이야. 아무리 신경 써도 일반 재료로는 레어 급이 뜨지 않더군. 뭔가 특수한 효과가 걸려 있지 않으면 등급이 오르지 않지."

　그렇게 말하며 인벤토리에서 한 쌍의 장갑을 꺼내 든다. 놀랍게도 그건 금속으로 만들어진 장갑이다.

Item

[아이델른의 천장(天掌)]　　　　5급　　Rare

　대장장이 아이델른이 만들어낸 장갑. 미스릴을 실의 형태로 늘어뜨려 엮어내었으며 아켄석을 녹여 자체적인 마력 충전이 가능하게 만들어져 있다. 적대적인 마력에 저항하는 것도 가능하다.

"돈은 돌려주지. 그것보다 인챈트를 부탁해도 될까?"

"거… 참, 생각보다 똑똑하시네요."

"많이 듣는 이야기다."

강대한 마법사이자 극강의 이미지 메이킹 능력을 가지고 있는 멀린은 이미 디오에 존재하는 어떤 이보다 뛰어난 인챈터다. 그가 지불한 돈이 제법 많은 건 사실이지만 그가 만들어내는 물건에 비할 바는 아닐 것이다.

"어떤 걸 원하죠?"

"방어적인 능력이었으면 좋겠군. 무술도 조금 익혔으니 능동적인 방어 형태가 좋겠지."

"그 정도라면… 좋아요. 깜짝 놀랄 정도의 물건으로 만들어드리죠. 내일 이맘때쯤 여기에 계세요."

멀린의 말에 아이델른이 의아한 표정을 짓는다.

"내일이라니? 현실 시간 말인가?"

"아뇨. 여기 시간으로요."

"그렇게 금방 되나?"

"시간을 오래 들이나 금방 만드나 큰 차이는 없어요. 게다가 급한 일도 있고. 아, 그리고 판매처도 좀 생각해 주시겠습니까?"

"역시 그 검, 팔 생각이군."

아이델른은 멀린이 들고 있는 롱 소드를 가리켰다. 멀린이 처음부터 근래에 인기있는 무기가 뭐냐고 물었던 만큼 당연한 물음이다.

"새로 만들어낸 이론을 실험해 볼 물건이거든요. 수준은… 유니크 아이템 정도를 예상하고 있어요. 등급은 강화가 가능한 물건이고요."

"강화? 온라인 게임의 그거 말하는 거냐?"

"네. 틀림없이 쓸 만할 테니 지인 중 공격력이 좀 약해서 고민하는 고 레벨 좀 알아봐 주세요. 실망시키지 않을 테니까."

"알았다. 대신 내 물건도 신경 써주면 좋겠군."

"물론이죠."

멀린은 천장과 롱 소드를 모두 인벤토리에 넣은 후 꾸벅 고개를 숙였다.

"그럼 나중에."

"잘 가게."

대답과 함께 몸을 돌려 대장간을 나간다. 그리고 바로 상점가로 이동한다. 새 기술을 공개해서 가격이 뛰기 전에 재료나 잔뜩 챙겨놔야 하기 때문이다.

"전부 다 주세요."

"네?"

"전부 다요."

디오에서 물건을 살 수 있는 장소는 NPC들이 운영하는 상점과 물건을 올려놓으면 일정량의 수수료를 받는 대신 가격 순서로 정리되는 거래소, 그리고 개인 상점을 열거나 직접적으로 물건을 교환하는 장터와 스타팅에 있는 지하경매장이 있다.

당연한 말이지만 지하경매장은 고가의 아이템을 거래하는 곳이기 때문에 군이 들를 필요가 없다. 멀린이 사려는 것은 마정석과 내단. 물론 대환단이나 블루 크리스털 같은 레어 급 단환이나 마정석들은 지하경매장에서 팔게 마련이지만 멀린이 필요한 물건들은 그런 고가의 물건들이 아니었다.

"1실버 이하의 정석은 전부 다 주세요. 작은 것도 빼놓지 마시고."

일단은 상점들을 전부 털어버린다. 흔히 대환단, 천년설삼 하지만 사실 그런 것들은 다이내믹 아일랜드 전부를 뒤져 봐도 그렇게 많이 나오지 않는다. 오히려 많이 쏟아져 나오는 건 가장 아래 단계의 정석들이다.

예를 들자면, 예전 멀린이 물방울거북을 잡아서 얻었던 청단(靑丹)이나 최하급 정석들을 들 수 있는데 이 정도의 물건들은 하루에도 수백 개씩 쏟아져 나오는 편이며 그 가격도 그렇게 높지 않다.

이것들은 대체로 5~10년의 내공이나 10~20테트라 정도의 마력을 담고 있는데, 복용해서 자신의 영력을 높이려 하면 오히려 다루는 기운의 순도가 떨어져 버리기 때문에 영약의 재료로 사용하거나 마법 물품에 들어가는 소모용 에너지 저장고, 그러니까 일종의 건전지처럼 사용한다.

"최하급 정석들을 이렇게나 많이 쓰실 일이 있나요?"

"마법 실험 때문에 필요해서요. 안 파시나요?"

"아, 아뇨. 저희 매직 앤 미라클 상점을 이용해 주셔서 감사합니다."

멀린이 상점들을 돌면서 구입한 정석의 수는 700여 개 정도였다. 대부분 최하급 정석이었으며, 개중 인기없는 속성—대지 속성이나 물 속성—의 정석 경우는 하급 정석도 있었다.

"거래소도 다 털어버리고."

거래소로 이동해 정도 이하의 가격으로 나와 있는 모든 정석을 구입한다. 최하급 정석들은 사용처에 비해 드랍률이 높은 편이었기 때문에 물량은 꽤 많은 편이었다. 물론 마법 도구의 재료나 에너지를 주입하는 건전지 용으로 쓸 수 있다지만 마법 물품의 재료로는 최소 하급이나 중급 이상의 정석을 쓰는 것이 보통이다. 게다가 최하급 드랍률이 생각보다 높다 해도 건전지처럼 쓰기에는 가격이 제법 높다. 즉, 사용처가 애매해 소모가 잘 안 되고 있던 것이다.

"자, 이렇게 열 개 사죠."

"1골드 11실버요."

"그럼 안녕히……."

"아, 왜 그래요, 형. 1골드."

"80실버."

"매너없게 그러지 말고 90실버 어때요? 저, 무기 새로 사야 한단 말이에요."

멀린은 천천히 장터를 돌아다니며 개인 상점에 있는 정석들을 구매했다. 그러나 거래소나 상점들과 다르게 개인 상점들은 소량씩 물건을 팔고 있었기 때문에 한 번에 많이 살 수는 없었지만 규모 자체는 그 어떤 방식보다 크기 때문에 400여 개 정도의 정석을 살 수 있었다.

"1골드요."

"최하급 정석 다섯 개를 1골드요?"

"흥정은 안 합니다."

멀린이 계속해서 정석을 사들이자 그 모습을 본 유저들이 가격을 높인 후 버티기 시작했다. 그가 물건을 많이 사고 또 돈이 많은 걸 보더니 어떻게든 더 남겨먹을 생각을 하기 시작한 것이다.

"그럼 저도 흥정 안 하죠. 안녕히 계세요."

"응? 에?"

그러나 이미 1,800에 가까운 정석을 사들인 멀린으로서는 굳이 비싼 값을 지불하면서까지 정석을 살 필요가 없었다. 신대륙에서 전쟁터 자체를 뒤집어엎으며 얻은 아이템들로 상당한 돈을 벌기는 했지만 이미 태반이 소진된 후였기 때문이다.

'그만 가봐야겠군.'

그는 바로 고개를 돌린 후 강화안을 펼쳐 목적지를 바라보았다. 그리고 좌표를 계산하고 마나를 재배열시켜 차원의 문을 열었다.

파앗—!

어느새 멀린은 10킬로미터 이상 떨어진 장소에 도착해 있었다. 그야말로 숨 쉬듯 자연스럽게 이루어지는 공간이동. 그는 숨겨두었던 하우징 카드의 입구에 도착해 그 안으로 들어갔다.

"어, 왔냐?"

"앗, 정천. 왜 놀고 있는 거야?"

붉은색의 날개를 늘어뜨린 채 의자에 옆으로 기대 누워 있는, 새라고 하기 보다는 고양이에 가까운 자세로 누워 있던 정천은 들어오자마자 갈구기 시작하는 멀린의 모습에 발끈했다.

"뭐야? 여태껏 일하다 잠깐 쉬는 거야!"

"결과물은?"

"책상 서랍."

멀린은 정천의 말에 서랍을 열어보았다. 거기에는 세 개의 보석이 은은한 기운을 뿌리고 있었다.

"잘했어. 뭐, 무리했으니 좀 쉬어."

"고맙다, 이 주인 놈의 새퀴야."

멀린은 투덜거리며 늘어져 자기 시작하는 정천의 모습에 피식 웃고서 마정석을 챙겼다. 비록 정천이 만들 수 있는 건 약식뿐이지만 그것만으로도 상당히 큰 전력이 될 것이다.

'느낌이 좋지 않단 말이지.'

사실은 멀린도 늘 의아해하고 있었다. 디오를 만들어낸 정체불명의 단체가 가진 힘은 현 인류의 수준을 아득히 넘어섰다. 솔직히 말하자면 현실 세계를 마음대로 주무르려고 해도 아무도 막지 못할 정도. 마법 같은 이능을 떠나서 지구를 수백 년 이상 앞선 게 분명해 보이는 과학력만 있어도 그렇다.

　'하지만 지금까지는 현실에 별 강제력을 발휘하지 않았어. 아니 뭐, 뒤쪽으로는 공작을 한 느낌이었지만.'

　멀린이 생각하기에 디오의 전파 속도는 정상이 아니었다. 물론 지정 CD와 CD플레이어, 그리고 이어폰만 있으면 돌아가는 시스템은 전 세계 어느 곳에서라도 사용 가능한 종류의 것이지만 이 정체불명의 기술에 그 어떤 국가도 저항하지 않는다는 건 그야말로 말이 되지 않는다. 정치적인, 혹은 경제적인 압박을 통해서 기술을 빼내려고 하거나 극단적으로는 특수부대라도 돌입해서 기술을 강탈하려고 해도 이상할 게 없는 수준인데 너무 조용한 것이다.

　'사장이 바뀐다.'

　멀린은 그 말이 몹시 신경 쓰였다. 아마도 그가 말한 사장이라는 건 디오의 우두머리를 말하는 것일 테고, 우두머리가 교체된다는 건 집단의 기본 방침이 변경될 수 있다는 말이다. 지금까지 디오의 방침이 평화적이었다고 해서 앞으로도 그럴 것이라는 보장은 어디에도 없는 것이다.

　'그렇다면 최대한 많은 준비를 해놓아야겠군. 무장도 신경

쓰고.'

정보가 제한되어 있었다. 디오에는 상당히 많은 지식이 쌓여 있었지만 현 상황을 파악할 만한 재료들은 생각보다 철두철미하게 차단되어 있는 것이다. 하지만 멀린은 탄과의 대화에서 몇 가지를 추론했다.

'일단 나를 용노라고 불렀어. 눈썰미가 없어 보이는 것도 아닌데 현실의 나와 지금의 나를 구분하지 못했다는 건 생각보다 밀착해서 살피지는 않는다는 말이야.'

더군다나 그 막대한 포인트를 들여 비공정을 제작하는 것을 놔뒀다는 건 그걸 어떤 식으로든 써먹겠다는 말이기도 하다.

기이잉―!

멀린은 대장간에서 챙겨온 롱 소드와 천장을 꺼낸 후 미리 만들었던 영구마법진에 롱 소드를 올려놓았다. 보존 마법을 걸어두었던 마법 가루를 챙기고 미스릴 조각, 마정석을 포함한 마법 시약들을 세팅하기 시작했다.

"어? 그거 결국 하는 거야?"

늘어지듯 누워 있던 정천이 관심을 가지며 다가온다. 지금 멀린이 하는 연구는 그로서도 많이 궁금한 종류의 것이었기 때문이다.

"내 갑옷을 만들기 전에 어느 정도 데이터가 필요할 것 같아서."

부글부글.

멀린이 슬쩍 바라본 곳에는 세 통 정도의 커다란 유리관이 있다. 그것은 30센티미터 정도의 지름과 1미터의 높이를 가진 원기둥이었는데, 그 속에서 금속 액체가 부글부글 끓고 있다.

멀린은 롱 소드를 내려놓고 마법적 구성을 짜기 시작했다. 준비해 온 마법시약들을 차례대로 적용시키면서 술식이 담길 바탕을 만든다. 멀티태스킹이 제법 까다롭기는 했지만 마치 금단선공의 금단이나 세븐 쥬얼 학파의 마정석을 만드는 것처럼 거대한 마력이 담길 수 있는 그릇을 만든다.

쩌저적―

미리 비워놓았던 폼멜 부분에 푸른색의 보석이 맺히더니 마치 고드름이 자라듯 커져 빈 부분을 단단히 채운다. 다만 그 과정은 극도로 느려서 멀린은 대여섯 시간이 넘도록 설계를 이어나가야 했다.

"깨어나라. 지금 자리에 임하라. 보호하고 둘러싸 거대한 힘을 사역하라."

흥얼거리듯 주문을 외우며 틀을 짜 올린다. 내용물은 필요 없다. 다만 충분한 마력이 차올랐을 때 그 마력이 가지는 방향성만을 완성시킨다. 그가 새로 만들려 하는 마법 무기에 바라는 효과는 오직 하나. 그러나 그 하나를 위해서는 수많은 술식이 내장되어야 한다.

"오호, 한 가지 기능을 위해 모든 틀을 찍어내는 거야?"

"온라인 게임의 강화를 보고 힌트를 얻었지. 솔직히 말하자면 한계치를 좀 더 높이고 싶은데 쉽지는 않겠네."

마법진을 발동시키자 롱 소드가 허공으로 떠오르고 수십 개의 마법진이 오색으로 빛나기 시작한다. 멀린은 클로즈를 고쳐 쓰며 흐르는 땀을 닦았다.

"힘들어?"

"작업 자체가 힘들다고 하기보다는 자료를 정리하는 게 힘들다고 해야겠지. 한 번의 실험으로 최대한 많은 데이터를 뽑아내려니 신경 쓸 게 한두 개가 아니야. 시간도 오래 걸리고."

그렇게 말하며 실험 과정 전부를 기억한다. 동영상을 찍는 것도 좋은 방법이겠지만 디오의 시스템이 저장한 동영상을 어떻게 취급하는지도 모르는데 함부로 흘리기는 불안했다. 어차피 좋은 기억력을 가지고 있는 이상 스스로 기억하는 게 가장 확실했다.

키이잉―!

"대단… 하군. 이게 또 이런 식으로 될 수가 있다니……."

이미 정천의 뒤에는 대여섯 개의 두루마리가 둥둥 떠서 저절로 글씨가 좌르르 쓰이고 있었다. 지금 하고 있는 실험을 모조리 기억하고 정보를 수집함으로써 도술 수련에 단서를 잡으려 하는 것이다.

"마무리해 볼까."

멀린은 마법진을 극대화시킨 후 마법 구성을 정리하기 시작했다. 짜 올린 술식을 완성시키고 마력을 집약해 마법적인 효과를 가한다. 허공으로 떠올랐던 롱 소드는 마력의 흐름에 빙글빙글 돌다가 바닥으로 내려왔다.

Item

[+0스트라이킹 소드(Striking Sword)]   9급   Unique

타격 주문 스트라이킹이 중첩할 수 있도록 틀을 만들어낸 마법 무구. 마정석이나 내단 등을 흡수시키면 일정 확률로 강화된다. 최고 +9까지 강화되며, 그때마다 스트라이킹 주문이 중첩해서 걸리게 된다. 강화되는 만큼 아이템의 등급이 높아진다.

강화 실패 시 등급이 1단계 떨어지며, 강화 등급*24시간만큼 강화가 불가능하다.
현재 강화 성공률 100%, 필요 마나 100Tetra

"완성."

멀린은 만족스럽게 웃으며 사냥 중에 얻었던 잡스러운 마정석들과 내단을 챙겼다. 그리고 스트라이킹 소드의 폼멜에 장착되어 있는 보석에 가까이 댄다.

우웅―!

보석에서부터 마법진이 떠올라 자잘한 마정석들을 흡수한다. 그러자 은은한 빛과 함께 스트라이킹 소드가 살짝 진동했다.

> 강화에 성공하여 +ㅁ스트라이킹 소드가 +1스트라이킹 소드가 되었습니다!

"지금 내가 막 만든 시스템인데 시스템 창에 이런 말이 뜰 수 있다니……. 역시 누가 하나하나 개발하고 퀘스트를 만들고 하는 게 아니라 인공지능에 가까운 시스템이군."

중얼거리며 자잘한 마정석과 내단을 모은다. 필요 마력은 200테트라에 성공률은 90%. 좋은 점은 아이템 강화에 들어가는 마나는 순수할 필요가 없다는 것이다. 얼마 안 되는 영력을 담고 있는, 그래서 대단한 가치가 없는 아이템들을 모으면 강화할 수 있다.

> 강화에 성공하여 +1스트라이킹 소드가 +2스트라이킹 소드가 되었습니다!

> 강화에 성공하여 +2스트라이킹 소드가 +3스트라이킹 소드가 되었습니다!

> 강화에 성공하여…….

강화가 성공할 때마다 스트라이킹 소드에는 타격 주문 스트라이킹이 중첩해서 걸렸다. 보통 같은 주문을 2중첩이나 4중첩만 해도 대단한 보물이라고 할 수 있는데 연속해서 계속 중

첩되고 있는 것. 운이 좋은 것인지 +7강까지 별다른 어려움 없이 강화되었다. 이제 +8강이 되기 위해 필요 마력은 12,800테트라, 성공률은 39%였다.

"자체 강화는 이 정도로 해야겠군. 갑옷에도 들어갈 텐데 정석을 너무 많이 썼어."

멀린이 만들어낸 강화 무기는 주문이 중첩될 때마다 술식에 들어가는 마력의 양이 상상을 초월하게 많아진다. 말이 좋아 12,800테트라지 멀린의 마나가 2,000테트라가 안 된다는 걸 생각하면 이건 어마어마한 양.

사실 1만 테트라가 넘는 마력이 담기는 장비는 흔치 않다. 보통의 경우 마력 회로를 설치한 후 거기에 마력을 담게 마련인데 어중간한 설계로는 1만 테트라의 마력을 버티지 못하고 타버리기 때문이다. 게다가 최상급 마력 회로의 경우에는 뛰어난 마법사라도 설치에만 한 달에 가까운 시간이 걸리며 거기에 마력을 채우려면 상급 이상의 정석이 필요하다.

1만 테트라가 넘는 마나가 담긴 마법 무기는 그 자체만으로도 강대한 위력을 발휘하게 된다. 그에 상응하는 방어력이 없으면 그냥 뚫려 버릴 정도의 파괴력이 나오기 때문이다.

그리고 마력이 많을수록 강대한 위력을 내는, 흔히 말하는 공격용 마법 무기의 특성을 생각한다면 900만 테트라의 마력을 뿜어내던 아더의 엑스칼리버가 얼마나 무서운 물건인지 알 것이다.

'하긴 그래서 그 대단한 성묵이 일격에 죽어버린 거지만.'

그러나 마력이라는 건 어느 선을 넘어가면 폭발적으로 늘어나는 성질이 있어서 엑스칼리버가 900배의 위력을 가졌다고 말하기는 어렵다. 사실 멀린이 만든 강화 무기는 대단히 뛰어난 효율을 가지고 있는 것. 그리고 그걸 대충 알아본 정천이 신음했다.

"이건 정말 대단하군. 마력의 성질에 상관없이 뒤섞어 버리는 거야?"

"정확히 말하자면 그 모든 기운을 융합시켜 카오스(Chaos) 상태로 변형시킨다고 할 수 있지. 그리고 그렇게 모인 카오스에서 발생하는 카오스 에너지(Chaos Energy)를 마법 효과로 변형시키고."

홍얼거리며 대답하는 멀린의 말에 정천의 눈매가 날카로워졌다. 물론 사실을 말하자면 독수리인 그는 원래부터 눈매가 날카롭다.

"즉, 모든 기운을 흡수하고 녹이고 뒤섞어서 하나의 혼돈(混沌)으로 재탄생시킨다는 말이군. 하지만 그런 기운을 담아두면 그 대상이 육신이든 물건이든 점점 피폐해져 썩어문드러지지 않아?"

"오!"

멀린은 깜짝 놀랐다는 표정으로 정천을 바라보았다. 놀랍게도 그의 말이 제법 정확하게 핵심을 짚어냈기 때문이다.

"…뭐냐, 그 거슬리는 그 표정은?"

"아니, 별건 아니고, 이걸 알아본다는 거에 놀라서…… 미안. 솔직히 지금까지는 네가 바보라고 생각했거든."

"뭐라고?!"

선도를 익혀 수양을 쌓음으로써 신선의 길을 꿈꾸는, 나름 대로 엘리트라고 할 수 있었던 정천이 버럭 화를 냈다. 모욕을 해도 유분수지 자신을 바보라고 칭하다니? 하지만 그는 곧 분노를 참을 수밖에 없었다. 멀린이 설명을 시작한 것이다.

"네 말대로 카오스 에너지를 그냥 뭉쳐 놓으면 주변 모든 것이 피폐해지게 되어 있어. 당연한 말이지만 그렇게 되면 카오스 에너지가 폭주하게 되고 어쩌어찌 폭주하지 않더라도 사용자에게도 악영향을 끼치게 되겠지."

"하지만 그러면 안 되잖아?"

제법 진지하게 경청하는 정천의 태도가 마음에 든 것일까. 멀린은 만족스럽게 웃으며 설명했다.

"해결 방법도 정하지 않고 만들었을 리가 없잖아? 이 강화 무기에는 특별한 기능이 담겨 있어. 이 녀석들을 참조했지."

그렇게 말하며 허공에 띄운 것은 애완동물에 가까운 영성을 지니게 된 두 개의 염체, 영휘와 샤이닝이다. 영혼의 물질화를 꿈꾸던 대마법사 위칼레인의 작품이라는 그들은 물리력을 행사할 수 있으며 짧은 시간이라면 물질화하는 게 가능할 정도로 수준 높은 영적 생명체였다.

"이 강화 무기에는, 아니, 정확히 말하면 내가 만들어낸 새로운 금속 비스트 메탈(Beast Metal)에는 어떤 기운이든 가리지 않고 잡아먹는 영적 생명체가 깃들어 있어. 비록 많은 능력이 필요하지 않아 자아를 가진 정도는 아니지만 녀석은 주어진 명령에 따라 자신에게 들어오는 에너지를 먹고 소화시키지. 강화 무기에 '실패'라는 개념이 있는 것도 이 녀석 때문이야. 이 녀석이 기운을 제대로 씹어 삼키지 못하면, 혹은 소화에 실패하면 먹었던 기운이 역류하면서 강화 단계가 떨어지는 거지."

사실을 말하자면 강화에 실패하는 즉시 집어삼켰던 모든 기운을 토해내고 강화가 리셋되어야 하지만 멀린은 거미줄처럼 촘촘한 보호 시스템을 만들어 놓음으로써 소화에 실패해도 떨어지는 단계는 극히 일부분으로 제한했다. 그것이 강화 단계를 만든 이유다.

"그 영적 생명체는 뭐라고 부르는 녀석이지?"

"그리 중요한 건 아니지만, '삵'이라고 부르기로 했어. 꽤 귀여운 녀석이기도 하고."

그렇게 말하며 +7스트라이킹 소드를 휘휘 휘두른다. 선도를 수련해 도술을 사용하는 정천은 거기에서 가르릉거리는 짐승의 소리를 들었다고 생각했다.

'…정말이지, 여러모로 무시무시한 녀석이군.'

정천으로서는 듣도 보도 못한 주술 방식이었다. 저 옛날 좌도방문의 무공에 비슷한 방식의 사술이 있다는 말은 들어본 것 같기는 하지만 거기에는 사람이 재료로 들어갔는데 멀린은 그런 과정조차 필요없이 새로운 방식을 정립한 것이다.

"자, 그럼 위력을 실험해 볼까?"

"완성한 지 얼마 되지도 않았는데 벌써 사용해도 괜찮아?"

"안전성은 완벽한 편이야. 게다가 무리할 생각도 없고."

그렇게 말하며 A랭크의 드넓은 하우징 공간 중 거대한 얼음이 자리하고 있는 장소로 향한다. 멀린이 성능실험실이라고 부르는 장소다.

"좋아. 그럼… [깨어나라]."

미리 정해두었던 시동어에 따라 +7스트라이킹 소드가 웅웅거리며 영기를 피워 올리기 시작했다. 그것은 타격 주문 스트라이킹 소드가 무려 일곱 번이나 걸려 있는 위험천만한 물건. 멀린은 별다른 준비 동작 없이 한 손으로 든 검으로 톡 하고 얼음을 두드렸다.

콰득!

그리고 그와 함께 집채만 한 얼음 덩어리 한쪽이 움푹 파인다. 마치 거대한 거인이 후려친 것처럼 수십 톤의 무게가 실린 공격이다. 게다가 더 무서운 건 그것이 단순한 물리적인 충격이 아니라 영적인 파괴력도 가지고 있다는 것이다.

"이거 잘못 맞으면 어지간한 대형 몬스터도 목숨이 위험하겠군."

"7중첩의 힘이지."

멀린은 중얼거리며 +7스트라이킹 소드를 인벤토리에 넣었다. 급박한 작업이었지만 이 단 한 번의 실험으로 꽤나 많은 데이터를 얻을 수 있었으니 다음부터는 좀 더 쉽게, 그리고 나은 물건을 만들 수 있으리라.

"더불어 다운 그레이드(Down Grade) 판도 만들 거지?"

"우, 우와! 정천 너, 완전 똑똑하구나?!"

"…도대체 지금까지 날 뭐라고 생각하고 있던 거냐."

멀린은 투덜거리는 정천의 모습에 환하게 웃었다.

"새대가리?"

"캬악!!"

"뭐, 미래를 대비해 다운 그레이드 작품도 만들 거지만 일단은 맡은 일부터 해야지."

멀린은 그렇게 말하며 다시 실험실로 이동했다. 거기에는 아이델른에게 받았던 장갑 천장이 마법진의 마력을 받아 공명하고 있었다.

"방어적인 능력이었으면 좋겠다고 했지. 무술을 사용하는 만큼 능동적인 방어 형태를 원한다고 했고."

멀린은 스펠 플레인(Speel Plane)을 열어 마력로를 설계하기 시작했다. 회로를 깔아 마력을 부여하고 효과를 발생시킨다. 그것은 그 경지가 매우 높고 효율이 뛰어나다는 것을 제외하고는 일반적인 방식에 가깝다.

"강화 무기로 만들어주고 싶지만 비스트 메탈이 아니면 카오스 에너지를 버티질 못하니."

버티지 못하는 것도 버티지 못하는 거지만 애초에 잘 모이지도 않는다는 말이 오히려 더 정확하다. 카오스 에너지는 단순히 에너지를 뭉친다고 발생하는 종류의 것이 아니기 때문이다.

"겸사겸사 중급 정석도 하나 설치해 주고……."

남는 정석 중 하나를 골라 활성화시키자 자연스럽게 장갑에 녹아든다. 꽤 난이도 높은 작업이었는데 상당히 쉽게 진행되고 있었다.

"그나저나 주인, 정석을 저렇게 많이 샀는데 자금 사정은 괜찮나?"

"그럴 리가 없지. 일단 소지 금액은 다 쓴 편이니……. 돈을 좀 벌어야 하려나."

그렇게 말하며 하우징을 열어 고급 아이템들을 찾는다. 사냥으로 벌었던 장비는 대부분 팔았지만 진짜 고급 장비는 하나도 팔지 않고 가지고 있는 편이다.

"이건 팔지 않는 게 낫겠지?"

멀린은 핸드캐논(Hand Cannon), 격노(激怒)를 꺼내 들었다. 그것은 신대륙에서 만난 7클래스 급 난쟁이족 테인 중장을 쓰러뜨리고 얻은 물건이다. 그는 결코 만만치 않은 상대였지만 다행히도 때마침 비가 내려준 덕택에 쓰러뜨릴 수 있었다.

"팔게 된다면 오히려 이거지."

그러면서 들어 올린 건 지휘봉 비슷한 사이즈의 지팡이. 멀린은 아이템 창을 띄웠다.

Item

[전장의 마에스트로(A Maestro of Battlefield)]　　　　A급　　　Unique

　대단위 전투를 위해 만들어진 상위 마법기. 1만 테트라의 추가 마력이 담겨 있으며 그 자체만으로도 마력을 잘 받아들여 근접 무기로 사용하는 데 어려움이 없다. 또한 마법사를 보호하기 위한 긴급 주문이 새겨져 있으며 비상시 추가 마력을 소비해 사용자를 보호한다.
　50~60%의 마력 절감 효과를 가지고 있으며 다섯 개의 주문을 저장하는 게 가능하다.

　파괴 주문 랭크가 3랭크 이상 시 3레벨부터 사용 가능.
　블링크(Blink), 환영(Illusion), 포스 필드(Force field) 주문 내장.

　마찬가지로 테인을 쓰러뜨려 얻은 전장의 마에스트로는 유저들 사이에서는 거의 풀리지도 않은 A급 아이템이었다. 아이템의 수준은 등급으로 나뉘는데 1레벨부터 사용 가능한 9급부터 8급, 7급 하는 식으로 등급이 높아질수록 고 레벨이 사용할 수 있다. 결국 1급 아이템이라면 9레벨부터 사용할 수 있으며 A급 아이템은 10레벨부터 사용할 수 있다.

　그리고 13레벨부터 사용할 수 있는 AA급과 16레벨부터 쓸 수 있는 S급, 그리고 17레벨부터 사용할 수 있는 SS급 아이템과 20레벨이 넘어야 쓸 수 있다는 UT급 아이템까지…….

　그러나 디오의 역사상 UT급 아이템은커녕 S급이나 AA급도 거의 등장한 적이 없다. A급도 매물이 한 손으로 꼽을 정도.

다만 예외적으로 아더가 SS급의 레전드(Legend) 아이템 용살검(龍殺劍), 아스칼론(Ascalon)을 가지고 있을 뿐이다.

"이건 내가 사용할까 하는 생각도 들었지만… 역시 막상 쓰기에는 좀 아쉽단 말이지. 차라리 내 건 강화 무기로 제작하고 파는 게 낫겠어."

"그게 아쉽냐? 완전 사기 무기로 보이는데?"

정천이 기가 막힌다는 듯 항의했지만 멀린은 어깨를 으쓱거렸다.

"뭐, 대마법사이자 무기제작자인 나는 역시 성장형 무기가 좋아. 신기로 지팡이가 나왔으면 가장 좋았을 테지만 내 신기인 올림포스(Olympos)는 활이니 어쩔 수 없지."

그것은 용노의 스타일과 멀린의 스타일이 나뉘기 때문에 어쩔 수 없는 일이다. 용노는 말하자면 마법과 무공을 동시에 사용하는 마법전사의 스타일을 가지고 있었다. 문제는 그런 주제에 수식 계산을 싫어해서 마법을 극히 일부의 방식으로밖에 쓰지 않았다는 점.

반대로 멀린은 오직 마법만을 사용했다. 정확히 말하자면 마법밖에 사용하지 못한다. 본능 레벨의 진기 운용이야 얼마든지 가능하지만 본격적인 무공을 사용하려면 리미터가 걸려버린다. 그는 용노 본인이 아닌 그 일부이기 때문이다.

어쨌든 용노의 스타일 때문에 직업이 하울링 아쳐(Howling Archer)가 돼버린 이상 마스터 스킬은 몰라도 마스터 웨폰은 쓸 일이 없는 상태. 때문에 멀린은 마스터 웨폰과 맞먹지는 못

해도 최소한 거기에 비교될 만한 장비가 필요한 상황이다.

"이것들 말고도 팔 게……."

중얼거리며 검은색의 투구를 찾아낸다. 예전 망자의 함을 침몰시키고 거기에 타고 있던 데스나이트에게서 얻은 물건이다.

Item

[후회하는 이반의 암흑 투구]   1급   Rare

상급 데스 나이트 이반이 쓰고 있던 투구. 대단한 강도와 마력 적성을 가지고 있으며 보호 주문이 새겨져 있어 외부에서 가해지는 물리적인 타격을 감소시킨다.

특수 효과:사용자는 모든 종류의 정신 간섭에 대해 내성을 얻는다.

절망, 고통, 증오, 슬픔, 후회의 모든 파츠를 모았을 시 세트 효과 '망령의 갑주' 발동.

"이건 파츠를 다 모아야 하는 문제가 있네. 혹시 모르니 매물을 살펴봐야겠군."

더불어 다른 장비들도 살피기 시작한다. 1급 이상의 아이템은 기본적으로 많지 않았고, 혹여 있더라도 언커먼인 경우가 많다. 고급 재료와 특별한 가공 기술이 없는 이상 레어 급은 상당히 희귀해서 고 레벨의 몬스터를 잡지 않는 이상 잘 나오지 않는다.

우우웅—!

그때 마법진이 빛을 발하고 복잡하게 얽히고 있던 마력이 천장에 안착하기 시작한다. 멀린이 아이템을 분류하는 동안 인챈트 작업이 완료된 것. 그 모습을 보고 있던 정천은 황당해하며 말했다.

"와! 이 마법진, 진짜 완전 편하네. 대체 뭐로 만든 거냐?"

"피."

"엥? 누구 피?"

"주천사하고 중급 마족."

"…아!"

정천은 차분하게 가라앉는 멀린의 목소리에 아차 했다. 그가 주천사와 중급 마족을 함께 만날 만한 장소는 하나뿐이며, 그 장소는 그에게 별로 좋지 않은 추억이 있기 때문이다. 그러나 이내 고개를 흔든 멀린은 아무렇지 않게 말했다.

"가루로 만든 독각화망의 뿔을 마법적 가공을 마친 광혈(光血)에 섞어서 점토처럼 만든 다음 마찬가지 과정으로 암혈(暗血)이 들어간 점토를 나선으로 엮었어."

멀린의 말에 정천은 금속판처럼 생긴 가로세로 1.5미터짜리 마법진을 바라보았다. 과연 마나가 나선을 따라 소용돌이치듯 회전하고 있다.

"그런데 웃기는 건 어지간히 원수 관계인지 이 녀석들의 피는 이 상태가 돼서도 서로에게 반발하거든? 그 상태에서 열을 가해 굳힌 다음 미스릴로 판을 짜면 주변 마나가 밀리고 밀리고를 반복해서 계속해서 순환하지. 마음 같아서는 하울링 스펠을 발동시킬 때처럼 뒤섞어 마나를 증폭시켜 보고 싶지만 닿지도 않았는데 이 정도인 걸 볼 때 혼합했다간 그야말로 파국에 이르러 버리겠지."

멀린은 어떤 사물이나 재료를 보는 순간 그 사물의 특성이나 모든 원리를 완벽에 가깝게 파악한다. 때문에 마법적인 재료를 이용한 작업에서 그는 최대한 적은 시행착오만으로 이상적인 결과에 도착할 수 있는 재능이 있었다.

이 재능은 과학에서도 적용이 가능한 것이지만 현실에서는 큰 소용이 없다. 그가 수백 년을 앞선 이론을 깨닫더라도 기술의 부재가 문제 되기 때문이지만 그가 마법사라면 상황이 전혀 달라진다.

후대로 전달되며 문명 자체를 부흥시키는 과학과 다르게 마법은 홀로 완성되며 막대한 재화나 타인의 도움이 없이도 시대를 앞서 나가는 게 가능한 것이다.

"좋아, 완성."

마력 안정화까지 마친 멀린은 천장을 들어 아이템 정보를 확인했다.

Item

[수호(守護)의 천장(天掌)]　　　　3급　　　Unique

실의 형태로 늘어뜨려 엮어낸 미스릴에 치밀한 방어 마법을 새겨낸 상위 마법기. 3,000테트라의 추가 마력이 담겨 있으며 면에 마력이나 내공

"유니크 템을 찍어내는구나, 찍어내."

"그 정도까지는 아니야. 재료가 좋았으니까."

게다가 별로 오래 작업한 것 같지 않아도 설계에 들어간 시간이 길었던 데다가 이런저런 작업들 역시 상당히 시간을 잡아먹는 것들이어서 어느새 스무 시간이나 지난 상태. 멀린은 수호의 천장을 챙겼다. 스트라이킹 소드는 나중에 공개할 생각이다.

"슬슬 나갈 생각인데, 어쩔래? 쉴래?"

"같이 가지. 계속 여기 있다가는 돌아버릴 것 같아."

"무리하니까 그렇지."

"네가 시킨 거잖아!!"

멀린은 버럭 소리 지르는 정천을 어깨에 대충 얹고 하우징을 나섰다. 그는 언제나 그랬듯 붉은 빛이 감도는 큰 챙모자와 로브를 걸치고 있었는데, 장비를 변경하자 오른손에 묘한 영기를 풍기는 검은색의 목재 지팡이가 잡혔다. 그의 키보다 약간 짧은 길이였는데, 그 끝에 녹색의 보석이 달려 있다.

지팡이를 든 것을 제외하고는 예전과 다를 바 하나 없는 모습이지만 그 알맹이는 완전히 다르다. 평소 걸치고 다니던 로브는 수호결계로 떡칠이 되어 있어서 어지간한 공격은 모조리 차단되게 만들어져 있고, 들고 있는 지팡이마저 보통의 물건이 아니다. 그것은 무려 요정족 사령관에게서 빼앗은 물건이기 때문이다.

Item

[세계수의 가지]   AA급   Unique

요정족이 고향이자 존재의 근원이라고 할 수 있는 세계수(世界樹) 이그드라실(Yggdrasil)의 가지. 모든 적대적인 기운에 저항하며 이를 지닌 자는 나무에 대한 50포인트의 속성 제어 능력을 얻는다.

세계수의 가지는 무기로 가공된 물건이 아니기 때문에 자체적인 기능은 많지 않다. 때문에 정천은 그가 세계수의 가지를 재료로 뭔가를 만들 거라고 생각했지만 그는 세계수의 가지의 윗부분에 마정석을 설치했을 뿐 별다른 가공을 가하지는 않았다.

파앗!

문을 닫고 하우징을 카드로 환원한 후 그대로 공간을 뛰어넘는다. 도착 지점은 아이델른의 대장간이다.

"거 벌컥벌컥 잘도 나타나는군."

멀린이 태연히 모습을 드러내자 오늘도 용광로를 가만히 보고 있던 아이델른이 투덜거린다. 나름대로 방비를 해놓는 장소임에도 너무나 쉽게 들어오니 뭔가 억울한 기분이 들었기 때문이다.

"뭐 나름대로 특기니까요. 그런데 이벤트는 시작했나요?"

"신대륙이라며 다들 앞다투어 날아갔다. 제법 장관이더군."

아이델른의 말에 멀린의 어깨 위에 앉아 있던 정천이 슬쩍 고개를 돌린다.

"늦었네? 넌 아직 비공정도 완성 안 됐는데."

"뭐 그 정도야 상관없지. 게이트링도 있고 정 안 되면 바다를 건너면 그만이니까."

"하긴."

수영 스킬이 S랭크에 도달해 시속 500킬로미터에 가까운 속도를 낼 수 있는 멀린은 굳이 하늘을 날지 않더라도 비공정에 맞먹는 속도를 내는 것이 가능하다. 심지어 지금의 그는 공간 이동을 숨 쉬듯 할 수 있는 경지에 이르지 않았던가? 물론 마나에 한계가 있으니 어느 정도 한계가 있을 수밖에 없지만 이동 속도가 모자랄 일은 없는 것이다.

"어쨌든 장비는 여기요. 생각보다 잘 나왔어요."

"그래, 어디……. 유니크 3급?"

언제나 침착하던 아이델른의 눈이 휘둥그레진다. 레어 아이템과 유니크 아이템은 그 가치가 전혀 다르다. 레어 아이템이

상위 몬스터들에게 종종 떨어지고 제작으로도 가끔 만들어진
다고 한다면 유니크 아이템은 플레이어가 수억이 넘는 디오
전체를 뒤져도 100개가 넘지 않기 때문이다. 유저들 사이에서
제작이 된 경우는 거의 없다고 봐도 무방하다.

"그럼 가보죠."

"잠깐. 너, 나랑 동업해 볼 생각 없냐?"

한 발짝 물러섰던 멀린은 아이델른의 말에 웃었다.

"생각해 보죠."

대답과 동시에 붉은색의 로브가 흔들리는가 싶더니 그 모습
이 순식간에 사라져 버린다. 전투 중이라도 그 빈틈을 찾아내
기 힘들 정도로 신속한 공간이동이었다.

"신출귀몰하군."

멀린이 완전히 사라졌다는 걸 깨달은 아이델른은 피식 웃으
며 멀린이 넘겨준 수호의 천장을 꼈다. 장갑에 세팅되어 있는
마법 회로가 그와 동조하면서 묵직한 마력이 친숙하게 다가온
다. 그건 그가 오랫동안 기다려 온 물건. 그의 전투 스타일을
완성시켜 주는 가장 핵심적인 퍼즐 조각.

"꼬맹이 녀석, 엄청 분해하겠군. 내 쪽이 먼저 장비를 완성
해 버렸으니."

그는 웃었다. 예전의 자신이 주변 사람들이 뭘 하든 말든 오
직 자기 할 일만 하던 고집불통 영감이었다는 것을 기억했기
때문이다.

그는 장인(匠人)이자 예술가였다. 국보(國寶)라는 호칭까지

받은 적이 있다. 그는 오직 한 길만을 평생 동안 걸어갔으며 다른 그 어떤 것보다 자신의 일이 가치있다고 믿었다.

그러나 나이를 먹고 시대가 변하면서 그는 시대에 뒤떨어진 이가 되었다. 아들도 손자도 그의 일을 이해하지 않았고, 그의 물건을 찾는 사람도 없었다. 어느새 그는 그냥 인간문화재라는 이름 아래에서 점점 낡고 필요없는 존재가 되어 있었던 것이다.

언제나 숨이 막힌 듯이 답답했다. 그가 배운 기술과 지식은 필요에 의한 것이 아니었기 때문이다. 인간문화재. 그 번드르르한 말이 결국 지금 있는 그대로의 것들을 아무 발전 없이 후세에 넘기는 징검다리일 뿐이라는 것을 알았을 때 그는 진심으로 절망했다. 모조리 포기하고 싶을 정도로.

하지만 또 동시에 그는 알았다. 이미 그만두기에는 지금껏 걸어온 인생이 너무나도 무겁다는 것을.

"하지만 디오가 생기고 나서 바뀌었어."

누구에게 풀어놓아야 할지도 모르는 분노를 가지고 자신의 세계로 가라앉던 성질 고약한 노인은 더 이상 세상에 없다. 세상 모든 것을 눈 밖으로 보았기에 다른 사람들은 물론 가족들조차도 어려워하던 성정이 사라져 버린 것이다.

디오 속에서 그가 만드는 무기들은 현대 병기에 뒤지지 않는 위력을 지닌 명품들이다. 아름다운 칼날의 무늬. 예술성처럼 자기들끼리 자화자찬하는 게 아닌, 누가 봐도 인정할 수밖에 없는 [성능]이 그의 무기에는 있었다. 이제야 그는 드디어

진정한 의미의 대장장이가 된 것이다.

그것이 그는 너무나 기뻤다.

웅—

그것은 그에게 너무나 큰 행복이다.

우우—

아이델른의 몸에서 거대한 영기가 피어오른다. 그렇게 모여든 영기는 이미 사용하고 있던 차크라를 통째로 뒤흔들기 시작했다.

아이델른은 그 거대한 흐름에 무너지지 않기 위해 재빨리 '문'을 열었다. 제1문 접문(接門)이 활짝 열리고, 제2문 중문(重門)이 그 뒤를 잇는다. 제3문 거문(巨門)과 제4문 역문(易門)까지 모두 활짝 열려 세계와 소통하기 시작했다.

그리고 마침내 지금껏 도달하지 못했던 미지의 공간이 모습을 드러내며 현문(賢門)이 열렸다. 아이델른이 강철의 의미를 새롭게 깨닫게 되면서 차크라가 각성한 것이다.

"아아, 이것이 진원(眞元)인가."

강철같이 묵직한 기운이 몸을 감싸는 것을 느끼며 신음한다. 그것은 내공 사용자들이 내기를 유형화시키는 데 성공해 만들어내는 검기(劍氣)나 순영력 능력자가 영기를 압축해 만들어내는 영단(靈團)과도 같은 선상에 존재하는 경지로써 특정한 개념에 한해서는 폭넓은 지배력을 발휘할 수 있다는 뜻이기도 하다. 그 개체의 의미에 대한 깊은 '앎'이 현실에 영향을 끼치기 시작한 것이다.

무기 제작 스킬이 A랭크로 상승하였습니다!

강철의 지배자 타이틀을 획득하셨습니다!

특수 능력 '특수 강화'를 획득하였습니다!

연속해서 떠오르는 텍스트에 아이델른은 깨달았다.
그는 어느새 디오에도 몇 없는 마스터가 되어 있었다.

*   *   *

"와아아아!"
"진형을 갖춰! 격수들은 계속 공격해 주시고 탱커들은 안 죽게 조심하세요!"
"아, 힐러님들, 힐 좀 제대로! 힐 좀! 힐 좀! 악!"
하늘을 가득히 뒤덮은 수많은 비공정 가운데 하나에 타고 있던 아돌은 그들의 배에 올라탄 괴물들과 맞서 싸우고 있었다. 적은 하나같이 만만치 않은 수준이다.
"크윽! 정말 징그러운 녀석들이군."
아돌은 실드 차징으로 정면의 적을 배 밖으로 날려 버리며 이를 갈았다. 가장 약한 적도 8레벨 이상. 유저들의 비공정을 떨어뜨리기 위해 모여든 몬스터들은 절대 무시할 수 없는 전력을 가지고 있었다. 게다가 더 무서운 건 그들이 그야말로 목숨을 걸고 덤벼들고 있다는 것이다.

"캬캬캬캬캬!! 죽어라, 패신저!"

쾅!

거대한 대도를 든 드라칸의 공격이 아돌의 방패와 충돌한다. 당연한 말이지만 예전 그를 작살냈던 오크 히어로, 아니, 이제는 그 한계마저 뛰어넘어 버린 검존 성묵처럼 얼토당토않은 힘을 가지고 있지 않은 이상 아돌의 방어를 뚫는 것은 불가능에 가깝다.

아돌의 방패술은 존재하는 모든 속성에 저항하는 힘을 가지고 있으며, 더불어 그의 방패는 온갖 방어 주문이 달려 있는 1급의 레어 아이템으로 방패를 착용한 그는 그야말로 살아 있는 철벽에 가까운 존재다.

'기차가 달려들어도 막을 수 있어.'

방패술에 있어서 그는 그 정도의 자부심을 가진 존재였다. 실제로 그는 강력한 탱커로서 고 레벨 유저들이 파티를 짤 때 반드시 부르는, 나름 귀족이라 할 수 있는 직업군인 것이다.

그러니 적이라고 그걸 못 느낄 리는 없다.

"타올라라, 나의 피여."

"뭐?"

순간 느껴지는 이상한 기운에 멈칫하는 순간 드라칸의 몸이 부풀어 오르기 시작했다.

"젠장! 모두 피하세요!!"

그렇게 소리치고 그는 오히려 앞으로 달려나갔다. 가장 위험한 곳에서 다른 유저들을 지키는 것이야말로 탱커가 할 일이기 때문이다.

콰아앙—!

"크억!"

"꺄악!"

그러나 드라칸의 자폭은 생각보다 한 타임 빨랐고 또 강력했다. 그의 몸이 폭발하며 마치 발사되듯 쏘아진 뼈와 살점이 사방으로 뿜어진 것이다. 다행인 점이 있다면 적어도 아돌의 뒤쪽에 있는 이들은 공격을 받지 않았다는 것이다.

"우웩! 토할 것 같아."

"아니, 왜 여기는 19세 보호가 안 되는 거죠?"

갑판 위를 시뻘겋게 물들인 피와 살점들의 모습에 유저들 몇이 얼굴을 찌푸렸다. 그러나 실제로 토하고 하는 이는 별로 없다. 신대륙으로 원정을 나올 수 있는 이들은 대부분 7레벨이 넘는 고수들로 전투에 익숙한 이들이기 때문이다.

설사 몬스터들의 몸에서 뿜어지는 게 피가 아닌 황금색 가루라고는 해도 그들은 주먹으로 적을 후려쳐 뼈가 부러지는 감각을 느끼고 칼로 목을 베어 칼이 살을 베는 감각을 느끼던 이들이다. 물론 디오의 시스템으로 인해 정신 보호가 이뤄졌기 때문이기도 하지만 그들은 이미 능숙한 전사라고 할 수 있다.

"그나저나 이 녀석들, 왜 이렇게 독해? 유저들한테 원수라도 졌나?"

"진짜 목숨 걸고 덤비네. 다이내믹 아일랜드의 몬스터들은 불리하면 후퇴도 하고 그랬는데."

"게다가 왜 하필 승객(Passenger)인지 알 수가 없어. 이럴 거면 차라리 고객(Customer)하든지."

"사랑합니다, 고객님?"

"난 그냥 유저라든지 플레이어라는 칭호가 나을 것 같은데 말…… 아, 또 온다!"

우우우우웅—!

묵직하고 강렬한 울음소리와 함께 거대한 고래가 허공을 선회한다. 고래의 등 뒤에는 수없이 많은 몬스터들이 새까맣게 자리하고 있다.

[싸워라. 마지막 패신져의 피가 땅에 떨어지는 그때, 가장 많은 패신져를 해치운 종족만이 내 옆에서 영겁의 기쁨을 느낄 것이다.]

그것은 신대륙에 존재하는 모든 몬스터들에게 전해진 말이다. 신대륙으로 들어오는 모든 유저를 남김없이 살해하라는 말. 그리고 그 명령을 몬스터들은 광신도처럼 목숨을 아끼지 않고 따랐다. 지금까지는 서로 싸우기도 했지만 유저들이 나타난 이후로는 모든 종족들이 힘을 합해 전쟁을 시작한 것이다.

"아, 이거 생각보다 피해가 큰데? 그나마 비공정들이 전투 능력을 가졌기에 망정이지……."

어느새 옆으로 다가온 한마의 말에 아돌이 쓰게 웃었다.

"맞아. 게다가 이쪽 녀석들, 평균 레벨이 상당해. 아직까지 5레벨 몬스터는 한 마리도 못 봤어."

하늘 여기저기에서는 커다란 날개를 달고 있는 익족들이 유저들을 공격하고 있고, 가끔 초고레벨의 몬스터가 등장해 비공정 자체를 떨어뜨리기도 한다. 이벤트에 참가한 유저들의 수가 어마어마하고 강대한 마법기라고 할 수 있는 비공정이 있었기에 팽팽한 싸움이 일어나는 것뿐 전력으로만 치자면 몬스터 군단 쪽이 더욱 강하다.

쿵!

"웃! 이번에는 또 누가… 아?"

갑판이 크게 울리자 근육질의 몸에 힘을 주며 앞으로 나서던 한마가 멈칫했다. 어느새 갑판 위에는 여덟 개의 꼬리를 살랑거리고 있는 금발의 미녀가 서 있었다.

"꼬리가… 여덟 개?"

"헐! 젠장! 이거 몇 렙이냐!"

"레이드 진형으로 움직여! 적어도 14레벨 이상의… 컥!"

그러나 소리 지르며 덤벼들던 검사는 단번에 뿜어진 빛줄기에 목이 뚫려 쓰러졌다. 모습을 드러낸 팔미호 천류화는 서늘한 표정으로 요력을 뿜어냈다.

"하찮은 것들."

그녀의 품에서 부적이 던져지고 주위로 무지막지한 기운이 퍼지기 시작하는 걸 본 아돌은 그 공격이 배를 박살 내버릴 정도로 위험하다는 것을 느꼈다.

'그렇다면 망설일 필요 없지!'

땅을 강하게 밟자 와작 하고 철판이 우그러지고 갑판에 가해진 힘의 반작용으로 아돌의 몸이 돌진한다. 이미 천근추의 수법을 발휘해 온몸을 한껏 무겁게 만들고 방패에 주입된 내공이 적을 분쇄하기 위해 강대한 기운을 풍긴다.

"흥."

그러나 천류화가 손을 내젓는 순간 위에서부터 묵직한 중력이 그의 머리를 내려쳤다. 중력을 늘렸다고 하기보다는 못을 놓고 망치로 때려 버린 것 같은 타격. 그리고 그 한 방에 온몸의 뼈가 삐걱거리기 시작했지만 아돌은 오히려 가속했다.

콰과광!

아돌은 머리 위를 짓누르는 강대한 기운을 무시하며 돌진했다. 그가 밟는 자리마다 한 뼘에 가까운 깊이의 발자국이 새겨져 그가 받는 압력이 얼마나 큰지 말해주는 것 같았지만 그는 아랑곳하지 않았다.

"나도 간다!"

한마 역시 온몸을 묵색으로 변화시키고 천류화에게 덤벼들었다. 그는 그 어떤 기운도 몸에 돌리지 않는다. 그가 사용하는 것은 오직 자신의 육체 단 하나. 그러나 어떤 속성도 가지지 못한 대신 모든 기운에 저항하며 또 모든 기운에 간섭할 수 있는 육체는 상처투성이가 되면서도 삽시간에 천류화의 방벽을 뚫었다.

"용기있는 자들의 신이여! 나에게 힘을!"

신성력을 발동해 몸을 보호하고 5갑자(300년)가 넘어가는 웅혼한 내공을 방패에 담는다. 아돌과 한마가 순식간에 천류화의 지척까지 도달하는 광경에 천류화에게 제압당해 쓰러져 있던 유저들이 탄성을 내질렀다.

"대, 대단해. 역시 크루제랑 같이 놀 만하구나."

"최강 탱커랑 최강 말뚝박이(몬스터의 발을 묶어두는 역할을 부르는 은어)라는 말이 허언이 아니네."

그러나 이내 안타까워한다.

"하지만 적이 너무 강해!"

그들의 말대로 15레벨의 몬스터 천류화는 그들이 상대하기에는 너무나 강하다. 그들은 전력을 다해 그녀에게 접근했지만, 그들이 막 도착하는 순간 부적이 새파랗게 타오른다.

"꺼져라!"

우우우—!

부적에서 일어난 기운이 주변의 대기와 공명하자 무지막지한 요력이 뿜어졌다. 그것은 그들이 타고 있던 비공정 자체를 파괴할 만한 위력을 지닌 공격. 그러나 그때였다.

"나의 육체는 굳건해 부서지지 않는다!"

거대한 요력을 헤치며 나아간 한마의 두 손이 비공정의 갑판을 뚫고 들어가 박혔다. 묵색으로 변했던 그의 몸은 어느새 원래대로 돌아와 있었는데, 오히려 그에게서 느껴지는 기운은 더 강해졌다. 모든 속성에 간섭하는 싸울아비의 육체가 파동을 흩뿌리면서 주변 요력이 오히려 밀려나기 시작하는 게 아닌가?

끼이이익…….

두 팔을 바닥에 박은 채 마치 단거리 선수가 출발 신호를 기다리는 것처럼 스타팅 포즈(Starting Pose)를 취한다. 그것은 언젠가 크루제와 싸웠던 웨어베어 기사 동균이 취했던 자세. 그리고 고개가 들림과 동시에 그의 대퇴근(大腿筋)이 크게 부푸는가 싶더니 몸에서 수증기가 피어오른다.

"싸울아비 팔식."

이를 악문 듯 으르렁거리는 목소리와 함께 다리가 펴진다. 그건 마치 한계까지 압축되었던 스프링이 튕겨 나가는 것 같다.

"천둥지기."

우릉!!

화살, 아니, 탄환에 가까운 속도로 쏘아진다. 키 192센티미터에 300킬로그램에 가까운 인간이 음속을 뛰어넘는 속도로 쏘아진 것이다. 그것은 명백히 예전의 그가 낼 수 없던 속도. 그는 단숨에 모든 것을 꿰뚫고 전진해 점점 그 덩치를 키우고 있던 요력의 덩어리를 깨부수고 천류화를 덮쳤다. 한마는 몸

안에서부터 폭발할 듯 솟구치는 힘에 크게 웃었다.

"우하하하! 어떠냐! 나야말로 싸우면서 진화하는 남자 오한마다!"

"닥쳐!"

쾅!

그러나 황금색의 빛줄기가 뿜어지더니 단번에 한마의 몸을 후려쳐 떨어뜨려 버렸다. 일순간의 성장으로 한 단계 이상 높은 경지에 도달한 한마였지만 설사 한 계단 올랐다고 해도 여전히 그 경지는 천류화가 높았기에 어쩔 수 없는 일. 그러나 그가 추락하는 순간 마침내 도달한 아돌이 돌진으로 얻은 힘으로 요력의 덩어리에 충돌했다.

쿠우우―!

"무슨?"

놀랍게도 아돌의 실드 차징은 한마처럼 그 기운을 흩어내는 종류의 것이 아니었다. 오히려 그는 그 모든 요력을 [밀어냈다]. 천류화가 불러왔던 요력을 그대로 그녀에게 돌려보냄으로써 무지막지한 타격을 입힌 것이다. 만약 그녀의 요력이 원상태였다면 무의미한 짓이었겠지만 그녀가 불러왔던 요력은 한마에게 한 번 흩어진 상태라 가능했다.

"꺄악!"

폭발하는 요력을 견디지 못하고 천류화가 배 밖으로 추락했다. 물론 15레벨이나 되는 천류화가 이 정도 타격으로 죽지야 않겠지만, 적어도 금방 올라오지는 못하리라.

> 디펜스 스킬이 Ħ랭크로 상승하였습니다!

> 디펜스 마스터 타이틀을 획득하셨습니다!

> 특수 능력 '회천(回天)'을 획득하였습니다!

5갑자가 넘는 내력을 다 소모해 버리는 바람에 주저앉으면 서도 아돌은 희열이 끓어오르는 것을 느꼈다. 어느새 그의 방패에는 유형화된 내기가 휘감겨 있었다.

"이제 어떤 공격이든 막을 수 있어."

드디어 그 역시도 마스터의 경지에 도달한 것이다.

*   *   *

무작위로 뽑은 10만 명의 사람이 200킬로미터 마라톤을 달린다고 생각해 보자. 도착점에 도달하면 보상이 있지만, 그렇지 않더라도 피해는 없는 그런 마라톤.

당연한 말이지만 대부분의 사람들은 시작하기도 전에, 혹은 조금 달리다 포기하게 될 것이다. 일반적으로 가장 긴 마라톤이 42.195킬로미터라는 걸 생각하면 200킬로미터라는 건 상식적으로 말이 되지 않는 거리이기 때문이다. 하지만 사람이 많으면 그런 말도 안 되는 거리라도 주파하는 사람이 생긴다. 굳건한 의지를 가지고, 거기에 무리하지 않고 긴 시간을 소모한 다면 충분히 도착할 수 있는 것이다.

그리고 도착하는 사람이 생긴다는 건 포기하는 사람과 반대로 다른 사람보다 더 빨리 도착하는 사람 역시 있다는 말이다. 사람들은 제각각 속도와 체력이 다르게 마련이며, 개중 정말 탁월할 정도로 뛰어난 이들이 있다면 다른 사람들보다 훨씬 먼저 도달하기도 한다.

디오에 있어서는 아더와 크루제, 그리고 멀린이 거기에 속하는 이들이다. 굳이 달리기로 예를 들자면, 다른 사람 다 맨몸으로 달리는데 자기들끼리만 오토바이를 타고 달리는, 옆에서 보면 '저거 뭐야? 반칙 아냐?'라는 생각이 절로 들 수밖에 없는 그러한 존재들.

그리고 그다음 무리가 바로 랜슬롯과 아크, 이리야 같은 이들이다. 선두 그룹이기는 하지만 어디까지나 상식적인 뛰어남을 가지고 있는 존재들인 것이다.

"드디어… 드디어 아크메이지다!"

"하하, 하하하! 이것이 검기인가!"

"완성했어! 캬하하! 됐어! 내 첫 번째 데스나이트! 네 이름은 이제부터 하데스다!"

그리고 드디어 세 번째 무리가 목표점에 도착했다. 돌연변이라고 할 수 있는 백경들과 아슬아슬하게 그들을 앞섰던 선두 인원과 다르게 그들은 그 숫자가 제법 많았다. 지식과 실력에서 충분히 자격을 갖추고 있었음에도 영적인 깨달음을 얻지 못해 벽에 부딪쳤던 이들이 동시다발적으로 그 벽을 뛰어넘기 시작한 것이다.

"잠시 앞으로 나섰지만 그것도 끝이군."

그리고 그 광경을 눈앞에서 본 랜슬롯은 쓴웃음을 지었다. 물론 이렇게 될 거라는 건 알고 있었다. 때문에 자신은 더욱더 노력해서 그 앞으로 갈 거라고 생각했지만, 안타깝게도 그것은 착각이었을 뿐이다.

"잡담하지 말고 방어나 열심히 해!"

두두두두두두—!!!

비공정 위에 발칸포를 설치한 크루제는 잠시도 쉬지 않고 방아쇠를 당겼다. 탄환이 떨어지면 오오라를 소모, 데이터를 로딩해 탄환을 불러내고 그걸 발사하는 것을 반복하는 것이다.

탄환에 실린 힘은 실로 막대해서 일단 제대로 얻어맞으면 어지간한 고 레벨 몬스터라도 목숨이 위험할 정도. 심지어 크루제가 만들어낸 발칸포는 그 유효 사거리만 해도 3.5킬로미터에 달했다. 그야말로 전장 전부가 사정거리 안이라고 봐도 무방한 수준인 것이다.

"죽어라, 인간!!"

"미안하지만 그렇게는 안 되지!!"

당연하지만 전쟁에 있어서 크루제가 가지는 전략적 이점은 아더와도 맞먹을 정도로 엄청나다. 단순 화력만큼은 아더보다 오히려 강력할 정도로 어마어마한 범위에 강대한 공격을 날릴 수 있는 것이다. 발칸포가 명중률이 좀 떨어진다고는 하지만 30mm의 탄환을 분당 6,000발이 넘는 속도로 쏟아부으니 그야말로 셀 수 없이 많은 몬스터들이 그녀 앞에서 쓰러지고 있었다.

"가라! 파진, 무월참(破眞, 無月斬)!"

쌍검사 오제의 몸이 흐릿해지나 싶더니 날카로운 두 개의 검광이 덤벼들던 익족의 몸을 베고 지나간다.

"하데스! 다가오는 모든 적을 죽여라!"

[우우—]

"윽! 아직 링크가 희박한가."

멍하니 서 있기만 하는 하데스의 모습에 전갈은 혀를 차며 오른손을 들었다. 오른손에 푸른색의 마법진이 떠오르고 거기에 마법어를 새겨 넣자 하데스가 커다란 낫을 휘둘러 다가오는 모든 적을 쓰러뜨린다.

퍼엉! 펑!

랜슬롯은 정밀 기계 같은 동작으로 창을 내뻗었다. 이미 전투는 막바지에 다다라서 초반에 비하면 적의 수가 훨씬 줄어든 상태였다.

"드레이크다! 15레벨 몬스터야!"

"와! 여기 고렙 몬스터가 왜 이렇게 많아? 아까는 상급 마족이 돌아다니지 않나."

"아더랑 크루제가 없었으면 우리 거의 다 죽었겠다. 아니, 아더랑 크루제가 있으니까 난이도를 맞춰준 건가?"

자기들을 일격에 찢어 죽일 만한 몬스터가 나타났음에도 아무도 패닉에 빠지지 않고 나름대로 최선을 다한다. 다만 실력이 떨어질 뿐이지 그들도 전투에 능숙한 이들이다. 사냥, 하루이틀 해온 게 아니기 때문이다.

"게다가 저런 대형 비행체는 크루제가 제일 좋아하는 타입의 몬스터니."

과연 하늘을 날아 비공정을 습격하려던 드레이크에게 30mm 탄환이 쏟아지기 시작했다.

[크에에엑!]

드레이크는 깜짝 놀라 방향을 틀어 공격을 피하려고 했지만 비행체 몬스터에게 크루제는 그야말로 최악의 상성을 가지고 있다. 비행체가 크루제의 공격을 피하기 위해서는 몸을 어마어마하게 크게 틀어야 하는 데 반해 발칸포를 당기는 크루제는 총구만 슬쩍 틀면 그만이기 때문이다.

게다가 크루제는 발칸포를 쏘면서도 80% 이상의 명중률을 자랑한다. 분당 600발을 쏘아내어 그중 480발은 명중한다는 말인데 이는 명사수라는 단어조차 무색할 정도다. 심지어 그녀는 움직이는 대상도 모조리 맞춘다.

우우우우웅—!

그때 거대한 고래 모비딕이 크게 울음을 토해내자 맹렬하게 유저들을 공격하던 몬스터들이 후퇴했다. 유저들 역시 상당한 피해를 본 만큼 추격하기보다 멈춰 서는 것을 택했다. 무엇보다 너무나 거대한 초거대 몬스터 모비딕에 대한 은연중의 두려움이 있었기 때문이다.

"힘들었다. 그나저나 몇 명이나 로그아웃 당했어?"

"한 4분의 1 정도. 그래도 여기 올 정도면 어느 정도 레벨이 될 텐데 능력치 깎여서 속 좀 쓰리겠어."

마침내 전투가 끝나고 유저들은 시체를 챙기기 시작했다. 다만 아쉬운 게 있다면 전쟁에 참여했던 열 명 정도의 고위 몬스터 중 죽은 건 크루제에게 살해당한 드레이크와 아더의 손에 끝장 난 상급 마족뿐이라는 점이다.

"그나저나 시체가 통째로 남는 이 시스템, 좋은 건지 안 좋은 건지 모르겠다."

"제작하는 애들은 재료가 많이 나와서 좋아할 것도 같은데."

"하지만 그 재료를 일으려면 시체를 긁어내야 하잖아. 아무리 시체가 우습다지만 도축이 좋다고?"

"돈 되면 못할 게 뭐 있겠니."

여기저기 있는 시체들 주위로 유저들이 모여들어 시끄럽게 떠들고 있다. 다이내믹 아일랜드와 신대륙에는 차이점이 몇 가지 있는데, 그중 하나가 바로 몬스터가 죽어 아이템을 떨어뜨리는 대신 그냥 시체로 남는다는 것이다. 더불어 몬스터들은 물론 유저들까지 상처를 입으면 금빛 연기 대신 피를 흘려 동영상을 촬영하고도 바로 올리기 힘들 지경이다.

"웃차!"

크루제가 오른손을 뻗으며 뭔가 들어 올리는 시늉을 하자 오오라가 그녀의 손 모양대로 유형화되어 근처 갑판에 떨어져 있던 드레이크의 시체를 잡아 들었다.

신대륙에 와서도 아이템에 대한 소유권은 똑같다. 그 몬스터를 쓰러뜨리는 데 가장 큰 역할을 한 유저가 소유권을 가져가는 것. 다만 문제는 그들이 바다 위 하늘에서 싸웠고 그녀의 총알에 맞은 몬스터 중 상당수가 바닥에 떨어졌다는 것이다.

"그나마 이거라도 챙겨서 다행이네. 아이템들하고 시체가 거의가 바다에 떨어져 버렸으니."

그녀는 투덜거리며 드레이크의 시체를 인벤토리에 넣었다. 전에 기가스를 인벤토리에 못 넣어본 다음 상당히 신경 써 인벤토리를 넓혔기 때문에 별문제없이 들어갔다.

"잠깐 말 좀 물어도 될까요?"

그리고 그때 랜슬롯이 크루제에게 다가갔다. 크루제는 드레이크의 입에서 뽑아낸 어금니를 오러 블레이드로 깎아내며 대답했다.

"이상한 질문만 아니면."

"어떻게 하면 외부로 방출한 오오라를 결집할 수 있습니까?"

직접적인 그의 물음에 드레이크의 어금니를 보고 있던 크루제의 고개가 돌아갔다. 그녀는 뚱한 표정으로 대답했다.

"이상한 질문이야."

"……"

"원하는 게 뭐야? 마스터 레벨 오오라 사용자가 그런 말도 안 되는 질문을 하다니. 설마 오오라를 결집할 줄 모르면서 마스터 레벨에 들어섰다는 거야? 계통은 뭔데?"

"결정되지 않았습니다."

"하?"

크루제는 어이없다는 표정으로 그를 쏘아보았다. 만약 그를 처음 보았다면 뭐 그럴 수도 있나 보다 하고 생각하겠지만 그녀는 랜슬롯이 싸우는 모습을 보았다. 투로가 너무 단순하고 오오라 양이 적다는 생각은 했지만 움직임이 빠르고 오오라가 정순해 큰 문제는 없다고 느꼈던 것이다.

"잠깐만."

그렇게 말하고 크루제의 손이 랜슬롯의 손을 잡자 그녀의 오오라가 렌슬롯의 오오라를 침식하기 시작했다. 오오라는 정신의 발현. 그녀는 이내 자신의 오오라를 거둬들였다.

"너, 천향한테도 같은 걸 물어봤어? 내가 천재기는 하지만 내가 녀석만큼 많은 걸 안다고 생각하지는 않을 텐데."

"……."

"뭐야. 뻔히 아는 걸 물어보다니, 내가 그렇게 한가해 보여?"

"천향은 대답해 주지 않더군요."

"세상 모든 질문이 꼭 대답을 필요로 하는 건 아니니까. 하지만 그럼에도 꼭 듣고 싶다면 말해주지."

짜증 섞인 표정으로 손을 놓는 크루제의 모습에 랜슬롯은 이를 악물었다. 물론 그도 알고 있었다. 그러나 그럼에도 그는 물을 수밖에 없었다.

그가 수련의 방에서 보낸 시간은 무려 2,000일에 이른다. 연수로 치면 무려 5년이 넘는 세월. 그러나 그렇게나 긴 시간을 투자했음에도 그는 크게 달라지지 못했다. 물론 창술이 더욱더 세련되어지고 디테일한 움직임이 가능해졌지만 여전히 그의 전투력은 찌르기의 의미를 깨달은 날과 크게 다르지 않다.

이건 한 걸음 한 걸음 차분히 오르겠다고 마음먹은 계단을 단 하나도 밟지 못한 것이나 다름없다. 계단이라고 믿었던 그것이 사실은 넘을 수 없는 벽이었던 것이다.

"넌 둔해."

간단한 말이다. 그 역시 잘 알고 있는 일이기도 하다. 그러나 그렇게 간단한 말로 그가 해온 모든 것이 부정된다는 건 참을 수 없는 일이다.

"하지만 노력했어요. 쉬지 않고 계속해서……. 그런데도 안 된단 말입니까?"

"펭귄이나 타조가 날개를 휘저어 하늘을 날지 못하는 것이 독수리보다 노력이 부족해서는 아니지."

"……"

랜슬롯은 멈칫했다. 목에 뭔가 걸린 것처럼 숨이 턱 막히는 게 느껴진다. 크루제는 고개를 저었다.

"솔직히 말하자면 내가 가르쳐 줄 건 없어. 장님에게 시력에 대해 이야기하는 꼴이지. 오히려 그런 감으로 10레벨이나 된 것에 만족하는 게 낫지 않을까? 분위기를 보니 마스터만 되도 제법 대우받는 것 같던데."

틀린 말은 아니다. 굳이 경지를 더 올리지 않더라도 그냥저냥 살아가는 건 가능할 것이다. 그는 바보가 아니고 언제나 노력하며 살기 때문에 현실에서도 먹고사는 걸로 걱정할 일은 없다.

"하지만."

"아, 됐어. 로딩!"

외침과 함께 크루제의 오오라가 씨줄과 날줄이 되어 허공에서 얽히더니 이내 거대한 전투기로 변했다.

쿠아아―!

랜슬롯은 아무 말 없이 서서 삽시간에 사라져 버리는 전투기를 바라보았다. 갑자기 온몸에 힘이 빠진다. 단단히 맹세했던 의지가 약해질 것만 같은 기분이 들었다.

짜악!

그러다 자신의 양 볼을 후려쳤다.

"시간을… 낭비했군. 만 년이라도 나아가겠다고 다짐해 놓고 고작 5년 만에 흔들리다니."

모두 처음부터 알고 있던 사실이다. 100일간의 찌르기 끝에 찌르기의 의미를 깨달은 것이 자신의 인생에 두 번 오기 힘들 정도의 행운이었다는 것도.

"다른 답이 없다는 걸 알았으니 됐어. 여기서 실전을 겪을

겸 경험치를 벌고, 그다음 다시 수련하러 가야겠군."

그는 조금 전에 크루제가 한 말이 떠올랐다. 펭귄이나 타조가 날개를 휘저어 하늘을 날지 못하는 것이 독수리보다 노력이 부족해서는 아니라는 말을.

그는 쓴웃음을 지었다. 맞는 말이었기 때문이다.

노력과 상관없이 펭귄은 하늘을 날 수 없다.

Chapter 33

붕괴

눈을 뜬 용노는 컴퓨터를 부팅한 후 인터넷을 돌아다녔다. 마음 같아서는 연구소에 관련된 정보라도 찾아보고 싶었지만 그럴 수는 없다. 그는 지금 감시받고 있었기 때문이다.

'답답하군. 정보가 너무 없어.'

다행히 용노가 항상 집에 있었기에—슈퍼를 가더라도 5~10분 내에 돌아온다—카메라를 설치하거나 하지는 않았지만 여기저기에서 시선이 느껴진다. 통화 내역은 진작부터 감시하고 있었고, 해킹 시도도 있었다. 다만 용노는 누구와도 통화하지 않는 편이고, 해킹은 이미 눈치채고 있었기 때문에 방어할 수 있었다.

'결국 방법은 마법뿐인가.'

일단은 강화안을 사용해 그를 직접 감시하는 인원이 두 명이라는 것을 파악했다. 멀리서 망원경을 이용해 지켜보는 정도였지만 별다른 특이사항도 없는 그 때문에 요원을 둘이나 배치했다는 건 이해할 수 없는 일이다.

'분명 그때 다 해결이 된 줄 알았는데…….'

용노가 연구소에서 무사히 풀려날 수 있었던 건 역시 강상 때문이었다. 인권 따위는 신경도 쓰지 않는 가혹한 실험으로 용노의 정신이 완전히 박살 났을 무렵 그가 나타났던 것이다. 그때 강상은 연구원들의 기억을 왜곡시켜 용노에 대한 것을 잊게 하고 데이터를 조작했다. 또한 용노의 기억을 지워버림으로써 이미 무너져 버린 용노의 정신을 구해낸 것이다.

"이런 기억은 없는 게 낫겠지?"

'맞아. 그런 기억은 없는 게 나았지. 이미 다 소용없는 일이지만.'

한숨 쉬면서도 마력을 계속 움직인다. 현실 세계에는 그 어떠한 촉매도 존재하지 않기 때문에 마법진을 설치하려면 순수하게 자신의 마력만을 사용해야 한다. 문제는 용노 그 자체도 마력을 가지고 있지 않아 마리가 새겨준 문장으로 물질계의 마나를 바로바로 변환시켜 사용해야 한다는 점이다.

'다이내믹 아일랜드에서는 1,000개도 넘게 가지고 있는 최하급 정석 하나가 없어 이 고생이라니.'

그러나 요 며칠간의 고생이 의미없지는 않아서 오른 손등에 마력 회로를 만드는 데 성공할 수 있었다. 디오 속에서처럼 마정석을 만드는 건 꿈도 못 꿀 일이지만 이렇게 하면 추가적인 마력 탱크를 손에 넣을 수 있다. 물론 그조차도 자체 충전이 되지 않아 여유있을 때마다 채워줘야 하지만 그래도 있는 편이 훨씬 도움이 되리라.

'언제 한번 마안을 사용해서 감시자들의 정신을 제압해야 겠어. 하수인일 뿐일 테지만 기초적인 정보랑 연구소가 날 어떤 식으로 생각하고 있는지 정도는 알 수 있겠지.'

딩동~ 딩동~

그런데 그때 초인종이 울렸다. 용노는 배달을 시켜 먹는 일도 거의 없기에 은혜가 외국으로 간 후에는 울린 적도 없는 초인종. 용노는 순간적으로 자신의 집에 올 만한 사람이 누가 있을까 생각했다.

"일단은 누나… 정도지만 이렇게 아무 소식 없이 올 리는 없지. 지금은 분위기도 미묘하고."

보람은 가족과의 충돌 후 뭔가 있다는 걸 느끼고 용노에게 여러 가지를 캐물었지만 용노가 별다른 반응을 하지 않음으로써 요 근래에는 꽤 데면데면한 관계가 된 상태. 그렇다면 올 사람은 너무나 뻔하다.

"누구세요?"

[택배입니다.]

"아쉽게도 저희 집에 올 택배가 없네요."

그렇게 말하고 바로 수화기를 내려 버린다. 상대방의 행동을 보기 위한 일종의 떡밥이다. 여기서 대응하는 방법에 따라 그들의 성향을 알 수 있으리라. 그 대응 방법은 여러 가지가 있지만.

삐삐삐삐! 띠리리ー!

"최악의 상황이군."

비밀번호를 입력하는 방식인 디지털 도어록이 쉽사리 풀리고 문이 열린다. 그러나 집에 주인이 뻔히 있는 걸 알면서 이렇게 들어온다는 건 그들은 합법적인 수단에 아무 관심이 없다는 말과도 같다.

"거참, 깔끔하지 못하게 구네. 심술 부리는 것도 아니고 말이야."

양복 차림에 머리를 올백으로 넘긴 사내가 집 안으로 들어왔다. 전체적으로 깔끔한 이미지였지만 능글거리는 표정은 뱀을 연상시켰다.

"글쎄요. 그리고 통할 것 같지는 않지만… 이게 불법 침입이라는 건 아세요?"

"물론이지. 하지만 우리를 시험하지는 마라, 꼬맹아. 우리가 어두운 지하실의 험악한 분위기에서 만나지 않을 수 있는 것만 해도 넌 대단히 운이 좋다고 할 수 있으니까."

집에 들어온 건 두 명이었다. 먼저 들어온 약간 마른 사내와 건장한 키에 덩치를 가진 사내. 용노는 생각했다.

'뭐가 목적이지? 나한테 바랄 만한 조건은 없을 텐데.'

예전에 연구소에 얽힌 적이 있다고는 하지만 이미 옛날 일이며 관련 정보는 대부분 사라졌다. 이미 그는 누구와도 얽매일 일 없이 집 안에서만 사는 백수인데 그런 그를 위해 요원들이 움직이다니? 하지만 그는 이내 그들이 왜 자신에게 이렇게까지 관심을 보이는지 알 수 있었다.

"자, 그럼 친구한테 전화 좀 해볼까?"

"누굴 말하는 거죠?"

"이런, 뻔히 알면서 묻는 건 안 좋은 취미야."

철컥!

그렇게 말하며 용노의 목에 서늘한 총구를 들이댄다. 물론 거기에 장전된 것은 실탄이 아니다. 아무리 국가 기관이라도 총화기로 사람을 죽이면 그 뒷감당이 너무나 힘들어지니까.

"아……."

여태껏 가장하고 있던 차분함이 단번에 날아가고 몸이 덜덜덜 떨리기 시작한다. 그 총의 모델이 매우 익숙한 것이기 때문이다.

"우리를 짜증나게 하지 마. 안 그래도 연구원들이 너에 대해 비상한 관심을 보이는 것 같던데. 그 뭐라더라? 분명히 연구소에 들어오기는 했는데 기록이 없다던가? 분명 대단한 비밀이 숨겨져 있을 거라고 두근대는 녀석들도 있다고."

용노는 그 총의 모델을, 그리고 거기에 들어 있는 탄의 종류를 알았다. 그것은 마취탄이었다. 예전 그가 연구소에 잡혀갈 때 맞았던 물건. 그리고 그 물건에 또 맞게 된다면, 만약 그렇게 된다면…….

덜덜덜덜.

아찔하다. 가슴속 깊은 곳에서 두려움이 몰려온다. 물론 이성은 외치고 있다.

'아냐! 그럴 리 없어! 아버지는 참모총장이야!'

아무리 막가는 녀석들이라도 별다른 확신도 없으면서 참모총장의 아들을 어떻게 한다는 건 있을 수 없는 일이다. 정치인이 아닌 군인이라 해도 최상위 클래스인 참모총장이면 절대 무시할 수 없는 권력을 가지고 있다.

'하지만… 지금 이 녀석들이 여기 와서 나에게 총구를 겨누고 있는 것도 사실이야. 이건 아버지가 어느 정도 상황을 묵인했다는 말이 아닌가?'

머릿속이 터질 듯 복잡했다. 언제나 명석하던 머리가 공포에 질려 제대로 돌아가지 않는다. 마음속에서 속삭이는 목소리가 있었다.

도망쳐.

그러나 국가 기관을 상대로 어떻게 도망친단 말인가? 의문을 떠올리는 용노였지만 이내 도망쳐야 하는 대상이 단순하게 눈앞에 있는 사내들이 아니라는 것을 알았다. 지금 그에게 있어 도망치는 것은, 그들의 말에 순순히 따르며 선처를 바라는 것이다. 그리고 아버지에게 전화해서 어떻게든 보호해 달라고 애걸하는 것이…….

따르릉!

그때 용노의 핸드폰이 시끄러운 소리를 내기 시작했다. 사내들의 얼굴에 서늘한 미소가 피어오른다.

"그래, 슬슬 시간이었군. 잘 들어. 전화를 받으면 다른 데 가지 말고 지금 당장 단둘이서 만나자고 해. 장소는 남영역 정도가 좋겠지?"

"저, 저기 은혜는 미국에……."

"한국에 왔으니까 걱정 말고 만나자고 해."

"은혜한테 나쁜 짓을 하려는 건 아니죠?"

무심코 물었지만 정말 바보 같은 질문이다. 나쁜 짓을 하려는 게 아니면 이렇게 남의 집에 침입해서 강압적인 분위기로 상황을 몰아갈 리 없지 않은가?

"닥치고 이야기나 해."

목을 강하게 찌르는 총구의 느낌에 소름이 돋는 것을 느낀다. 두렵다. 너무나 두렵다. 하지만 그렇다고 은혜를 팔아먹는다는 것은 있을 수 없는 일이다.

'그래, 이 녀석들이 이렇게까지 급하게 나온다는 건 은혜가 그들에게 치명적인 뭔가를 하려 한다는 뜻이야. 그렇다면 전화를 받아서 네가 지금 하려는 걸 좀 더 서두르라고 말하고, 그리고 이 녀석들을 제압하면 돼.'

그들이 총기를 가지고 있다고는 하지만 지금의 용노는 이능을 사용하는 게 가능한 존재다. 다수의 사람이 기관총을 쏘지 않는 이상 몇 명이든 쓰러뜨리는 게 가능한 것이다.

"여보세요."

"잘 지냈어?"

은혜의 목소리는 평소와 다르게 제법 상기되어 있다. 뭔가 좋은 일이 있거나 긴장되는 일이 있다는 말이다.

'지금 하는 일을 서두르라고 해야 해. 아니면 하다못해 조심하라고 하지 않으면……'

그러나 정작 입에서 나온 말은 전혀 다르다.

"지금 어디에 있어?"

"일이 있어서 한국에 잠시 왔어."

"어, 그러면 잠시 만나지 않을래? 얼굴이나 보고 싶은데."

"……."

용노가 단 한 번도 그런 말을 한 적이 없는 만큼 은혜는 제법 놀랐다. 물론 싫은 기분은 아니다. 오히려 긴 시간 동안 너무나 바라고 있던 일.

"안 됩니다."

그러나 은혜의 옆에 있던 경호원은 고개를 흔들었다. 지금 그녀는 몹시 위험한 상황이다. 물론 한국의 비밀 기관이 미치지 않은 이상 직접적으로 손을 쓰지는 않겠지만 위험 요소는 최대한 줄여야 하는 것이다.

"잠깐, 얼굴만 보겠습니다."

"당신, 항상 차분하고 이성적인 게 장점이라고 생각했는데……."

금발의 여성 경호원 레나의 눈살이 찌푸려진다. 그러나 그녀에게는 은혜의 행동을 통제할 만한 권한이 없다. 단지 경호원일 뿐이기 때문이다.

"그래, 어디서 볼까?"

"남영역에서 보는 건 어때? 때마침 나온 참인데."

"알았어."

그렇게 말하고 전화가 끊긴다. 용노의 목에 총을 겨누고 있던 사내는 환하게 웃었다.

"잘했어. 연기가 뛰어난데?"

"……."

"다시 또 안 봤으면 좋겠군. 그게 나한테도 너한테도 좋은 일일 테니까. 아, 이건 선물로 가져가지."

그렇게 말하며 용노의 휴대폰을 빼앗는다. 용노는 소심하게 반항했다.

"어차피 목소리가 달라서 쓸 일 없잖아요."

"별 걱정을 다 하는군. 이제부터는 문자로 할 거야."

그렇게 말하고는 집을 나간다. 탕! 하는 소리와 함께 문이 닫히고, 용노는 무너지듯 자리에 앉았다.

"……."

알고 있다. 지금 자신이 한 짓은 인생을 통틀어 손에 꼽을 만한 병신 짓거리였다는 것을. 그는 지금 구체적으로 드러나

지도 않은 막연한 공포에 질려 친구를 팔아먹은 것이다.

'은혜를 어떻게 할 참이지?'

경고 정도라면 좋을 것이다. 더 이상 쓸데없는 짓 하지 말고 가만히 있으라는 경고 정도라면. 그러나 사실은 알고 있었다. 그럴 리 없다는 것을.

'위험해.'

막아야 한다. 그는 울먹이던 소녀를 떠올렸다. 자신의 옷깃 끝을 살짝 잡은 후 졸졸 따라다니던 소녀. 하지만 지금 가서 뭘 어떻게 한단 말인가?

"최소한 최악의 상황은 피하게 해야지."

일단 총구가 사라지자 몸을 덜덜 떨리게 하던 공포가 가시고 이성이 조금 돌아온다. 하지만 이래서는 아무 소용이 없다. 누가 또 그 공포를 상기시키는 것만으로도 두려움이 이성을 잠식하고 말 테니까.

"그래도 지금은 움직여야 해."

단숨에 옷을 갈아입고 집을 나선다. 용노의 집 앞에는 양복을 입은 사내가 있었다. 아까 그 사내가 아닌 다른 사내. 분위기를 봐서는 하수인으로 보이는 이다.

"잠깐. 지금 나오면 곤란한데."

"당신은 아무것도 못 봤으니 가만히 있어요."

문을 열기 전부터 준비한 마안을 발동시킨다. 지금 용노의 눈은 마안술이 개발되지도 않았고 가진 마력조차 없어 이마의 인장을 경유하는 만큼 발동 시간이 5분에 가까웠지만 지금처럼 문밖에 누가 지키고 있다는 것을 알고 있다면 충분히 사용할 수 있다.

"아, 알았다."

그렇게 말하고 다시 문 앞에 서는 사내를 지나쳐 검은색 후드를 눌러쓴다. 일단은 옷을 다 갈아입고 얼굴도 가렸으니 만나자마자 그의 존재를 눈치채는 일은 없으리라.

"남영역으로 가주세요."

"네, 손님."

택시에 올라타 주먹을 꽉 쥐고 있다. 그의 마음속에서는 충돌이 일어나고 있었다.

그만두자. 이건 바보짓이야.

따분한 목소리로 계속해서 속삭인다. 그만두라고. 의미없는 짓이라고. 설마 은혜를 죽이기야 하겠냐는, 그야말로 안이한 말조차 지껄인다.

'아냐. 그래도 가야 해.'

머릿속이 복잡하다. 언제나 명확하게 주변 모든 상황을 파악하던 그였지만 지금은 그 머리가 제대로 돌아가지 않는다. 어떤 상황인지, 뭘 어떻게 해야 하는지 아무것도 떠오르지 않았다. 순식간에 멍청이가 된 것 같다.

"감사합니다."

택시 운전기사의 인사를 귓등으로 넘기며 남영역으로 들어간다. 주변을 둘러보았지만 은혜의 모습은 보이지 않는다.

'휴대폰을 가져갔어. 그렇다는 건 은혜에게 따로 또 할 말이 있다는 뜻인데.'

만약 은혜를 다른 장소로 유도해서 일을 저질러 버린다면 그로서는 아무것도 할 수가 없다.

"위치… 추적."

그러나 다행히 그에게는 마법이 있었다. 물론 정도 이상의 마법은 쓸 수 없지만 평소 알고 지내던 사내의 위치를 찾는 것은 아주 낮은 수준의 마법일 뿐이니까.

'선로 앞에 있어?'

뜻밖에도 은혜는 마치 전철을 기다리는 것처럼 플랫폼에 들어간 후 선로 앞에 서 있었다. 하지만 남영역에서 만나기로 했는데 왜 굳이 플랫폼에서 기다린단 말인가? 그러나 어렵지 않은 일이었던 만큼 깨닫는다.

'내가 다른 곳에서 전철을 타고 오는 것처럼 거짓말을 했구나. 그리고 마중을 와달라고 한 거야.'

상황을 파악한 그는 재빨리 한 정거장 옆의 전철표를 구입했다. 그리고 플랫폼에 내려갈 때즈음 안내 방송이 들린다.

[현재 1호선으로 전차가 들어오고 있으니 노란 선 밖으로 한 걸음 물러나 주시기 바랍니다.]

계단을 내려가자 핸드폰 문자를 보고 있는 은혜의 모습이

보였다. 방송에 따라 노란선 밖으로 나가기는 했지만 여전히 1
호선에 가까운 상황.

철컹! 철컹철컹!

저 멀리서부터 시끄러운 쇳소리를 밀어내며 전철이 들어선
다. 멈추는 전철이 아니었던 만큼 속도는 전혀 줄이지 않은 상
태. 그리고 그는 벤치에 앉아 은혜를 지켜보고 있던 금발의 여
자가 한차례 부르르 떠는가 싶더니 혼절하는 것을 보았다. 마
치 지나가듯 그녀를 스쳐 가던 사람이 전기충격기를 쓴 것이
다.

'은혜는……!'

약 열 개 정도의 계단이 남았을 때 은혜의 뒤로 접근하는 사
람이 있었다. 그 손에 들린 것은 엠플이 달려 있는 주사기 비
슷한 물건이다.

푸슛!

뭔가 버튼을 누르는 순간 작은 바늘이 은혜의 목을 찌른다.
은혜는 깜짝 놀라 몸을 돌렸지만 바늘을 찌른 사내는 그녀의
몸을 툭 밀면서 미련없이 몸을 돌렸다. 은혜는 버둥거리려고
했지만 온몸의 힘이 쭉 빠지면서 비틀거린다.

쿵!

은혜의 몸이 스크린도어에 기대듯 무너진다. 그녀는 어떻게
든 힘을 줘보았지만 허우적거릴 뿐 제대로 움직이지 못했다.

철컹철컹!

전철이 들어오고 있다. 그러나 주변에 있던 사람 중 누구도

허우적거리는 은혜를 심각하게 바라보지 않았다. 왜냐하면 스크린도어 때문에 그녀가 선로에 떨어질 가능성이 없기 때문. 그러나 그 순간,

기잉─!

갑자기 스크린도어가 열리고 거기에 기대고 있던 은혜가 선로로 떨어졌다.

"뭐, 뭐야? 저게 갑자기 왜 열려?"

"꺄아악!"

"누가 꺼내!"

"너무 늦었어······!"

아닌 게 아니라, 벌써 전철은 플랫폼에 들어온 상태다. 은혜와의 거리는 불과 이삼십 미터 정도고 이번 역에서 멈추는 전철도 아니어서 속도를 줄이지도 않았다. 브레이크를 잡아도 멈출 수 있는 상황이 아니었다.

"이런 젠장!"

"꺄아악!"

그리고 그 모습을 본 사람들이 탄식과 비명을 내질렀다. 길게 설명했지만 불과 수 초에 불과한 시간. 뭔가 할 시간 같은 건 애초부터 없었다.

탁.

마침내 용노가 마지막 계단을 밟았을 때 선로에 떨어진 은혜와 전철의 간격은 불과 10여 미터에 불과했다. 의식을 잃지 않은 은혜는 어떻게든 피하려고 버둥거리고 있었지만 마치 술

에 취한 것처럼 몸이 말을 듣지 않았다.

"아, 안 돼!'

이를 악물고 앞으로 뛰어나갔다. 그러나 그러는 사이에 전철과 은혜의 거리가 9미터로 줄어들었다. 용노의 마음속에서 누군가 또 속삭이기 시작했다.

이미 늦었어. 뭘 어쩌겠다는 거야?

그렇다. 늦었다. 그건 용노도 알고 있었다. 지금의 그는 이 능을 깨우쳐 내공도 사용하는 게 가능했지만 그 수위는 기껏해야 5년에서 10년에 불과하다. 몸에 내공을 돌리면 움직임이 빨라지기야 하겠지만 선로에 뛰어들어 은혜를 데리고 나올 정도로 가공할 빠름은 보이지 못한다. 심지어 지금의 그는 금단도 없고 무유생계도 열지 못했기 때문에 단번에 많은 내공을 사용하는 것도 불가능하다.

'하지만 구해야 해.'

동시에 생각한다. 어떻게? 무슨 수를 써서? 공간이동을 생각해 보았지만 미리 준비하고 있던 것도 아니고 바로 마력을 운용하는 건 불가능한 일이다.

그가 마법을 사용하기 위해서는 이마의 인장으로 주변의 기를 받아들이고 마력으로 변환시켜 정제하는 과정을 거쳐야 한다. 실제로 마안을 사용하기 위해 5분에 가까운 시간이 걸리지 않았던가? 그나마 오른손에 마력 회로를 만들어두긴 했지만 완성과 동시에 양복사내들이 왔던 만큼 마력을 충전시킬 틈이 없었다.

무리야. 이런 건 재미없어.

그래도 내공을 돌려 육체를 가속한 후 한 발짝 내민다. 시간이 모자라다. 지금 그가 할 수 있는 최선의 속도라고 해봐야 할 수 있는 건 동반 자살뿐이다.

재미없어.

시야가 캄캄하다. 그 어떤 것도 보이지 않는다. 항거할 수 없는 무력감이 온몸을 짓누른다.

재미없어.

포기하고 싶다. 다 때려치우고 싶다. 앞으로 나아가려 해도 손발이 덜덜 떨릴 뿐 움직일 수 없다.
사고가 점점 가속하기 시작한다. 주변의 시간이 느리게 흐르고 모든 움직임이 느려진다. 선로에 뛰어들어 은혜와 함께 육편이 되는 광경이 떠오른다.

재미없어.

마치 철없는 아이가 칭얼거리듯 같은 말만 반복한다. 그렇다. 재미없다. 용노도 이 상황이 즐겁지 않다. 오히려 끔찍하다. 하지만 그렇다고 은혜가, 저 불쌍한 소녀가 죽는 모습을 지켜봐야만 한단 말인가? 정말로?

재미없어.

"닥… 쳐."

토해내듯 내뱉는다. 자꾸 멈추려고 하는 육체를 강제로 이끌며 앞으로 뛰어나간다.

재미없…….

"닥쳐! 닥치라고!! 어떻게 살면서 재미있는 일만 하냐, 이 머저리 새끼야아아아아!!"

쾅!

단숨에 땅을 박차고 선로에 뛰어든다. 어느새 전철과 은혜와의 거리는 4미터까지 줄어들었다. 전철의 속도를 생각했을 때 이 정도는 거의 코앞이라고 할 만하다.

"요, 용노야?"

절망이 가득 찬, 평소 절대 보일 리 없는 모습을 하고 있던 은혜의 눈이 크게 커졌다.

'안 돼! 도망쳐!'

말은 아니다. 말을 할 시간 따위는 없다. 이미 전철은 2미터 앞까지 도착해 있는 상태. 그리고 그 급박한 상황에서 용노는 웃으며 고개를 흔들었다. 그리고 말했다. 예전 울고 있던 소녀를 위로해 주던 말이다.

"괜찮아. 다 잘될 거야."

물론 그 말을 은혜가 알아들었을 리는 없다. 용노의 사고는 가속했고, 거기에서 한 말 역시 엄청나게 빠를 테니까. 그러나 그래도 용노는 상관없었다.

와장창!

순간 용노는 자신의 안쪽에서부터 무언가가 부서지는 느낌을 받았다. 지금까지 그를 강하게 억누르고 있던 공포와 두려움이 산산이 부서지고 짓눌려 있던 자의식이 꼿꼿이 몸을 일으켰다.

"하하."

웃는다. 뭔가 크게 깨이는 느낌이었다. 사고가 의식 끝까지 확장하고 어떤 일이든 할 수 있을 것 같은 자신감이 충만하게 차오른다.

"어이쿠! 벌써 여기까지."

그러나 그런 상황에서도 전철은 멈춰주지 않아 10센티 앞에까지 다가와 있었다. 이제는 정말 문자 그대로 코앞. 그러나 사고가 점점 더 빠르게 가속하면서 느리게 흐르던 시간은 숫제 멈춰 버렸다. 가만히 보면 전철이 조금씩 앞으로 나가는 게 느껴지기는 하지만 이 10센티미터를 나서기 위해서는 10분도 넘게 걸릴 것이다.

"자, 이제 어쩐다?"

생각할 시간은 충분하다. 생각은 세상 그 무엇보다 빠르기 때문이다. 그러나 행동할 시간은, 그러니까 전철이 덮쳐들기 전에 은혜를 데리고 나갈 시간은 없었다. 디오 속, 그것도 물속에서 움직이는 것처럼 단숨에 시속 500킬로미터가 넘는 속도로 가속해도 아슬아슬할 지경인데 현실에서 피하는 건 불가능한 것이다.

"여기서 내가 할 수 있는 게 뭐가 있을까. 멀린, 넌 뭔가 떠오르는 거 없어?"

"글쎄, 이 동반 자살에 무슨 의미가 있을까 하는 생각이 떠오르는데?"

"아, 각박하게 그런 소리 하지 말고."

어느새 용노의 앞에는 그의 내면에 잠들어 있던 또 다른 자신이 서 있다. 다만 다른 게 있다면 예전처럼 어린아이의 몸이 아니라 그와 똑같은 모습에 로브를 걸치고 있다는 것이다.

"흠, 일단 생각해 볼 수 있는 건 텔레포트인가? 사고를 가속하면 주문 시전 속도가 늘어나니 그야말로 순간에 할 수 있겠지."

"미안하지만 현실의 몸으로 그런 건 불가능해. 마력을 활성화하기도 전에 죽을걸."

"그러니까 동반 자살이지."

"아, 정말 이러기야?"

티격태격 싸운다. 하지만 그러고 있음에도 그 둘의 얼굴에는 참을 수 없는 미소가 피어오르고 있었다.

"…이겨냈냐?"

뜬금없는 멀린의 물음에 용노는 웃었다.

"세상 그리 쉽지 않다는 걸 알았을 뿐이지."

"세상 수많은 정박아들도 고딩이면 깨닫는 걸 이제야 알고 잘난 척은."

말과 함께 멀린이 불쑥 손을 내밀었다.

"혹시 지금 누워서 침 뱉고 있다는 건 알아?"

그리고 용노는 그의 손을 잡았다.

우우우—!

멀린의 몸이 희미해지나 싶더니 그대로 용노의 몸 안으로 빨려 들어갔다. 물론 현실적으로 달라진 건 없다. 여전히 현실에서는 내공도 마력도 자유롭게 쓸 수 없고 전철은 멈추지 않은 상황. 그러나 그럼에도 용노의 눈에는 단 한 점의 의문도 담겨 있지 않다.

턱.

용노의 오른 손바닥이 전철의 앞부분을 짚는다. 전철이 느려진 만큼 그의 육체도 느려졌지만 다행히 내공을 오른손에 한정해 움직이자 늦지 않게 짚을 수 있었다.

"후폭풍이 좀 크겠지만, 할 수 없지."

현실에서는 이능을 발휘하는 것이 불가능하다. 영맥 자체가 존재하지 않기 때문이다. 때문에 현실에는 마법도 무공도 없고 마수나 영수, 혹은 성물 같은 것 역시 존재하지 않는다.

하지만 백경(1,000,000,000,000,000,000)분의 1이라고 불리는 재능을 가지고 태어난 용노는 그런 삭막한 세계에서도 이능에 가까운 힘을 몇 가지 쓸 수 있었다.

그중 한 가지는 수영이다. 예전부터 수영을 좋아하던 그는 어린아이의 몸으로 엄청난 수영 실력을 가지고 있었다. 단순히 어른들보다 빠르다는 수준이 아니다. 아무 장비 없이 바다 속 깊이 100미터든 200미터든 잠수했으며 속도를 붙이면 모터보트에 가까운 속도로 헤엄칠 수 있었다. 누가 봐도 물리법칙에 맞지 않는 움직임을 보일 수 있었던 것이다.

'그러나 여기는 물이 없지.'

그리고 그는 한 가지 재주를 더 가지고 있었다. 그것은 따분하고 따분하던 고등학생 시절 등교할 때마다 버스에서 궁리했던 일종의 기술이다. '버스가 기울거나 했을 때 손잡이를 잡지 않고 얼마나 버틸 수 있을까?' 하는 치기 어린 생각에서 시작했던 일종의 장난.

하지만 그 장난이 1년을, 2년을 지나 3년이 넘어가면서 이 또한 이능의 영역으로 들어섰다. 과거 디오의 운영자인 탄은 그 광경을 보고 그를 클로즈 베타 테스트에 초대하기로 마음먹었던 것이다. 그는 말했었다.

"내공도 없고, 마력도 없고, 차크라도, 에테르도 뭣도 모르는,

문자 그대로 모든 이능(異能)이 금해져 있는 평범한 인간이… 영맥(靈脈)을 탔어?"

또한 그를 따르던 소년은 말했었다.

"예전 조의선인(皂衣先人)들 중에서도 극히 일부만 썼다는 천보(天步)나 싸울아비들의 자진걸음과도 비슷하네요. 물론 그 이치가 하늘의 땅 차이라는 게 문제지만……."
"문제지만?"
"…충격적인 건 하늘과 땅 차이인 건 좋은데 하늘과 땅 차이로 저 녀석 수준이 높다는 거예요."

용노는 마치 전철을 가로막듯 두 손으로 전철을 짚었다. 별로 대단한 건 하지 않는다. 그는 단지 한 발짝 뒤로 물러섰을 뿐이다.
저벅.
걷는다. 그리고 자신에게 가해진 에너지를 세계의 거대한 흐름에 던져 버린다. 그것이야말로 극한에 이른 무변일보(無變一步)의 이치였다.
우르르릉—!!
파바바박!! 까가강!
"우와! 뭐, 뭐야?!"
"꺄악!"

마치 근처에서 대포라도 발사한 것처럼 땅이 크게 울리고 선로에 깔려 있던 돌멩이가 사방으로 튕겨 나가자 전철을 기다리고 있던 모든 사람들이 기겁했다. 개중 몇은 바싹 땅에 웅크리고 몇은 넘어지기도 했다.

그리고 전철이 멈췄다.

"뭐, 뭐야? 방금 뭐였지?"

"전철이 왜 선 거야? 바, 방금 달리고 있지 않았나? 너도 봤어?"

"모, 모르겠어. 달리고 있던 전철이 그냥 딱 서버렸어."

"그런데 달리고 있던 전철이 저렇게 서 버리면 안에 타고 있던 사람들은 다 뒤집히고 넘어져야 하는 거 아니냐? 왜들 멀쩡히 서 있지?"

"모, 몰라. 나한테 묻지 마!"

뭔가 이해할 수 없는 현상에 어리둥절해하는 사람들. 하지만 그러거나 말거나 용노는 쓰러져 있던 은혜를 안아 들었다. 잠시 멍하니 있던 은혜가 당황해 버둥거렸다.

"자, 잠깐. 너 지금 뭘 한 거야? 아니, 어떻게 한 거야? 대체 이 상황은 뭐가 어떻……."

그러나 막 뭐라 더 떠들려고 하던 은혜가 멈칫한다. 그녀를 안아 들은 용노의 얼굴이 갑자기 다가왔기 때문이다.

쪽.

용노의 입술이 은혜의 입술을 가볍게 찍고 올라오자 은혜는 그야말로 얼음처럼 굳어서 아무 말도 못했다.

파앗!

그들의 몸이 공간을 뛰어넘고 아무도 없는 공터로 이동한
다. 은혜의 입장에서는 그야말로 경악할 만한 광경이었지만
입맞춤이 가져다준 충격 때문에 그깟(?) 공간이동 같은 건 눈
에 보이지도 않는 상황. 그리고 그런 그녀를 보며 예전의 그가
그랬듯 용노는 웃었다.

"괜찮아. 다 잘될 거야."

그리고 이내 공터에서조차 그들의 모습이 사라져 버렸다.

『D.I.O』 7권에서 계속…

연기의 신

FUSION FANTASTIC STORY

서산화 장편소설

GOD OF ACTING

PRODUCTION
DIRECTOR
CAMERA
DATE | SCENE | TAKE

무대, 영화, 방송…
모든 '연기'의 중심에 서다!

『연기의 신』

목소리를 잃고 마임 배우로 활동하던 이도원은
계획된 살인 사건에 휘말려 비참한 죽음을 맞이한다.
그런 그에게 주어진 특별한 기회, 타임 슬립.

"저는 당신의 가면 속 심연을 끌어내는 배우입니다."

이제 그의 연기가 관객을 지배한다!
20년 전으로 되돌아가 완전한 배우로서의
삶을 꿈꾸는 이도원의 일대기!

Book Publishing CHUNGEORAM

유행이 아닌 자유추구 -
WWW.chungeoram.com

철순 장편소설
FUSION FANTASTIC STORY

괴물 포식자

지구 곳곳에 나타난 차원의 균열.
그것은 인류에게 종말을 고하는 신호탄이었다.

『괴물 포식자』

괴물을 먹어치우며 성장한 지구 최강의 사내, 신혁돈.
그는 자신의 힘을 두려워한 인류에 의해
인류의 배신자라는 낙인이 찍히고 죽게 되는데…

[잠식이 100%에 달했습니다.]
[히든 피스! 잠들어 있던 피닉스의 심장이 깨어납니다.]

불사의 괴물, 피닉스의 심장은
신혁돈을 15년 전으로 회귀하게 한다.

먹어라! 그리고 강해져라!
괴물 포식자 신혁돈의 전설이 시작된다!

Book Publishing CHUNGEORAM

유행이 아닌 자유추구 -
WWW.chungeoram.com

박선우 장편소설
FUSION FANTASTIC STORY

Wonderful Life

멋진 인생

태어나며 손에 쥔 것이라고는 가난뿐.

그러나 내게는 온몸을 불사를 열정과
목숨처럼 소중한 사랑이 있었다.

『멋진 인생』

모두가 우러러보는 최고의 직장이자 가장 치열한 전쟁터,
천하그룹!

승진에 삶을 바친 야수들의 세계에서 우뚝 서게 되는
박강호의 치열하지만 낭만적인 이야기!

Book Publishing CHUNGEORAM

유행이 아닌 자유추구
WWW.CHUNGEORAM.COM

강준현 장편소설
FUSION FANTASTIC STORY

인생을 바꿔라

『복수의 길』, 『개척자』 강준현 작가의
2016년 신작!

자신이 무엇인지 알지 못하는 정신체, 염.
세상을 떠돌며 사람의 몸속으로 들어가
에너지를 얻고 나오길 반복하던 어느 날.

사고로 인한 하반신 마비, 애인의 이별 선언,
삶에 지쳐 자살하려는 김철의 몸에 들어가게 되는데……

"뭐, 뭐야! 아직도 못 벗어났단 말이야?"

새로운 삶을 살리라,
정처 없이 떠돌던 그의 인생 개척이 시작된다!

"어떤 삶인지 궁금하다고? 그럼 한번 따라와 봐."

Book Publishing CHUNGEORAM

유행이 아닌 자유추구 -
WWW.chungeoram.com

궁극의 쉐프

가프 장편소설

FUSION FANTASTIC STORY

태초의 우물에서 찾은 사막의 기적.
사람의 식성과 식욕을 색으로 읽어내는 능력은
요리의 차원을 한 단계 드높인다.

『궁극의 쉐프』

요리란!
접시 위에 자신의 모든 것을 담아내는 것.

쉐프란!
그 요리에 자신의 가치를 증명하는 사람.

"요리 하나로 사람의 운명도 좌우할 수 있습니다."

혀를 위한 요리가 아닌, 마음을 돌보는 요리를 꿈꾸는
궁극의 쉐프 손장태의 여정이 시작된다!

Book Publishing CHUNGEORAM

유행이 아닌 자유추구 -
WWW.chungeoram.com

철순 장편소설
FUSION FANTASTIC STORY

괴물 포식자

지구 곳곳에 나타난 차원의 균열.
그것은 인류에게 종말을 고하는 신호탄이었다.

『 괴물 포식자 』

괴물을 먹어치우며 성장한 지구 최강의 사내, 신혁돈.
그는 자신의 힘을 두려워한 인류에 의해
인류의 배신자라는 낙인이 찍히고 죽게 되는데…

[잠식이 100%에 달했습니다.]
[히든 피스! 잠들어 있던 피닉스의 심장이 깨어납니다.]

불사의 괴물, 피닉스의 심장은
신혁돈을 15년 전으로 회귀하게 한다.

먹어라! 그리고 강해져라!
괴물 포식자 신혁돈의 전설이 시작된다!

Book Publishing CHUNGEORAM